Thomas Schumann

Faith

Adoption in Kenia

Ein Adoptivvater erzählt

Thomas Schumann, Juni 2012
Kontakt: faith_adoption@yahoo.de
Internet: www.faithkenia.blogspot.de

Herstellung und Verlag:
Books on Demand GmbH, Norderstedt
ISBN 978-3-8482-0281-2

Dieses Buch basiert auf persönlichen Erfahrungen während der Adoption unseres Kindes in Kenia. Ein Großteil dessen ist wirklich geschehen. Welcher Teil Fiktion und welcher Teil Wahrheit ist, lassen wir zum Schutz unseres Kindes und der beteiligten Personen und Institutionen offen. Aus diesem Grund wurden die charakteristischen Merkmale und Namen der auftauchenden Personen, Orte und Institutionen geändert. Die geschilderten Ereignisse und Begebenheiten wurden der Erzählform und Dramaturgie des Romans angepasst.

Hope
is the ability
to hear the music of the future.

Faith

is the courage to
dance to it
today.

FSC
www.fsc.org
MIX
Papier aus verantwortungsvollen Quellen
Paper from responsible sources
FSC® C105338

Kapitelübersicht

Prolog

Man diskutiert nicht mit Gott. (Kongo)

1991

Er hielt das Lesezeichen in seiner Hand. Mit großen Kulleraugen schaute ihn ein schwarzes Kind an. „Wer ein solches Kind in meinem Namen aufnimmt, der nimmt mich auf". In kleinen Lettern stand darunter: Aus der Bibel. Matthäusevangelium. Er war zufällig an diesen Informationsstand geraten. „Kann ich dir helfen?", fragte die Frau hinter dem Tisch. „Äh, nein danke", antwortete er scheu. Verwirrt und fasziniert zugleich steckte der Jugendliche das Lesezeichen ein und ging weiter seines Weges.

9 Jahre später

Erschöpft und verschwitzt lagen sie nebeneinander. Gedankenverloren starrte sie die Decke an. „Was denkst Du?" Sie zögerte einen Moment. Dann drehte sie sich zur Seite und richtete den Blick auf ihn: „Was hältst Du eigentlich von Kindern?" „Ganz nett – zumindest stundenweise." „Jetzt mal im Ernst. Willst Du eigene Kinder?" „Kann sein, aber muss nicht. Später vielleicht. Und Du?" Sie wandte ihren Blick zur Decke zurück: „Irgendwann vielleicht. Muss aber nicht sein. Bin auch so glücklich mit Dir." Er stützte seinen Kopf auf die Hand: „Es muss aber auch kein Eigenes sein. Ich muss meine Gene nicht unbedingt weiter geben." Plötzlich drehte sie sich zur Seite: „Also finde ich auch. Ich könnte mir auch vorstellen, irgendwann ein Kind zu adoptieren, das keine Familie hat." - „So, zweite Runde?" flüsterte er in ihr Ohr. „Das Ganze hat noch ein wenig Zeit", antwortete sie „und Übung macht den Meister, man weiß ja nie wie´s kommt".

15 Jahre später

Ihr lief ein kalter Schauer über den Rücken. Im dunklen Saal saß sie. Eben noch sah sie wunderschöne, romantische Bilder wie aus dem Reiseprospekt. Doch was sie jetzt sah, stand in hartem Kontrast zu den anderen Bildern. Und diese Bilder waren härter und ungeschminkter als die, die sie von den Spendenaufrufen in der Adventszeit kannte. Das Mikrophon knackte. „Zum Alltag in Südafrika gehört auch die Viruskrankheit Aids. Zwanzig Prozent der Bevölkerung sind HIV positiv. Jeden Tag infizieren sich 5000 Menschen in diesem Land. Die Folgen der Krankheit sind soziale Ausgrenzung, viele Aidswaisen und Armut. Der Weltgebetstag der Frauen unterstützt Betreuungszentren für Aids-Kinder und Jugendliche, vermittelt Aufklärung und Bewusstseinsbildung und unterstützt Waisenhäuser."

„Und – wie war dein Weltgebetstag der Frauen?" Er schaltete den Fernseher leiser und blickte sie erwartungsvoll an. - „Du hättest ruhig mitkommen können, da sind auch Männer erlaubt", sagte sie und steckte sich eine Traube in den Mund. „Lecker, sind ja schön süß. Danke, dass du sie gewaschen hast. Hat ja doch Sinn gemacht, dass Du zuhause geblieben bist." Er spielte den Empörten: „Gleich schalte ich den Fernseher wieder laut." Sie lachte: „Nein, so war das nicht gemeint." Sie setzte sich neben ihn auf das Sofa. „Hast Du schon von den Aidswaisen in Südafrika gehört?" Er nickte: „Ja, im Fernsehen lief da letztens eine Reportage. Wirklich Wahnsinn, wenn ein Kind seine Eltern verliert und seine Geschwister durchbringen muss. Da müsste man etwas tun." „Es gibt Organisationen, die arbeiten direkt vor Ort. Da ist das Geld gut investiert." Er blickte sie an: „Aber Geld ersetzt doch keine Eltern."

1 Versammlung

Nichts Gutes entsteht aus einer einfachen Situation. (Kenia)

„Meine Güte, sind das viele hier." Andreas ließ seine Augen über den großen Versammlungssaal streifen. „Los, in den hinteren Reihen sind noch einige Plätze frei", sagte Cornelia und stupste ihren Mann an. „Ich habe mir das viel kleiner vorgestellt. Hier sind nun, was denkst du, 200 Leute? – So, hier können wir sitzen." Cornelia stellte ihre Tasche unter den Stuhl: „Meinst du Arno geht es gut? Hoffentlich wird es im Auto nicht so warm." Andreas streckte den Hals, um das Titelbild der Powerpointpräsentation sehen zu können. „Unser Hund wird das schon verkraften. Die Herbstsonne ist nicht mehr so stark. Schau, im Ablauf ist auch eine Pause eingeplant. Da gehen wir zum Auto, führen ihn Gassi und geben ihm was zu trinken." Gut organisiert, wie sie nun mal war, holte Cornelia den Block hervor: „Hier, für Notizen." Andreas zögerte kurz, dann nahm er den Block in seine Hand. Während er den Stift aus seiner Jackentasche hervor holte, trat eine Frau mit einem Mikrofon vor die Leinwand. Sie blies in das Mikrofon. „Herzlich willkommen zu unserem Informationsseminar über Adoptionen im Inland und Ausland. Zunächst werden wir uns mit unserer Geschichte als Adoptionsverein vorstellen, um dann die Adoption im Allgemeinen und Speziellen darzustellen. Bitte unterbrechen Sie den Vortragsteil nicht. Vielleicht wird da ihre Frage bereits beantwortet. Wir haben auch einen Teil am Schluss, wo Sie noch Fragen stellen können." Andreas beugte sich zur Seite: „Meine Güte, wenn die alle hier adoptieren wollen..." Cornelia beruhigte ihn: „...da wird bei den vielen Waisen sicherlich auch ein Kind dabei sein, das uns als Eltern braucht." Er kaute nachdenklich auf dem Kugelschreiber. „Also, an irgendjemanden erinnert mich diese Frau“, raunte er und schnippte lautlos mit seinen Fingern. „Ich hab´s, sie ist eine Mischung von einer Englischlehrerin und Gouvernante. Wann kommt sie denn endlich zur Auslandsadoption?“ Er richtete seine Aufmerksamkeit wieder nach vorne: „In Deutschland gibt es, wie Sie vermutlich bereits wissen, kaum noch die Möglichkeit zur Adoption. Sie können hier in der Regel als Pflegeeltern für ein Kind da sein. Das hat zur Folge, dass ihr Kind jederzeit zu seiner Herkunftsfamilie zurückkehren kann, wenn es die Behörden für sinnvoll halten.“ Oberlehrerhaft räusperte sie sich. Andreas wandte sich wieder seiner Frau zu: „Könntest du dir vorstellen, ein Pflegekind zu dir zu nehmen?“ „Nun, abgesehen davon, dass wir ein Waisenkind aus Afrika adoptieren wollen und damit sich die Frage erübrigt: Nein. Es könnte immer passieren, dass sie dir das Kind dann doch noch wegnehmen. Das ist eine emotionale Achterbahn für das Kind und die Eltern.“ Andreas fuchtelte mit dem Schreibstift in der Luft herum: „Ob das für das Pflegekind wirklich gut ist, in so ungeklärten Verhältnissen zu leben, kann ich mir schwer denken.“ Ein neues Powerpointbild erschien. Andreas reckte seinen Kopf, um seine Notizen fortzusetzen. „Gut, wenn man jetzt eine Giraffe wäre.“ Die Oberlehrerin setzte ihre Brille ab. „So, jetzt besteht die Möglichkeit, Fragen zu stellen“. Einzelne Finger schnellten in die Höhe. „Bitte stehen Sie auf, damit wir ihre Frage alle verstehen können.“ Eine Frau im Alter von Anfang vierzig machte den Anfang: „Wir haben bereits einen Sozialbericht über unsere Wohnverhältnisse erstellen lassen, weil wir bei einer anderen Adoptionsvermittlungsstelle waren. Wir warteten schon einige Jahre, doch dann wurde unser Land wegen Unregelmäßigkeiten gesperrt. Darum wollen wir es bei Ihnen versuchen. Nun zu meiner“, sie blickte verlegen zu ihrem Mann und korrigierte sich, „zu unserer Frage: Wie lange müssten wir jetzt wieder warten?“ Cornelia hielt ihre Hand an Andreas Ohr: „Die hat ja wirklich Stress. Im Vergleich dazu sind wir junge Hüpfer.“ Andreas kräuselte seine Stirn und neigte seinen Kopf: „Bei unserem Alter, du 28 und ich 32 Jahre, müssten die uns ja bevorzugen. Und dann sind wir schon sechs Jahre verheiratet und auch noch Christen, darauf legen die Menschen in Südafrika ja Wert. Das müsste doch schnell bei uns gehen, oder?“ Ein anderer Mann erhob sich: „Sie haben in Ihrem Vortrag gesagt, dass wir die Kinder gar nicht selbst auswählen können. Und kann man das Kind, wenn es einem nicht gefällt, umtauschen, ich meine, zurückgeben?“ Cornelia ließ ihren Kopf in die Hände sinken: „Meine Güte, hat der das jetzt gesagt? Wie stellt der sich das denn vor? Wir sind hier doch nicht beim Autokauf mit Geld-zurück-Garantie. Gut, dass der überprüft wird.“ Andreas Gesicht wurde ernst: „Was ja auch noch vor uns liegt. Was hast Du für ein Gefühl? Sollen wir hier adoptieren oder eine andere Vermittlungsstelle suchen?“ Cornelia zögerte einen Moment, dann sagte sie: „Ich denke schon. Es ist ja gut, dass das hier ein Verein in christlicher Trägerschaft ist. Die werden schon darauf achten, dass alles mit rechten Dingen zugeht.“ Als sie den Saal mit dem Informationsmaterial verließen und in die warme Abendsonne des Oktobers traten, wussten sie noch nicht, auf was sie sich da einließen.

2 Anfragen

Die beste Zeit, einen Baum zu pflanzen,
war vor zwanzig Jahren.
Die nächstbeste ist jetzt. (Uganda)

„Hey, Geburtstagskind! Stimmt das, was mir Deine Frau gesagt hat? Ihr wollt ein Kind adoptieren?“ Jonas setzte sich mit Schwung auf den freien Platz auf dem Sofa. „Ja, das stimmt“, antwortete Andreas und nahm einen Schluck aus seinem Glas. Caro, die neben Andreas saß, klinkte sich in die Unterhaltung ein: „Das wusste ich ja noch gar nicht, dass ihr das vorhabt. Das hat doch mit ganz viel Papierkram zu tun.“ Andreas setzte das Glas auf den mit Partyhäppchen überfüllten Tisch. „So weit sind wir noch nicht. Zunächst muss unsere Adoptionseignung festgestellt werden. Dann kommen wir auf eine Warteliste. Wenn wir die Top Ten erreicht haben, geht es mit dem Dokumentesammeln los.“ „Das verstehe ich aber jetzt nicht“, wandte Jonas ein. „Gibt es in Afrika nicht genug Waisen? Wozu dann eine Warteliste?“ Andreas machte ein trauriges Gesicht: „Natürlich gibt es genug, aber die behördlichen Vorgänge sind unglaublich langsam und es gibt zu wenig Personal. Deshalb gibt es Wartelisten, obwohl faktisch genug Kinder zu vermitteln wären.“ Man sah, wie es in Caros Kopf arbeitete. „Ja, und wer stellt eure Eignung fest?“ „Das kann das Jugendamt sein oder eine andere staatlich anerkannte Stelle.“ „Und was wollen die von euch wissen?“ „Wir haben mehrere Treffen mit einer Sozialarbeiterin. Da geht es um unseren Lebenslauf, unser Verhältnis zu unseren Herkunftsfamilien, unsere Motivation zur Adoption. Aber auch um unsere finanziellen Hintergründe, unsere Wohnverhältnisse, und ob wir eine harmonische Ehe führen.“ Caro hielt sich die Hand vor den Mund. „Meine Güte, da werdet ihr ja bis auf intimste

Details hin befragt. Da ist es ja einfacher, ein eigenes Kind zu bekommen, da muss man niemandem etwas erklären." Jonas legte aus den Untersetzern ein kleines Muster auf den Tisch. Als einen Moment Stille einkehrte, blickte er auf: „Cornelia hat mir erzählt, dass ihr aus Südafrika adoptieren wollt und eigentlich auch eigene Kinder bekommen könntet." Andreas nickte: „Das Gegenteil wäre zu beweisen." Caro klatschte in die Hände. „Ich finde das richtig, richtig spitze, dass ihr adoptieren wollt. Bei fast 9 Milliarden Menschen auf der Erde und so vielen Waisen ist das ein wichtiges Zeichen." Sie neigte sich nach vorne: „Aber dass man ein solches Kind so lieben kann wie das Eigene, das bezweifle ich." Jonas rückte seine Brille zurecht und richtete sich kerzengerade auf. Er hob wie Lehrer Lempel bei Max und Moritz den Finger in die Höhe: „Also, Schiller hat mal gesagt: Nicht das Blut, sondern das Herz macht uns zu Brüdern." Jetzt sank er wieder zusammen. „Schließlich liebst du auch einen Mann, der nicht genetisch mit dir verwandt ist." Caro lachte mit hoher Stimme: „Und was für einen", und griff hastig nach den Flips. „Aber mal im Ernst, Andreas. Euer afrikanisches Kind, das wird dann bestimmt irgendwann nach Afrika zurückkehren und dort Entwicklungshilfe leisten, oder?" „Ich wüsste nicht, warum wir das von ihm erwarten sollen. Es wird genauso deutsch wie alle anderen sein. Es ist ja noch ein Säugling, wenn wir es aufnehmen." Caro hatte sich wieder gefasst: „Wieso seid ihr euch darin so sicher?", und knabberte wie ein Eichhörnchen eifrig in sich hinein. „Je jünger ein Adoptionsbewerberpaar, umso jünger das Kind." Jonas lehnte sich zurück und verschränkte seine Arme: „Und was sagen eure Eltern dazu?" Andreas lachte: „Was sollen die schon sagen. Was wir uns in den Kopf gesetzt haben, ziehen wir auch durch. Überrascht waren sie schon, als wir von unseren Plänen erzählten. Das haben sie nicht erwartet. Und dann kamen einige Einwände, dass wir uns doch erst setteln und auf den richtigen Moment warten sollten.“ Eine Stimme kam von hinten: „Doch wann kommt schon der richtige Moment? Es gibt immer etwas scheinbar Wichtigeres. Außerdem dauert ein Adoptionsverfahren Jahre.“ Andreas griff hinter sich zu Cornelia: „Ach, du hast mitgehört?“ Cornelia reichte ihm einen Salatteller: „Nur die letzten Sätze.“ Caro kicherte: „Soso, der Feind hört mit.“ Über ihre plötzliche Kessheit erschreckt, korrigierte sie sich: „Äh, das meine ich im Spaß.“ Cornelia nickte: „Das habe ich schon verstanden. Bei den Eltern muss das mit der Adoption erst noch sacken.“

3 Eignung

Wer Fragen stellt, muss auch akzeptieren, dass er Antworten bekommt. (Kamerun)

„Und, bist Du aufgeregt?“ Andreas blickte in den Seitenspiegel und überholte einen alten Bulli. „Ein Aufreger ist hier dieser Bulli, mit diesen Pseudo-Hippies, die die Umwelt verpesten mit ihrem ewig alten Auspuff“, gab Cornelia zur Antwort. „Also: Gar nicht aufgeregt?“ „Doch“, gab sie zu. „Aber weißt du, wir haben jetzt schon unseren Sozialbericht erstellen lassen und da die Hosen runter lassen müssen, was soll da noch kommen?“ Sie schaute nachdenklich aus dem Fenster: „Es macht mich aber auch traurig, dass nur wenige den Weg der Adoption gehen. Ich glaube, dass so manche Eltern erhebliche Schwierigkeiten haben, die Fragen zu beantworten. Und die Kosten der Adoption kann auch nicht jeder bezahlen. Das kommt mir ganz schön elitär vor.“ „Naja“, gab Andreas zu bedenken, „immerhin handelt es sich bei Adoptivkindern auch um Menschen mit besonderen Bedürfnissen.“ Er verließ die Überholspur: „Was uns betrifft hast du Recht. Was haben wir mit der Sozialarbeiterin über unsere Biographie nachgedacht und alle Intimitäten preisgegeben. Und sie hält uns ja für geeignet.“ „Genau“, unterbrach Cornelia ihren Mann, „jetzt muss der Adoptionsverein nur noch fest stellen, dass wir nicht nur für eine Inlandsadoption geeignet sind, sondern auch für das Ausland.“ Vom Armaturenbrett tönte eine blecherne Frauenstimme: „In 200 Metern biegen Sie in Ihre Zielstraße ein. Das Ziel liegt auf der linken Seite.“ Andreas duckte sich, um das sich nähernde Gebäude besser sehen zu können: „Das ist ja ein ganz schön großer Kasten. Und hier ist das Büro!?“ Das Schild neben der Eingangstür beseitigte alle Zweifel. Angekommen in der zweiten Etage meldeten sie sich bei der

Information. Ein Blumenarrangement aus blühenden Narzissen verbreitete eine Ahnung von Vorfrühling. „Guten Tag, wir sind Ehepaar Eichhorn, wir haben einen Gesprächstermin." Die Dame an der Information nickte kurz und wies die beiden an, zu warten. Sie setzten sich. „Sind wir hier beim Bundespräsidenten gelandet? Sie ist ja völlig overdressed", flüsterte Cornelia im Wartebereich. „Oder wir sind underdressed: Das ist der Münchner Chic", kommentierte Andreas amüsiert. Nach einigen Minuten erschien die Sozialpädagogin: „Ich bin Frau Rosenstock. Vermutlich haben Sie mich bereits bei einem der Informationsseminare gesehen." Sie musterte die beiden von oben bis unten. „Sie sind also das Ehepaar Eichhorn. Dann kommen Sie mal mit." Mit großen und eleganten Schritten ging die sonnenbankgebräunte Frau voran und bog in ihr Zimmer ab. Dort erwartete sie bereits eine unscheinbare Frau mit dunklen Haaren, Blatt und Schreibstift. „Nehmen Sie bitte hier Platz." Frau Rosenstock zeigte auf zwei Stühle. Sie schenkte dem Ehepaar Getränke ein und setzte sich dann. „Sie wollen also ein Kind aus dem Ausland adoptieren. Die allgemeine Adoptionseignung wurde ja schon festgestellt. Ich habe den Bericht vor einigen Wochen vom Jugendamt bekommen. Gut." Sie lehnte sich nach vorne: „Sie wissen, dass das kein einfaches Unternehmen ist, oder? Wir haben eine Warteliste. Welches Land favorisieren Sie denn?" Andreas räusperte sich ehe er antwortete: „Südafrika". Sie lehnte sich zurück und setzte einen diskret-seriösen Blick auf: „An wem von Ihnen liegt es denn?" „An niemandem." Sie zog ihre Brauen hoch und lachte unsicher: „Wie meinen Sie das: An niemandem?" Andreas holte Luft und antwortete „Wir wollen ein Kind adoptieren und ihm das bieten, was durch kein Geld gegeben werden kann: Eine Familie." Cornelia sprang ein: „Also, mein Mann meint, dass wir keinen Anhaltspunkt haben, ob wir Kinder bekommen können oder nicht. Das ist auch nicht so wichtig, weil wir zuerst adoptieren wollen." Die Frau mit dunklen Haaren legte ihren Notizstift beiseite. Bisher hatte sie geschwiegen. Nun aber konnte sie sich nicht mehr zurückhalten: „Aber um Himmels willen, warum wollen Sie das tun? Ist es nicht so, dass jede Frau von Natur aus richtig eigene, also leibliche Kinder haben will?“ Frau Rosenstock nickte: „Das müssen Sie uns jetzt aber erklären. Also nicht für mich, aber ich muss, wir müssen ja im Team über Ihre Eignung entscheiden.“ Sie blätterte im Sozialbericht herum. „Aber warten Sie mal. – Im Bericht steht drin, dass Sie, Frau Eichhorn, mal eine Zeit hatten, wo Sie sich mit ihrer Mutter nicht so gut verstanden haben.“ Cornelia blickte sie entgeistert an: „Na, und?“ Nun schien Frau Rosenstock ihre detektivische Ader auszuleben: „Das liegt doch auf der Hand. Kann es sein, dass Sie ein ungelöstes Problem mit ihrer Mutter haben? Die Ablehnung ihrer Mutter könnte sich in der Ablehnung eines leiblichen Kindes widerspiegeln!“ Zufrieden lehnte sie sich zurück. Cornelia blieb gelassen: „Nein. Bevor wir ein leibliches Kind in die Welt setzen, wollen wir einem Kind, das bereits auf der Welt ist und keine Eltern hat, eine Chance auf Familie geben. Das haben wir Ihnen eben schon gesagt. Und das steht auch im Sozialbericht.“ Mit kühlen Augen, die alles durchdrangen, blickte die blonde Frau auf das Ehepaar. Konnte es so was geben? „Sie wollen also ein Kind adoptieren, ohne dass Sie einen Grund dafür haben?“ Andreas legte seine Hände um das Wasserglas: „Wir haben gute Gründe, ein Kind zu adoptieren. Und dazu gehört unser Wissen und Glauben an Jesu Worte, dass es gut ist, ein Kind an- und aufzunehmen. Und ebenso gehört dazu, dass uns das Leid von Aidswaisen angerührt hat, so dass wir auf Afrika als Adoptionskontinent gekommen sind.“ Schweigen. Er nutzte die Stille, um weiter zu reden. „Bevor wir ein leibliches Kind in die Welt setzen, wollen wir einem Kind Familie sein, das sonst keine hätte. Es wird quasi das Erstgeborene Kind sein. Dadurch wird es schwer den Eindruck haben, es sei nur adoptiert worden und zweite Wahl, weil es eben“, Andreas hob die Finger und deutete Anführungszeichen an, „nicht anders ging. Es wird immer unsere A-Lösung sein, niemals die B-Lösung.“ Frau Rosenstock rang um Fassung. Ihr schickes Styling wirkte einen kurzen Moment unecht, blass und fahl. Sie räusperte sich und sprach mit einer gespenstischen Ruhe: „Gut, ich kann Ihnen jetzt noch nicht sagen, ob Sie geeignet sind. Ich muss ja unserem Team vermitteln, dass Sie wirklich ein Kind adoptieren wollen. Aber ich werde es versuchen und Sie werden dann von uns hören.“

„Ob eine von denen je adoptiert hat“, fragte Cornelia, als die Tür ins Schloss fiel. „Kaum vorstellbar. Meinst du, die nehmen uns?“

4 Dilemma

Glück widerfährt dir nicht.
Glück findet der, der danach sucht.
(Marokko)

„Du wirst kaum glauben, was sie mir am Telefon gesagt hat“. Cornelia hielt noch das Telefon in ihrer Hand. „Zunächst einmal: Haben Sie uns beim Adoptionsverein genommen? Sind wir als Adoptionsbewerber anerkannt?“, fragte Andreas ungeduldig. „Ja, wir sind anerkannt. Aber nun der Aufreger: Die haben versäumt, uns zum finalen Gespräch einzuladen, obwohl schon seit Monaten unsere Eignung fest steht. Der nächste freie Termin ist im Juli.“ Andreas rang nach Worten: „Die haben uns vergessen? Wie kann das denn sein? Bis zum Juli sind es ja noch Monate!“ Cornelia steckte das Telefon in die Aufladeschale: „Monate, die wir verloren haben. Monate, die unser Kind länger warten muss.“ Andreas setzte sich. „Toll, jetzt sind seit unserem Informationsseminar schon sieben Monate vergangen und nichts ist passiert. Und was soll das finale Gespräch?“

Im Büro der Adoptionsvermittlungsstelle saß dieses Mal nur die schwarzhaarige Frau. „Ja, schön, dass wir uns heute wieder treffen. Meine Kollegin hat an mich übergeben, ich bin jetzt für Sie zuständig. Wie Sie wissen, haben wir Ihre Eignung festgestellt. Nun müssen wir nur noch ihr Wunschprofil erstellen.“ Cornelia schob ihren Kopf leicht nach vorne. Ihr langes blondes Haar machte sich auf den Schultern breit: „Was meinen Sie mit Wunschprofil?“ Die Sozialarbeiterin schaute über den Rand ihrer Lesebrille: „Sie können angeben, welche Beeinträchtigungen Sie sich bei Ihrem Kind vorstellen können. Ich werde Sie nun fragen, welche Krankheit ihr Kind haben darf. Zum Beispiel ob es einen oder zwei Klumpfüße haben darf.“ Andreas stutzte: „Das ist aber schon makaber.“ Die Sozialarbeiterin rutschte auf ihrem Stuhl umher: „Ja, aber ich fang nun mal an. Können Sie sich vorstellen, dass Ihr Kind eine Beinfehlstellung hat? Oder eine Behinderung?“ „Das können wir bei einem leiblichen Kind doch auch nicht entscheiden. Sondern so, wie es auf die Welt kommt, ist es halt. Es fühlt sich irgendwie falsch an, das entscheiden zu müssen.“ Die Frau blickte wieder auf: „Aber es ist genau das, was ihre Verwandten oder Freude Sie fragen werden, ob denn auch alles in Ordnung ist. Was Sie nicht bestimmen können, ist das Geschlecht des Kindes.“ Cornelia und Andreas blickten sich einen Moment an. Das wäre ja noch besser. Notgedrungen handelten sie die Punkte ab. Die Sozialarbeiterin legte ihre Liste zufrieden in den Ordner und klappte ihn zu. „So, dann können Sie ab jetzt mit dem Verhüten beginnen. Sie kommen auf die Warteliste. Rechnen Sie mit einer Wartezeit, die einer verlängerten Schwangerschaft entspricht. Wenn es dann soweit ist, melden wir uns bei Ihnen.“

Ein langer Sommer folgte. Ein langer Herbst folgte. Als eines Novembertages Andreas den Briefkasten öffnete, lag er da, ein Brief der Adoptionsvermittlungsstelle. Mit zitternden Händen öffnete er die Haustür und betrat den Flur. Weiter kam der Brief nicht, viel zu sehr hatten sie auf ihn gewartet. Endlich bewegte sich was. Jetzt würde es nicht mehr lange dauern, bis das Bewerberprofil in Südafrika landete. Mit hohem Puls öffnete er den Brief. Seine Augen flogen in hohem Tempo über die Zeilen. Es war keine Aufforderung, jetzt mit dem Aktensammeln zu beginnen. Es ging um eine Erhöhung der Gebühren für die Adoption. „Der Gesetzgeber will noch mehr Sicherheitsmechanismen einführen, damit alles mit Guten Dingen vor sich geht“, berichtete er seiner Frau bei der Arbeit. „Das kann ich ja verstehen“, tönte es aus der Leitung „aber dass das der einzige Grund ist, dass sich die

Adoptionsvermittlungsstelle bei uns meldet, das kann ich nicht verstehen. Ich denke, es wird Zeit, dass wir nachhaken.“ Am nächsten Tag riefen die beiden bei der Sozialarbeiterin an. „Ja, wie war Ihr Name? Eichhorn? Also Sie sind noch ganz hinten auf der Liste.“ Cornelia fragte nach der Position auf der Warteliste. „Wie, welche Stelle? Kann ich Ihnen nicht sagen. Das werde ich jetzt nicht nachschlagen.“ Cornelia verstand die Welt nicht mehr: „Gibt es nicht genug Kinder? Warum dauert es so lange?“ Die Frau am Ende der Leitung wirkte kühl und antwortete ganz routiniert: „Natürlich gibt es genug Kinder. Aber das ist doch jetzt ganz müßig, über die Gründe zu sprechen. Vertrauen Sie uns.“ Sie beendete das Gespräch. „Jetzt hat sie mich abgewürgt“, stellte Cornelia enttäuscht fest. „Wir müssen weiter ausharren. Monate und Jahre zogen dahin ohne ein Signal vom Adoptionsverein.

„Wissen Sie, seit drei Jahren sind wir nun mit der Adoption aus Südafrika am Gange und nichts ist passiert“, sprach Andreas enttäuscht in das eine Ende der Leitung. „Ja, die letzten Jahre lief alles schleppender, da haben wir nur 12 Adoptionen pro Jahr durch gekriegt. Wenn Sie wissen wollen, an welcher Stelle ihre Akte liegt… also die holen wir jetzt nicht extra heraus.“ Frustriert beendete Andreas das Gespräch. „Das können die doch mit uns nicht machen! Wie lange sollen wir denn noch warten?“ Er blickte Cornelia ratlos an. „Die Zeit läuft gegen uns. Bald haben wir weder ein Adoptivkind noch ein leibliches Kind. Dann haben wir uns komplett ruiniert“, fasste Cornelia die Situation zusammen. Beide blickten sich an. Als sich ihre Blicke trafen, durchfuhr sie die Gewissheit. Sie *wollten* ein Kind haben, sie *wollten* eine Familie gründen. Und sie *wollten* mit einem, ihrem Adoptivkind anfangen. Aus einem Möchten war ein Wollen geworden. Aber was, wenn das scheitern würde? Wann wäre der Punkt erreicht, aufzugeben, ja klein beizugeben? Und gäbe es noch eine Chance zu einem leiblichen Kind? Sie steckten mittendrin, im Dilemma. „Es muss doch einen Weg geben. Ich muss mal ins Internet“, sagte Cornelia und verschwand ins Büro.

5 Andere Wahl

Zwar hat der Mensch zwei Beine,
doch kann er nur einen Weg gehen.
(Peulh/Fulbe)

„Arno, los, lauf!“ Das ließ sich der Retriever nicht zweimal sagen. Mit Karacho rannte er den Weg entlang, schnupperte hier und da, bis er den Fluss erreichte und kurz davor war, hinein zu springen. „Also, was denkst du?“ Cornelia ließ ihren Blick über die Boote streifen. „Diese Veranstaltung ist so ganz anders. Zum einen viel kleiner. Die Gründer der Adoptionsvermittlungsstelle haben selbst adoptiert. Sie wollen es nun selbst besser oder wenigstens anders machen als sie es erfahren haben.“ Andreas nahm die Pfeife, die um seinen Hals hing, und blies hinein: „Arno, hier!“ Der Hund drehte und kam vor Wasser triefend zurück. „Dann sollten sie auch ein wenig mehr Einfühlungsvermögen haben als beim Adoptionsverein.“ Cornelia blieb stehen: „Weißt du eigentlich, dass du mich völlig überrascht hast?“ Andreas nahm den Hund an die Leine. „Das hat mich schon beeindruckt, dass du als Mann danach fragst, ob es ein kulturelles Problem wäre, wenn nur du während des Adoptionsverfahrens für unser Kind da wärst.“ Andreas hob die Schultern mit einer Unschuldsmiene hoch: „Man kann ja mal fragen.“ Sie setzten ihren Weg fort. „Also, Brasilien fällt weg, weil es nicht Afrika ist. Dann haben wir noch Äthiopien und Eritrea, aber da ist die Wartezeit so lang.“ Andreas unterbrach sie: „Damit brauchen wir gar nicht anzufangen. Da können wir gleich beim Adoptionsverein bleiben. Ich finde, nur im Fall von Kenia haben wir wirklich eine Chance, dass es schnell geht und wir endlich für unser Kind da sein können. Und jeder von uns könnte einen Teil der Elternzeit in Kenia mit unserem Kind verbringen.“ Cornelia blieb erneut stehen: „Oder wir nehmen parallel Elternzeit. Der

Aufenthalt in Kenia soll ja zwischen 6 bis 8 Monaten dauern, je nach Verfahrensdauer. Nehmen wir mal das Mittel davon, 7 Monate, dann könnten wir von den 14 Monaten jeweils die Hälfte nehmen. Das wäre es doch!“ Andreas Gesicht hellte sich auf: „Das ist eine gute Idee. Wir wollten doch ohnehin mal gemeinsam für längere Zeit im Ausland leben und eine andere Kultur kennen lernen. Und Elternzeit steht uns ja gesetzlich zu, da kann uns niemand in die Suppe spucken.“ Cornelia blickte nachdenklich: „Im Fall von Südafrika wäre es einfacher gewesen, nur vier Wochen im Land und gleich danach als frisch gebackene Familie nach Hause.“ „Doch haben wir eine andere Wahl? Außerdem haben wir damit die einmalige Möglichkeit von dem Land, in dem unser Kind geboren wurde, viel zu erfahren“, warf Andreas ein. Cornelia schaute auf die Uhr: „Wir müssen umkehren. Die Pause ist gleich vorüber, dann geht die Infoveranstaltung weiter.“ Sie brachten den Hund in das Auto und kehrten in die Räumlichkeiten zurück.

„Es gibt auch Länder, bei denen es recht schnell mit der Kinderbenennung geht“, sagte Frau Huber, die Leiterin der Adoptionsvermittlungsstelle. „Allerdings dürfen Sie, nachdem Ihnen ihr Kind zugeordnet wurde, einreisen und es besuchen, so oft Sie wollen. Mitkommen darf es erst nach Abschluss des Gerichtsverfahrens vor Ort. Und das dauert mindestens ein Jahr.“ Cornelia und Andreas hatten nach der Veranstaltung die Gelegenheit ergriffen, die Leiterin von Hope for Africa persönlich anzusprechen. „Dürfen wir unser Kind erst danach mit nach Hause nehmen?“, fragte Andreas ungläubig. „Selbst, wenn unser Kind krank wäre?“ „Ja. Das müssen Sie aushalten. Wie gesagt, können Sie jederzeit einreisen. Wenn Ihr Kind irgendetwas Schlimmes hat, können Sie es nicht ausfliegen.“ „Und das, obwohl es bei der Adoption angeblich immer so sehr um das Kindeswohl geht.“ Die Leiterin legte ihre Stirn in Falten: „Das werden Sie noch öfter erleben. Ich habe mich schon oft gefragt, ob es hier um das Wohl des Kindes geht oder um irgendwelche Befindlichkeiten. Es gibt kein Adoptionsverfahren, wo es nicht irgendwelche Komplikationen gibt. Und das, obwohl die Verfahren klar strukturiert sind." Cornelia nickte. „Der Adoptionsverein hat uns mitgeteilt, dass das Verfahren ins Stocken geraten sei. Bei der Adoption gibt es Türen, die sich eine Zeit lang öffnen, dann sich aber wieder für Jahre schließen. Darum stellt sich für uns die Frage, ob wir nicht zu Ihrer Vermittlungsstelle wechseln." Frau Huber blickte sie verständnisvoll an. „Wenn Sie den Sozialbericht bereits haben, müssen Sie bei uns noch die spezielle Adoptionseignung für das Land, aus dem Sie adoptieren wollen, machen. Brasilien ist da ganz verheißungsvoll..." „Wissen Sie, Frau Huber, mein Mann und ich sind an der Adoption nicht seit gestern dran. Schon vor Jahren entstand in uns der Wunsch, zu adoptieren. Beim Adoptionsverein hängen wir nun seit drei Jahren in der Warteschleife, ohne nennenswerte Fortschritte. Wie sieht es denn mit Kenia als Adoptionsland aus?" Die Leitung hielt einen Moment inne. „Für Kenia hatten wir lange keine Bewerber mehr. Es gibt keine Warteliste. Vermutlich wären Sie schnell im Land. Nach Eingang der Dokumente dauert es etwa drei Monate, bis Sie Ihr Kind vorgestellt bekommen. Und dann reisen Sie innerhalb von vier Wochen ein. Was dann im Land noch kommt und wie schnell der Gerichtsprozess voran geht, dass hängt von Ihnen und Ihrem Anwalt ab. Aber Sie machen auf mich den Eindruck, dass Sie die Dinge selbst gerne in die Hand nehmen."

6 Bewerbungsmappe

Schritt für Schritt. (Kenia)

„Das haben Sie aber seit unserem letzten Treffen vor vier Wochen schnell geschafft“, sagte Frau Berger. Sie hatte das Ehepaar zweimal getroffen, um die spezielle Adoptionseignung für das Land Kenia fest zu stellen. „Nun, mit Weihnachten dazwischen, hatten wir schon Bedenken, es so schnell zu schaffen. Aber die Behörden haben gut mit gemacht. Wir sind so froh, endlich voranzukommen.“ Andreas holte eine dicke Mappe aus seiner Tasche. Frau Berger nahm sie entgegen. Sie blätterte sie durch: „Wie Sie wissen, bin ich bei Hope ja auch erst seit diesem Jahr eingestiegen. Insofern ist Ihr erstes Mal Kenia auch mein erstes Mal. Deswegen ist auch Frau Ludwig heute mit von der Partie. Sie wirft auch einen Blick auf die Dokumente, ob alles vollständig ist.“ Sie deutete auf ihre Kollegin hin, die neben ihr Platz genommen hatte. „Es war schon enorm kompliziert mit den Behörden, weil wir in drei verschiedenen Bundesländern gelebt haben. Ich in Niedersachsen, meine Frau in Baden-Württemberg und zuletzt wir beide in Hamburg. Da mussten wir zu vielen verschiedenen Ämtern.“ Frau Berger blickte auf: „Es ist schon ein erheblicher Aufwand. Sie betreten mit der Adoption ja komplettes Neuland. Nicht nur, dass Sie die Originalurkunden benötigen, Sie müssen sie ja auch noch von den oberen Behörden beglaubigen lassen.“ „Da muss ich meiner Kollegin beipflichten. Vor allem immer wieder darauf hinzuweisen, dass keine Apostille, sondern eine Legalisation erforderlich ist. Apostillen sind einfach viel üblicher als Legalisationen, aber eben eine andere Rechtsform der Beglaubigung.“ Andreas nickte: „Das waren viele Autofahrten und Stempel. Erst das Dokument auftreiben, dann die Beglaubigung durch die Behörde. Dann Überbeglaubigung durch die höhere Behörde.

Wir waren allein bei vier verschiedenen Regierungspräsidien in halb Deutschland." Frau Ludwig nahm einen Schluck aus ihrer Kaffeetasse: „Ich glaube nirgendwo bekommt man den Föderalismus so zu spüren, wie hier. Es gibt keine zentrale Oberbehörde, bei der man alles beglaubigen kann, sondern jedes Land hat seine Behörde mit seinen eigenen Beamten und Stempeln." Sie grinste: „Die Stempel sind das Wichtigste. Sie können sich ja gar nicht vorstellen, wie viel Wert die Kenianer darauf legen. Ohne Stempel läuft gar nichts. Es ist sogar einmal vorgekommen, dass sie die deutschen Siegel nicht für echt hielten, weil die aus anderen Ländern bunt sind, unsere aber nur einfarbig." Sie stellte die Tasse wieder ab. „Das sieht ja alles schon ganz gut aus. Jetzt muss das Ganze nur noch übersetzt werden und dann geht die Akte nach Kenia." Andreas zog zufrieden den Reißverschluss seiner Tasche zu und stellte sie auf den Boden. „Und wie lange wird das nun in etwa dauern?" „Ich denke so vier Wochen." „Und dann?" „Dann machen wir Kopien für unsere Unterlagen und anschließend geht die Akte nach Kenia. Das dauert dank DHL nur drei bis vier Werktage. Und dann kommt es auf das Komitee an, ihre Akte zu sichten und Ihnen die Adoptionserlaubnis für Ihr Kind urkundlich mitzuteilen. Die Regel ist bis zu drei Monate." Andreas nahm seine Tasche in die Hand. Er schaute nach schräg oben: „Dann bedeutet das… also können wir damit rechnen, dass wir spätestens im Sommer bei unserem Kind sind." Eine stille Vorfreude ergriff ihn. Frau Berger klappte die Akte zu: „Haben Sie mit Ihren Arbeitgebern bereits gesprochen, dass Sie Elternzeit nehmen werden?"

7 Palme

Ignoranz ist wie dunkles Licht. (Kenia)

„Und wie war das Gespräch mit deinem Boss?“ Cornelia ging mit der Gießkanne durch die Wohnung. Andreas legte den Schlüssel auf der Kaffeebar ab. „Wie immer, irgendwie kompliziert. Aber er kann ja eigentlich nichts dagegen tun, dass ich Elternzeit nehme.“ Cornelia war bei den Orchideen. „Das sollte der wagen! Was hat er denn gesagt?“ Cornelia ging zur Palme weiter. „Du bist gerade an der richtigen Pflanze.“ Sie schaute irritiert herüber. „Der Palme?“ „Die kannst du gleich rauf gehen: Er wollte wissen, wie viel Bakschisch wir zahlen müssten. – Zuerst habe ich gar nicht verstanden, was er von mir wollte. Dann erklärte er mir, wir müssten viel Bestechungsgeld zahlen, damit wir zum Kind kämen.“ Cornelia ging zum Efeu über. „Das sieht ihm ähnlich. – Kannst du mal die Hängepflanze gießen?“ Andreas zog seine Schuhe aus, nahm die Gießkanne und stieg aufs Sofa. „Ich war richtig schockiert. Uns so etwas zu unterstellen, hat mich wirklich umgehauen.“ Cornelia nahm Andreas die Gießkanne ab. „Und was hast du gesagt?“ „Ich habe gesagt, dass wir adoptieren und nicht ein Kind kaufen.“ Vorsichtig stieg er vom Sofa herunter. „Richtig so. Und wie ging es weiter?“ Andreas setzte sich aufs Sofa. „Dann hat er noch Stimmung gemacht, von wegen was wäre denn mit der Elternzeit, wenn der Gerichtsprozess in Kenia platzen würde und wir ohne Kind zurück kehren müssten.“ Cornelia fiel Andreas ins Wort: „Dann sollte er einfach mal das Gesetz zur Elternzeit lesen.“ „Und schließlich fragte er, wie ich es moralisch vertreten könne, eine solche Lücke an meiner Arbeitsstelle zu hinterlassen.“ Cornelia warf ihren Kopf nach hinten: „Also jetzt könnte ich auf die Palme gehen. Was ist das für eine Ungleichbehandlung! Von jeder Frau wird erwartet, dass sie, wenn das Kind da ist, wenigstens vorübergehend für die Familie da ist. Wenn aber ein Mann das machen will, wird dem Druck ohne Grenzen gemacht. Der sollte vielmehr das auch schätzen, was wir damit für ein Kind, das keine Familie hat, leisten.“ Andreas nickte: „Und das Beste ist: Ich hätte ihm überhaupt nichts von unseren Plänen sagen müssen.“ Cornelia schüttelte den Kopf: „Mein Chef wird es erst erfahren, wenn alles hieb- und stichfest ist und wir von Kenia aus grünes Licht haben.“ Andreas schlug mit der Hand auf das Sofa: „Komm runter von der Palme.“ Cornelia setzte sich zu ihm: „Immerhin haben wir bis zur Benennung unseres Kindes noch ganz viel Urlaubstage und da können wir noch einmal richtig ausspannen. Hast Du eine Idee, wohin es gehen könnte?“

8 Reise

Fallen und wieder aufstehen,
das ist unsere Reise auf dieser Erde. (Igbo)

„Ein kleiner Umweg ist das schon, aber es ist auch schön, Familie Helmich zu besuchen und mehr über die Adoption in Kenia zu erfahren“, sagte Andreas und fummelte am Autoradio herum. Cornelia und Andreas hatten so viel Urlaub angespart, so dass sie zwei Reisen unternahmen. Sie wählten Schnee und Sonne, Österreich und Portugal als ihre Reiseziele. „Konzentriere du dich auf die Straße, ich stelle schon den richtigen Sender ein“, sagte Cornelia und beugte sich nach vorne. „Ich bin auf deren Tochter total gespannt. Sicherlich werden sie uns eine Menge über die Adoption erzählen können.“ Andreas bog in die Zielstraße ein, die sich als Sackgasse erwies. „Das hier muss es sein!“ Sie parkten an einem frei stehenden Haus in typisch süddeutschem Stil, das an einem See lag. Die beiden stiegen aus. Nachdem sie ihren Hund ausgeführt und wieder ins Auto gesetzt hatten, klingelten sie. Eine junge, sportliche Frau öffnete: „Hallo! Schön, dass ihr da seid. Ich bin Denise. Kommt rein.“ Sie führte sie in die Küche. Denise bereitete Getränke für ihre Gäste vor: „Und seid ihr schon anerkannte Adoptionsbewerber?“ „Ja, unsere Unterlagen befinden sich bereits in der Übersetzung“, antwortete Cornelia. „Ich finde es richtig toll, dass es endlich wieder Bewerber für Kenia gibt. Wir waren die letzten, die in Kenia waren. Sicherlich ist es für viele eine Hürde, ein halbes bis dreiviertel Jahr in Kenia zu leben. Aber man lernt so viel über dieses Land und ihre Menschen. Ihr werdet keine Touristen sein, die nur oberflächlich vom Land etwas erleben, was kaum etwas mit der Realität zu tun hat. Ihr werdet mitten drin sein.“ Denise stellte die Getränke auf den Tisch. „Wie lange ist eure Adoption her?“, fragte Andreas. „Wir sind vor drei Jahren dort gewesen. Eine unvergessliche Zeit. Mir ist es richtig schwer gefallen, wieder in Deutschland anzukommen und mich wieder einzugewöhnen. Das Leben in Kenia ist vollkommen anders getaktet.“ Denise stellte das letzte Glas auf den Tisch und setzte sich zu den beiden. „Mein Mann ist bei der Arbeit, der kommt gegen Abend. Und Habiba ist noch unterwegs, aber ich denke in einigen Minuten werdet ihr sie treffen. Ihr wollt beide gleichzeitig nach Kenia gehen? Geht das?“ „Mit dem Elternzeitgesetz und Elterngeld ist das sowohl rechtlich als auch finanziell kein Problem. Für Vertretung muss der Arbeitgeber sorgen. Wir sehen das als große Chance, bald bei unserem Kind zu sein und mit ihm sein Herkunftsland zu erleben. Da können wir ihm sicherlich eine Menge über seine Herkunftskultur erzählen.“ Denise nickte: „Ich verstehe. Mein Mann ist selbständig, er hätte nicht mit mir in Elternzeit gehen können. Er war so oft wie möglich da, aber jedes Mal war es ein Drama. Erst hat unsere Tochter ihn nicht erkannt und bei der Abreise wollte sie ihn nicht mehr gehen lassen. – Wisst ihr denn schon, ob es ein Mädchen oder Junge wird?“ „Das hat für uns Hope for Africa entschieden. Ehrlich gesagt, wollten wir selbst gar nicht bestimmen, ob es ein Mädchen oder Junge wird. Das kann man ja bei leiblichen Kindern auch nicht bestimmen. Und nun wird es ein Mädchen sein, weil wir in einem Gespräch über Kenia gesagt haben, dass die Mädchen es durchaus schwerer als die Jungen haben.“ Auf Denises Gesicht legte sich ein leichter Schatten. „Kommt mal mit nach oben“, sagte sie. Im oberen Flur erwartete sie ein Holzflugzeug im Antikstil. „Hier hat unsere Tochter Habiba ihr kleines Reich.“ Sie betraten das Kinderzimmer. Der Raum war liebevoll hergerichtet, mit allem, was Kinderherzen höher schlagen lässt. Andreas Blick fiel auf eine Schiebetür: „Ist das ein Durchgang?“ „Ja, da geht es ins andere Kinderzimmer. Du kannst die Tür gerne öffnen.“ Andreas schob die Tür zur Seite und blickte auf eine blaue Wand mit einem Schiff. Wehende

Fahnen und ein Leuchtturm waren an die Wand gemalt. „Werdet ihr noch ein Kind adoptieren?“, fragte Cornelia, als sie das Zimmer betrat. „Wir sind derzeit Adoptionsbewerber für Äthiopien.“ „Nicht Kenia?“ Cornelia blickte erstaunt Denise an: „Nein, das möchte ich Habiba nicht zumuten. Mein Mann ist selbständig und könnte wieder nur abschnittsweise vor Ort sein. Habiba würde ihn sehr vermissen. In Äthiopien ist das Adoptionsverfahren ohne einen langen Aufenthalt möglich.“ Andreas blickte sich um: „Da habt ihr ja zwei richtige Kinderparadiese geschaffen.“ „Gab es Rückschläge? Es heißt ja, dass keine Adoption ohne Querelen abläuft.“ Denise strich sanft über das Kopfkissen auf dem leeren Bett: „Wir mussten beispielsweise unsere gesamten Dokumente, weil das Verfahren umgestellt wurde, ganz neu ausstellen und beglaubigen lassen. Eine riesen Arbeit und viele Kosten. Hoffentlich wird es bei euch geregelter.“ Sie stiegen wieder die Treppe herunter: „Naja, bei uns dauert die Übersetzung schon eine Ewigkeit. Wir haben mit unserer Sozialarbeiterin schon mehrfach telefoniert, sie wollte immer wieder bei der Übersetzerin anrufen und nach dem Stand der Dinge fragen. Aber nichts ist passiert und wir sind darüber ziemlich frustriert.“ Denise blieb auf der Treppe stehen: „Ihr könnt ja mal bei der Übersetzerin kurz anrufen, wie weit sie ist. Ich suche euch nachher die Telefonnummer raus.“ An der Tür wurde ein Schlüssel ins Schloss gesteckt. „Das wird Habiba sein. Sie war beim Kinderturnen.“ Die Tür öffnete sich und ein bezauberndes Mädchen mit einer Tasche um ihren Hals gehängt, trat in den Flur: „Mama?“ „Ja, ich bin hier. Wir haben Besuch, Habiba. Das sind Cornelia und Andreas. Sie werden auch bald Mama und Papa, so wie wir es von dir wurden.“ Habiba schaute die beiden an. „Hallo, ich bin Habiba. – Mama, bekomme ich einen Apfelsaft?“ „Klar, komm mit in die Küche.“ Sie gingen in die Küche. Habiba verschwand und kam einen kurzen Moment später mit einem Blatt Papier wieder.

„Schau mal, habe ich gemalt“, sagte sie. „Oh, ein Schmetterling. Der ist aber sehr schön geworden.“ Habiba lächelte: „Ist für meinen kleinen Bruder. Der lebt noch im Kinderheim. Aber bald ist er bei uns.“ „Freust du dich darauf?“ „Ja, dann können wir zusammen was anstellen“, grinste Habiba und warf einen verstohlenen Blick zu ihrer Mutter. „Ich fand das auch immer super, einen Bruder zu haben“, sagte Andreas. „Habiba, wollen wir das Lied aus Kenia singen?“, fragte Denise. Habiba stellte sich auf ihre Zehenspitzen und klatschte: „Au ja! Jambo, jambo bwana, habari gani? Nzuri sana…“ Als sie das Lied beendet hatten und mit Applaus belohnt wurden, sagte Denise: „Das Lied werdet ihr ganz sicher auch mit eurer Tochter singen. Es ist ein ganz bekanntes Lied in Kenia und fragt, wie es geht und ob es Neuigkeiten gibt.“ Habiba zog ihre Zöpfchen durch die Hand: „Ich komme aus Kenia. Dort war ich in einem Kinderheim. Dann hat mich meine Herzmama abgeholt. Meine Bauchmama konnte nämlich nicht für mich sorgen. Wir waren auch schon im Kinderheim zu Besuch.“ Denise lächelte gefühlvoll: „Habiba hat ein Bewusstsein dafür, wie es den Kindern in den Heimen geht. Sie hat letztens damit angefangen, Gummibärchen zu horten. Und als wir fragten, was sie damit will, sagte sie, die seien für die Kinder im Heim.“ Sie strich Habiba über den Kopf. „Das ist wirklich rührend. Sie hat ein Gespür dafür, wie schwer es ist, ohne Eltern oder Familie aufzuwachsen.“ Denises Gesicht wurde ernst: „Wisst ihr, so oft wird von Leuten, die keine Ahnung von Kenia haben, gesagt, dass die Kinder in ihrer Kultur bleiben sollen. Was hat ein Kind von einer Kultur, in der es selbst keine Rolle spielt? Was hat ein Kind davon, in einer Kultur zu leben, in der es keine Eltern hat? Wer wirklich in Kenia gelebt hat und das Schicksal von den Kindern dort wahrgenommen hat, wird das mit einem guten Gewissen nicht sagen können. – Aber nun zu euch und euren Fragen zur Adoption in Kenia.“ Ein langes Gespräch über die wichtigen und planbaren Dinge folgte.

Voller Informationen fuhren Cornelia und Andreas ihres Weges. „Sag mal, sollen wir jetzt mal bei der Übersetzerin anrufen?“, fragte Cornelia. Andreas holte das Handy aus dem Handschuhfach und griff nach dem Notizzettel mit der Telefonnummer. „Ja, Hallo, hier ist Andreas Eichhorn. Wir hatten unsere Dokumente zur Übersetzung bei Ihnen. Wir wollten uns mal erkundigen, wie weit Sie gekommen sind. – Ach schön, Sie sind fast fertig? Es fehlt was? Die Taufurkunde meiner Frau? Das… das kann doch nicht sein. – Wir werden uns darum kümmern.“ Er drückte die Taste mit dem roten Hörer und ließ das Handy in seinen Schoß sinken. „Das kann doch nicht wahr sein. Wir haben doch alles vollständig vorgelegt. Die Übersetzerin sagt, dass nur von mir die Kirchenmitgliedschaftsbescheinigung sowie die Taufurkunde vorliegt. Von dir aber liegt nur die Kirchenmitgliedschaftsbescheinigung vor. Am Montag will die Übersetzerin die übersetzte Akte bei Hope for Africa einreichen.“ Cornelia schüttelte den Kopf: „Wir müssen unsere Route nach Österreich ändern und zu Hause Zwischenstation machen. Dann schauen wir uns die Unterlagen an. Notfalls müssen wir ein Fax an unsere Übersetzerin senden, damit alles vollständig ist.“ Andreas atmete tief durch: „Nun warten wir schon so viele Wochen und erst unser Anruf klärt diese Lücke? Ich werde wahnsinnig.“ Er dachte nach: „Wir haben doch die Nummer von der Sozialarbeiterin von Hope for Africa. Die rufen wir jetzt an und fragen sie. Es ist zwar heute Samstag, aber das muss jetzt sein.“ Der Versuch endete am Anrufbeantworter. Andreas hinterließ eine Nachricht mit der Bitte um Rückruf. Jetzt bogen sie in ihre Straße ein. Mit pochendem Herzen öffneten sie die Haustür und stürmten in den Hausflur. „Du schaust oben bei den Dokumenten nach und ich im Arbeitszimmer“ sprachen sich die beiden ab. Cornelia war die erste. Sie rannte ins Obergeschoss, wo sie Andreas über dem Aktenstapel gebeugt vorfand. „Entwarnung“, sagte sie.

„Sie schreiben, dass man entweder eine Taufurkunde oder eine Kirchenmitgliedschaftsbescheinigung braucht.“ Andreas atmete durch: „Dann können wir jetzt ja beruhigt in den Urlaub fahren und entspannen.“

Am Montagmorgen riefen die beiden bei der Sozialarbeiterin an, um die Botschaft auf dem Anrufbeantworter zu erklären. Sie hatte sich trotz der Bitte um Rückruf nicht gemeldet. „Was hat sie gesagt?“, fragte Andreas. „Sind die übersetzten Dokumente vor Ort, damit sie endlich nach Kenia gehen?“ Cornelia setzte sich mit einem ratlosen Gesicht: „Ja, die Dokumente sind übersetzt. Aber nun haben wir ein anderes Problem. Unsere Sozialarbeiterin.“ Andreas blickte entsetzt: „Sag bloß, die ist jetzt beleidigt, dass wir das getan haben, was sie über die letzten Wochen nicht hingekriegt hat – nämlich bei der Übersetzerin anzurufen, wie der Stand der Dinge ist.“ Cornelia blickte zerknirscht drein. „Ja, genau so ist es. Sie hat unsere Adoptionseignung in Frage gestellt. Wir seien zu aufdringlich, sie wüsste nicht, wie das in Kenia mit uns laufen würde. Sie will mit uns morgen ein Krisengespräch führen.“ „Aufdringlich – Dass ich nicht lache! Wir sind zielstrebig, aber haben ihr doch immer genug Raum gelassen. Sie hat doch ihre Zusagen nie eingehalten.“ Andreas warf einen Blick auf das verschneite Bergpanorama, das sich vor ihrem Fenster auftat. „Unseren Skiurlaub habe ich mir irgendwie erholsamer vorgestellt. Hoffentlich können wir morgen alles klären.“ „Solange sie nicht angerufen hat, können wir nicht auf die Piste. Wir müssen schließlich erreichbar sein“, merkte Cornelia an.

Am folgenden Tag kam kein Anruf. Auch am darauffolgenden Tag nicht. „Wann rufen wir wieder an? Wäre das heute zu früh und zu aufdringlich und sie ist noch mehr genervt?“ „Aber wir müssen doch wissen, ob und wie es weiter geht“, diskutierte das Ehepaar. „Es ist wirklich furchtbar, so abhängig zu sein und diese Spannung aushalten zu müssen." Am Ende der Woche rangen sich die beiden durch. „Ja, Hallo, Frau Berger. Wir wollten uns mal melden, um zu fragen, wie der Stand der Dinge ist. Sie wollten uns ja am Dienstag sprechen. Jetzt nicht? Ach so, Sie sind auf dem Weg nach Berlin. Ja, am Montag erwarten wir Ihren Anruf. – Wieder nichts, keine Klärung." Enttäuscht legte Cornelia ihr Handy auf den Tisch. „Das war mit Abstand der übelste Urlaub, den wir je gemacht haben", sagte Andreas ernüchtert. Fix und fertig kehrten die beiden aus ihrem Urlaub zurück. Sie wussten, dass sie von Frau Berger zutiefst abhängig waren. Sie konnte jederzeit das Adoptionsverfahren beenden, wenn sie einen Grund hatte. Und dieser musste nicht allzu triftig sein. Oft schon hatte das Ehepaar die Erfahrung gemacht, dass man ein- und dieselbe Eigenschaft oder Verhaltensweise als positiv oder negativ deuten konnte. Und sie wussten, dass das im sozialen Bereich schnell und radikal geschehen konnte. Frau Berger würde das, so hatte sie es zu verstehen gegeben, auch klar umsetzen. Sie hatten ihre Drohung verstanden, allzu deutlich.

„Und, was ist das Ergebnis?", fragte Andreas am Montagmorgen, nachdem sie wieder heimgekehrt waren. „Die Wogen sind geglättet", sagte Cornelia erleichtert. „Es war aber nicht einfach. Sie hat unsere Adoptionseignung nochmals in Frage gestellt und gemeint, dass wir mit unserem Verhalten für Kenia vielleicht gar nicht die Richtigen seien." Andreas richtete sich auf: „Moment mal, dieses Verhalten nennt man Engagement." Cornelia hob beruhigend ihre Hände: „Darauf bin ich nicht eingegangen. Jedenfalls ist es jetzt so, dass vor einigen Tagen Hope for Africa mitgeteilt wurde, dass das Verfahren sich geändert hat. Das betrifft unsere Dokumente." „Ja, und was bedeutet das?" „Unsere übersetzten Dokumente müssen in die Kenianische Botschaft nach Berlin zur

Legalisation." Andreas schaute Cornelia fragend an. „Legalisieren meint, dass sie alle Stempel deutscher Behörden auf ihre Echtheit hin überprüfen und ihren eigenen Botschaftsstempel darunter setzen. Vorher war das nicht nötig. Und das wird dauern. Frau Berger meinte, bei anderen Botschaften dauert das in der Regel etwa vier Wochen." Cornelia schaute auf den Terminkalender: „Das bedeutet, dass wir mitten im Portugalurlaub, Anfang April, Nachricht bekommen." Andreas ächzte: „Wenn ich es nicht ohnehin schon wäre, wäre ich es jetzt: Urlaubsreif."
Lieblicher Frühlingsduft strömte ihnen entgegen, als sie die Flughafenhalle in Faro verließen. „Riechst du das?" fragte Andreas. „Ein vorgezogener Frühling, fantastisch!" Cornelia fasste nach einer Blüte am Baum. „Das wird unser letzter Urlaub sein, bevor wir nach Kenia fahren. Der letzte Urlaub zu zweit." Andreas schaute an der Leine herunter: „Zu dritt, du hast Arno vergessen." Cornelia streichelte den Hund am Bauch: „Natürlich Arno gehört auch dazu. Du bist ein richtiger Traveller-Dog. Es gibt wenige Hunde, die so weit mitreisen dürfen." Andreas griff nach seiner neuen Videokamera: „Bitte lächeln, Probeaufnahmen für Kenia!" Sie drehte sich weg: „Nicht filmen!" Er ließ nicht locker. „Schau doch mal, wie bereitwillig Arno sich filmen lässt. Und wenn wir in Kenia sind, wirst du ohnehin gefilmt werden. Denk dran, vermutlich sind wir im Sommer schon dort!" Andreas steckte die Kamera wieder ein. „So, jetzt holen wir noch unseren Mietwagen und dann geht´s zu unserer Windmühle." Nach einigen Stunden Fahrt wehte eine warme Brise durch Cornelias Haare. „Portugal, das ist einfach unser Land", strahlte sie. „Auf der einen Seite das Meer, auf der anderen Lissabon. Was für Aussichten", schwärmte Andreas. „Und bald zu dritt!" „Nein - zu viert, dieses Mal hast du Arno nicht mitgezählt", lächelte Cornelia und legte ihren Arm um ihn. Ihre Miene verdunkelte sich: „Wie lange werden wir das aushalten?" Andreas wusste

sofort, wovon die Rede war. Sie sprach weiter: „Stell dir mal vor, das ganze Unternehmen geht schief. Dann haben wir drei Jahre umsonst für unser Kind gekämpft. Und ewig jung bleiben wir auch nicht. Wenn wir auch noch ein leibliches Kind haben wollen, dürfen wir nicht zu lange warten. Wir müssen uns einen Schlusspunkt setzen, wann wir das Ganze abbrechen. Sonst gehen wir noch selbst vor Schmerz vor die Hunde." Andreas legte seine Stirn in Falten: „Ich kann mir ein Jahr vorstellen. Ein Jahr könnte ich noch warten. Und du?" Er blickte sorgenvoll Cornelia an. Sie schwieg. Der Zauber Lissabons und seiner Umgebung war verschwunden. Auch an den folgenden Tagen konnte er die beiden nicht davon abhalten, immer wieder an ihr gemeinsames Wunschkind aus Kenia zu denken. Viel zu sehr waren sie mit ihrer Tochter aus Kenia verwoben. Sie gaben sich Mühe, dieses Thema nicht ständig zu besprechen und doch schwebte es bei allem, was sie erlebten mit. Auch wenn sie schwiegen, spürten sie diese tiefe Sehnsucht, sie endlich in den Arm zu nehmen. Der Glaube war die Kraft, die ihnen bisher geholfen hatte, die Wiederstände und Wirrungen der Adoption auszuhalten. Und es gab noch nie einen Glauben ohne Anfechtung und Widerstand. Das würden die beiden auf ihrem Weg noch deutlich spüren. Dennoch: Es ging nicht um irgendetwas, um was man sich bemühte. Es ging um Jemanden, um einen lebendigen Menschen, dem man seine Liebe schenken wollte. Ja, noch mehr: Es ging um Jemanden, den man liebte und um den man kämpfte, obwohl man ihn noch nie gesehen hatte. Es ging um die eigene Tochter.

9 Berlin, Berlin

Wer etwas Großes tun will,
muss durch viele Nächte wandern.
(Nordafrika)

Andreas hielt den Luftballon fest in seiner Hand. Am Nachmittag war er ins Dorfgemeinschaftshaus gegangen, um dort eine Kindergartengruppe bei ihrem Fest zu besuchen. Die gesamten Einnahmen der Veranstaltung sollten einem karitativen Zweck zugeführt werden. Schließlich verteilten sie diese Luftballons. An ihrem Ende waren Karten befestigt, auf die man gute Wünsche für Kinder schreiben sollte oder Menschen, die einem am Herzen liegen. Er ließ ihn los und in die Luft steigen. „Der fliegt bestimmt bis nach Afrika“, sagte er zu sich selbst. Zwei Kinder, die neben ihm standen, blickten ihn erstaunt an. Mittlerweile hatte sich heraus gestellt, dass die Sozialarbeiterinnen in der Kenianischen Botschaft in Berlin nichts erreicht hatten. Der zuständige Sachbearbeiter bekundete Zweifel an der Echtheit der Dokumente des Ehepaares und verweigerte den entscheidenden Stempel. Er forderte die Vorlage einer Bescheinigung durch das Auswärtige Amt, dass die vorgelegten Dokumente echt seien. Nur war das Auswärtige Amt dafür gar nicht zuständig. Der Sachbearbeiter hatte den Sozialarbeiterinnen die Mappe in die Hand gedrückt und sie unverrichteter Dinge wieder abreisen lassen. Als nach einigen Wochen ein Schreiben des Auswärtigen Amtes die Richtigkeit der Vorgehensweise attestierte sowie das föderalistische System mit den Teilzuständigkeiten klar dargestellt hatte, war er noch immer unzufrieden. Wieder gab es keinen Stempel. Nun sollte das kenianische Komitee, das über die Adoptionsbewerbungen in Kenia entschied, bestätigen, dass die Aussage des Auswärtigen Amtes korrekt sei. Andreas stöhnte innerlich: „Wenn Gott segnet, riecht es nach Schweiß.“

Immerhin hatte die deutsche Adoptionsvermittlungsstelle alle Kontakte, die sie nach Kenia hatte, aktiviert. Dennoch war die Rechtslage höchst kompliziert. Der zuständige Sachbearbeiter war kaum erreichbar, und irgendwo musste es haken. Was war das Problem? „Vielleicht sollten wir es mal ganz niederschwellig und persönlich versuchen“, sagte einige Tage später die Leitung von Hope for Africa. „Fahren Sie mal persönlich zur Botschaft mit den Dokumenten, und versuchen Sie ihr Glück.“ Hoffnungsvoll erzählte Cornelia Andreas von den Plänen, die Dinge selbst in die Hand zu nehmen. „Berlin, Berlin, wir fahren nach Berlin!“, strahlte er. „Hoffentlich können wir da etwas bewegen.“

Die Kenianische Flagge bewegte sich leicht im Maiwind, als Cornelia und Andreas die Tür zur Botschaft öffneten. Die Büroräume waren auf einer Etage verteilt. Die beiden hatten sich möglichst korrekt bekleidet. „Sieht ganz schön spießig aus“, sagte Cornelia am Morgen, als sie Andreas im Collarhemd und mit gestriegeltem Haar betrachtete. „Das Kompliment kann ich zurück geben“, entgegnete Andreas. „Na, wenn´s hilft. Sonst muss ich Tränen einsetzen.“ Andreas trat an den Schalter. „Es geht um die Beglaubigung einiger deutscher Dokumente“, sagte er. Lange hatte er den Satz auf Englisch vorformuliert. Nun war er raus und sie setzten sich auf die Stühle im Eingangsbereich. Nervös hielt er die pralle Aktentasche auf seinem Schoß. Nach einigen Minuten kam eine junge Frau und führte die beiden in ihr Büro. Es schien noch nicht lange in Benutzung zu sein. Neben dem Schreibtisch standen unausgepackte Kartons. „Worum geht es?“, fragte sie reserviert. „Wir haben hier einige Dokumente, die legalisiert werden müssen.“ „Für eine Adoption?“ „Genau.“ „Waren Sie hier schon einmal?“ „Nein.“ Andreas legte die Akte auf den Tisch. Die Frau warf einen kurzen Blick auf sie. „Einen Moment bitte.“ Sie verließ den Raum. Cornelia ließ ihren Blick durch den Raum schweifen. Es gab keine Regale, nur dieser Schreibtisch stand da. An der Tür klebte ein Zettel: „I am too blessed, that any enemy shall take my peace from me.“ Cornelia atmete tief durch. Dann öffnete sich die Tür. „Bitte kommen Sie mit.” Sie bogen rechts ab. Ein Mann im mittleren Alter begrüßte sie: „Guten Tag, ich bin Herr Turay. Treten Sie ein.“ Sie kamen in ein Zimmer mit einem Wohnzimmertisch. Ein weiterer Raum mit einem Schreibtisch schloss sich an. „Setzen Sie sich doch“. Der Sachbearbeiter verwies auf die Sitzgruppe. „Möchten Sie gerne Tee?“, fragte er freundlich. „Ja, gerne.“ Auf Kisuaheli wies er eine junge Frau an. Dann wandte er sich dem Paar wieder zu. „Sie brauchen eine Legalisation Ihrer Dokumente.“ „Ja, für unser Adoptivkind.“ Vor sich hatte der Mann einen dicken Ordner liegen. Er öffnete ihn. „Das Problem ist, dass ich Ihre Dokumente nicht legalisieren kann. Es fehlt nämlich die Bescheinigung der Regierung, dass ihre Dokumente echt sind.“ Fassungslos schauten Cornelia und Andreas sich an. Jetzt, nachdem das Auswärtige Amt die Sachlage klar gestellt hatte, war nun die Bundesregierung dran. Sollte nun die Bundeskanzlerin unterschreiben? Und danach vielleicht der Papst? Cornelia fasste sich wieder: „Sie wissen, dass Deutschland föderalistisch aufgebaut ist. Es setzt sich aus selbständigen Ländern zusammen, die jeweils ihre eigenen obersten Behörden haben. Darüber gibt es keine Zentralbehörde. Daher kann die Bundesregierung auch nichts attestieren.“ Der Tee wurde serviert. Herr Turay nahm seine Tasse. Er füllte Zucker in den Tee und rührte ausgiebig um. „Ich warte auf die Bescheinigung der Regierung.“ Er nippte genüsslich an seiner Tasse. Andreas wurde unruhig: „Aber eine solche Bescheinigung wird nicht ausgestellt werden, weil es dazu keinen rechtlichen Anhaltspunkt gibt.“ Herr Turay nahm einen Schluck. Dann stellte er die Tasse wieder auf den Tisch und blätterte in seinem Ordner. „Aber hier steht, dass die obere Behörde die Echtheit der Dokumente per Siegel bestätigen muss.“ Er zeigte auf einen Satz. Andreas legte seine Hand auf den Ordner, bis er den warnenden Blick seiner Frau sah. Schnell zog er sie zurück. „Die Echtheit der Dokumente wird doch auch von den obersten Behörden nachgewiesen.“ Cornelia legte ihre Arme auf ihre Oberschenkel und beugte sich nach vorne: „Herr Turay. Wir wollen eine Familie sein und sind schon seit über drei Jahren um unser Kind bemüht. Die Dokumente sind echt und wir bitten Sie inständig – zum Wohle des Kindes – dem Schreiben des Auswärtigen Amtes Glauben zu schenken.“ Der Mann blickte sie nicht an. Er zeigte auf seine Akte: „Wissen Sie, ich warte jetzt auf eine Reaktion der Regierung und das dauert eben eine Weile. Aber wenn das geklärt ist, haben Sie innerhalb einer Woche ihre Dokumente.“ Er fasste in das Revers seiner Jackentasche: „Hier haben Sie meine Visitenkarte. Sie können mich jederzeit kontaktieren.“ Enttäuscht und beklommen verabschiedeten sie sich von ihm. Als sie in den Fahrstuhl stiegen, klingelte das Handy. Es war Hope for Africa. „Und, haben Sie etwas erreicht?“, fragte Frau Huber. „Nein, wir sind gerade aus der Botschaft heraus. Herr Turay hat sich in Paragraphen verbissen und fordert nun Beglaubigungen von der Regierung.“ Empörung tönte durch den Hörer. „Na, das kann ja wohl nicht wahr sein. Aber wir lassen nicht locker. Sie werden an Ihr Ziel kommen.“ Sie verließen das Haus. „Das war es dann wohl. Der wird uns das nie legalisieren“, trauerte Cornelia. „Aber du hast doch gehört, dass Frau Huber eine Lösung schon finden wird.“ Sie blieb stehen und blickte ihn mit traurigen Augen an: „Und wann soll das sein?“

10 Sommerloch

Geduld ist die beste Verhaltensweise.
Wer Geduld hat, dem gehören alle Dinge.
(Yoruba)

„Liebe Eheleute Eichhorn, bitte dringend alle Dokumente an unser Büro senden!! Vielen Dank.“ Kurz und prägnant waren die Worte, die auf dem Bildschirm flimmerten. Andreas las wieder und wieder diese Sätze durch. Er versuchte, den tieferen Sinn, die Worte hinter den Worten zu erschließen. In den vergangenen Wochen gab es von verschiedensten Seiten den Versuch, Herrn Turay zur Legalisierung der Dokumente zu bewegen. Die Bundeszentralstelle für Auslandsadoptionen verwies auf die geltenden Vereinbarungen. Sie verweigerte seine Aufforderung, die Akten als obere Behörde abstempeln. Schließlich rief das Komitee selbst in der Kenianischen Botschaft an, konnte aber auch da nichts bewegen. „Geht es jetzt doch weiter?“, schoss es Andreas durch den Kopf. Schnell griff er nach dem Telefonhörer und wählte die Nummer von Hope for Africa. Er musste nicht mehr nach der Nummer suchen. Mittlerweile kannte er sie auswendig. Zwei Stunden später wusste er mehr. Die kenianische Adoptionsvermittlungsstelle bat um Zusendung aller Adoptionsunterlagen. „Am 5. Juli soll das Komitee bereits tagen. Vielleicht sind wir dabei“, erzählte Andreas hoffnungsvoll. „Außer, wenn einer fehlt. Dann platzt der Termin. Hat Denise erzählt“, wandte Cornelia ein. Andreas nahm Cornelia in den Arm: „Die Hauptsache ist doch, dass wir jetzt nur noch durch das Komitee müssen. Wenn es im Juli nicht klappt, dann vielleicht im August.“ „Oder September.“

Die Wochen zogen dahin. Keine Meldung aus Kenia. Keine Meldung von Hope for Africa. Mit jedem Tag, an dem keine

Hiobsbotschaft kam, wuchs die Hoffnung. Es würde nun nicht mehr lange dauern. Bestimmt mussten nach positivem Beschluss noch einige Dinge geregelt werden. Dann aber würde bestimmt die gute Botschaft kommen. Die Tage zogen sich hin. Es ging keinen Schritt voran. „Wir müssen was tun. Ich kann nicht länger warten“ sagte Cornelia eines Tages. „Wir brauchen ein Projekt, um uns irgendwie abzulenken. Es wird für mich immer unerträglicher.“ Sie kam gerade vom Spaziergang zurück. „Ich habe einen Plan. Ich möchte ins Fitnessstudio gehen. Dann habe ich Programm und denke nicht ständig über die Adoptionshindernisse nach.“ Der Bürostuhl, auf dem Andreas saß, drehte sich herum. „Ich mache mit.“ Cornelia zögerte. „Und was noch?“ Cornelia setzte sich hin. „Ich werde meine Prüfung vorziehen.“ Andreas staunte. „Vorziehen? Wie soll das mit der Adoption dann klappen?“ Cornelia blickte auf: „Ich habe schon die ganze Zeit meine Prüfung verschoben, weil ich dachte, wir müssen bald nach Kenia. Wer weiß, wie lange wir noch warten müssen.“ Das war eine gute Idee. Knapp sechs Wochen später war noch immer nichts geschehen. Endlich kam die Nachricht. „Andreas, wir haben wieder eine Mail bekommen. Unsere Dokumente sind in Ordnung.“ Andreas atmete nicht auf. Er kannte Cornelia lange genug, um ihr anzusehen, dass noch was kommen würde. „Aber jetzt wollen sie in Kenia noch eine weitere Bescheinigung. Unsere deutsche Adoptionsvermittlungsstelle soll eine Bescheinigung vorlegen, dass sie staatlich anerkannt ist.“ „Das dürfte doch wohl kein Problem sein“, sagte Andreas, wohl ahnend, was jetzt kommen würde, „außer, wenn sie wieder durch die Kenianische Botschaft legalisiert werden müsste.“ „Genau das ist der Fall.“ Ein tiefer Stich ging beiden durch das Herz. Alle Hoffnung versank in tiefer Trauer um das Kind, das die beiden schon längst in ihr Herz geschlossen hatten. Sie fühlten sich wie tot.

11 Komitee

Aus einem Strohhalm wird ein Vogelnest.
(Ovambo)

„Kennst Du Elisabeth Mayer?“, fragte Andreas, der mit einem Zettel ins Wohnzimmer kam. Cornelia fasste sich nachdenklich an den Kopf. „Ist das nicht die Neue bei Hope for Africa?“ Andreas redete weiter: „Jedenfalls hat sie uns eine ganz nette Mail geschrieben, nicht so wie die Frau Berger.“ Cornelia machte ein ernstes Gesicht. „Geschweige denn, dass sie je selbsttätig an uns eine Mail geschickt hat.“ „Ich erinnere mich nur an eine. – So, ich lese mal vor: „Sehr geehrte Eheleute Eichhorn, endlich ist das erforderliche Dokument von der Kenianischen Botschaft legalisiert und wurde von uns am 02.09. per DHL auf den Weg nach Kenia geschickt. Wir werden Sie auf dem Laufenden halten. Mit freundlichen Grüßen, Elisabeth Mayer.“ Cornelias Gesicht hellte sich auf: „Vielleicht ist dann unsere Akte noch in diesem Monat im Komitee.“ Andreas zweifelte: „Man wagt es kaum noch zu glauben.“ Cornelia lachte: „Weißt du eigentlich, dass wir uns stimmungsmäßig so richtig gut abwechseln? Wenn einer unten ist, ist der andere oben. Jetzt bin ich mal dran. Und ich sage dir, das wird was!“ Tatsächlich tagte das Komitee Mitte September. Bis die Informationen über den Inhalt der Sitzung bei der Adoptionsvermittlungsstelle landeten, dauerte es bis Oktober. An einem Dienstagnachmittag klingelte das Telefon: „Hallo, hier ist Frau Mayer. Frau Eichhorn, wie geht es Ihnen?“ „Ja, danke, gibt es was Neues aus Kenia?“ Frau Mayer räusperte sich, bevor sie weiter sprach. „Ja, es gibt eine gute und eine schlechte Nachricht. Die gute Nachricht ist, dass das Komitee getagt hat. Wir wurden jetzt erneut als Adoptionsvermittlungsstelle anerkannt. Die schlechte Nachricht ist, dass ihre Akte erst beim nächsten Komitee berücksichtigt werden kann." Cornelia biss sich auf die Lippe. „Na, hoffentlich." „Ja, und da ist noch was. – Es gibt Nachforderungen. Das Komitee möchte von Ihnen Ganzkörperfotos haben. Außerdem sollen Sie, Frau Eichhorn, auch noch eine Gehaltsbescheinigung vorlegen." „Es hieß doch, die von meinem Mann würde reichen", unterbrach Cornelia. Frau Mayers Stimme blieb ruhig: „Genau das habe ich sofort zurück gemeldet. Aber Widerstand scheint mir hier zwecklos." Cornelia atmete durch: „Dann brauchen wir sicherlich auch noch die Übersetzung ins Englische. Am besten wir faxen die Unterlagen gleich zur Übersetzerin, damit wir nicht noch das nächste Komitee verpassen." „Ja, genau. Das kriegen Sie hin." Cornelia legte auf. Gleich nahm sie den Hörer wieder auf und tippte einige Ziffern: „Ja, Hallo? Ich wollte mal fragen, ob es möglich wäre, dass ich morgen meine Überstunden abfeiere. Es ist eine wichtige familiäre Angelegenheit zu regeln, die ich nicht verschieben kann. – Gut, wunderbar. Dann sehen wir uns wie gewohnt übermorgen." Cornelia legte auf. „So, und jetzt müssen wir den morgigen Tag planen."

Zwei Tage später klingelte das Telefon. Andreas war beim Kochen. Er stellte die Bratpfanne auf die kalte Platte und wischte seine Hände am Geschirrtuch ab, bevor er in den Flur eilte. Auf dem Display leuchtete „Hope" in orangener Farbe. Irritiert nahm er den Hörer ab: „Andreas Eichhorn?" „Guten Tag, Herr Eichhorn. Hier ist Elisabeth Mayer von Hope for Africa. Wie geht es Ihnen?" „Danke, wir erholen uns gerade vom Behördenmarathon. Gibt es Neuigkeiten?" „Darum rufe ich Sie an. Es gibt noch weitere Nachforderungen. Dem Komitee reicht das ärztliche Attest nicht aus, sie wollen jetzt auch noch die Blutwerte haben. Außerdem wollen sie von dem deutschen Vormund einen tabellarischen Lebenslauf haben. Und schließlich soll noch die Deutsche Botschaft in Nairobi die Echtheit der Dokumente verifizieren – aber das betrifft Sie dann ja nicht mehr direkt. – Herr Eichhorn? Sind Sie noch dran?“ Andreas löste sich aus seiner Starre. „Ja, aber wir haben doch alles vollständig eingereicht. Wie können die dann so was nachfordern?“ Man hörte, wie Frau Mayer um Worte rang: „Das ist jetzt leider so. Das Komitee kann auch Dinge einfordern, die nicht gelistet worden sind.“ Andreas fing sich wieder: „Na, denen geben wir´s. Aber es ist schon ärgerlich. Erst passiert gar nichts und dann haben sie hanebüchene Nachforderungen. Wo wir jetzt wieder überall hin müssen… zum Arzt, zum Gesundheitsamt und Regierungspräsidium, zum Notar und das Ganze noch zur Übersetzerin. Wahnsinn.“ „Ja, das stimmt“, sagte Frau Mayer. Gegenüber diesen Vorgängen schien sie genauso ratlos wie machtlos zu sein.

12 Advent

Tausendmal gescheitert,
aber niemals die Hoffnung verloren. (Kenia)

Endlich gab es keine Nachforderungen mehr. Die Dokumente lagen der Kommission vor. Es galt nur noch die Spannung auszuhalten, wann es endlich soweit war, dass über die Bewerbungsmappe entschieden wurde. Cornelia stieg die Treppe hinauf und trat ins Wohnzimmer: „Jetzt ist alles aus. Ich habe gerade die Mails gecheckt." Sie setzte sich ruckartig zu Andreas aufs Sofa. „Frau Huber hat geschrieben. Die gesamte Akte ist wieder auf dem Weg nach Deutschland." Andreas legte die Zeitschrift neben sich. „Bitte, was?" Er traute seinen Ohren nicht. „Die kenianische Adoptionsvermittlungsstelle hat versucht, bei der Deutschen Botschaft in Nairobi eine Beglaubigung zu bekommen. Die haben sie nicht geben können, weil sie dafür nicht zuständig sind. Und ohne diesen Stempel wird das Komitee die Akte nicht anerkennen." „Und in Berlin hat sich die Lage auch nicht geändert", ergänzte Andreas. Cornelia liefen Tränen über die Wange. „Dann war´s das. Wir kommen nicht weiter." Andreas legte seinen Arm um sie. Sein Innerstes krümmte sich zusammen. Sollte das wirklich stimmen? Aber welchen Weg könnte man nun noch gehen? Hope for Africa hatte alle Register gezogen, da war er sicher. War alles umsonst? Heiß und kalt lief es ihm über den Rücken. Aber worin lag der Sinn? Sollte es einfach nicht sein? Hatten sie sich in etwas blind verrannt? Verdammt noch mal, sie wollten helfen, für ein Kind da sein, für ihr Kind da sein. Nun rückte alles in unerreichbare Ferne. „Es ist schon so viel Zeit vergangen und wir dachten immer, dass wir vorankämen – und dann wieder auf Null. Das ist so gemein. Denen geht es doch am wenigsten um die Kinder. Ich bin am Ende. Und Hope for Africa auch."

Die beiden Adoptiveltern stellten eine Kerze ins Fenster. Sie leuchtete für die Tochter, die sie vielleicht nie in die Arme schließen würden. Es stand auf Messers Schneide. „Es ist wirklich seltsam", erklärte Frau Mayer einige Tage später am Telefon. „Unsere Mitarbeiterin, die bei der Kenianischen Botschaft in Berlin vorsprechen wollte, hat Herrn Turay nicht angetroffen. Ebenso haben wir ihn telefonisch auch nicht erreichen können. Da ist irgendwas im Busch."
Fünf Tage bangen Wartens fanden ihr jähes Ende, als das Unerwartete geschah. „Turay ist weg!", jubelte Cornelia. „Frau Mayer hat angerufen. Herr Turay ist wieder nach Kenia zurückgekehrt. Bis sein Nachfolger kommt, ist der Botschafter selbst dafür zuständig. Und er hat gesagt, dass die Legalisierung kein Problem sei." Andreas sprang auf: „Ich glaub es nicht!" Er hielt inne. Solche Momente des Triumphs und der Hoffnung hatten sie viele gehabt. „Meinst du, wir haben den Durchbruch?" Cornelia schaute skeptisch: „Das wäre abzuwarten. Das wäre kein kleines, es wäre ein großes Wunder!"
Die folgenden Tage baute Hope for Africa einen engen und regen Kontakt mit der Konsularabteilung der Botschaft auf. Die Dokumente waren sofort nach Berlin geschickt worden. Eine Woche später reiste Frau Mayer dorthin, um in der Botschaft die legalisierte Akte abzuholen. Allerdings war die Bearbeitung noch gar nicht so weit vorangekommen und die Aktenberge noch nicht sortiert. Am Abend, als sie wieder in den Flieger stieg, waren die Berge noch immer nicht vollständig gesichtet. Doch man versicherte ihr, die Dokumente bis Freitag dem Botschafter vorzulegen. Alles schien zwar langsam, aber doch voran zu gehen. Mittlerweile war der November fortgeschritten. In der Mitte des Monats wurde die Akte wieder zur Adoptionsvermittlungsstelle zurückgesandt. Sie war nicht legalisiert. Der Botschafter weigerte sich, unter jedes Dokument einen Stempel zu setzen. Vielmehr erwartete

er die notarielle Bündelung der Dokumente nach einem bestimmten System, der schließlich noch vom Landgerichtspräsidenten beglaubigt werden musste. Der Botschafter beteuerte diese Version zu legalisieren. Die Komiteesitzung im November war bereits ohne die Akte der Eichhorns gelaufen. Der letztmögliche Termin des Jahres war für den neunten Dezember angekündigt und die Zeit lief davon, je länger die Akte beim Notar und Landgericht verweilte. Der Botschafter hielt Wort. Er legalisierte die gebündelte Akte. Endlich war der letzte entscheidende Stempel auf der Akte. Am vierten Dezember erreichte sie mit Mühe und Not Nairobi. Es war Advent. Einige Tage später meldete sich Frau Mayer. „Ich muss Ihnen leider mitteilen, dass Ihre Akte nicht im Komitee berücksichtigt worden ist. Aber vielleicht im Januar nächsten Jahres“. Für die Eichhorns brach eine Welt zusammen. Gott sei Dank nur für einige Stunden. Erneut klingelte das Telefon: „Familie Eichhorn, ich habe gerade einen Anruf aus Kenia bekommen. Ihre Akte ist doch verhandelt worden: Sie sind anerkannte Adoptionsbewerber!“

13 Vorbereitungen

Für jeden kommt der für ihn bestimmte Augenblick. (Ostafrika)

Ein Glücksstrom voller Energie durchfuhr Cornelia und Andreas. So nahe waren sie ihrem Wunschkind noch nie gewesen. „Richten Sie sich darauf ein, Anfang Februar nach Kenia einzureisen“, lautete der Rat der Adoptionsvermittlungsstelle. Sofort bemühten sich die beiden um eine Unterkunft in Nairobi. Zunächst riefen sie bei der Unterkunft an, bei der die vorangegangenen Adoptiveltern gewesen waren. Es stellte sich allerdings als sehr schwierig heraus, weil Hunde in den Appartements unerwünscht waren. Schließlich fanden die beiden im Internet eine gut aussehende Unterkunft. Es handelte sich um ein Haus in einer Häuserreihe und war komplett möbliert. Ein kleiner Vorgarten gehörte offenbar dazu. Sie telefonierten mit der Besitzerin, die selbst aus Kenia stammte. Seit ihrer Hochzeit lebte sie in Deutschland. „Schau mal, da steht, dass es nur 15 Minuten bis zur Innenstadt sowie zum Flughafen sind.“ Andreas schaute Cornelia über die Schulter. „Und wenn du bei Google Maps guckst, kannst du sehen, wie nahe es zum Gertrudes Children´s Hospital sein muss.“ Andreas staunte. „Da haben wir mit Donholm ja einen guten Treffer gelandet. Und sind wir da alleine?“ Cornelia fasste in ihren verspannten Nacken und bewegte vorsichtig ihren Kopf. „Ja, Debbie hat gesagt, dass sie eine Haushaltshilfe vor Ort hat, die nach dem Haus sieht. Außerdem wird sie für einige Tage im März in Nairobi sein, weil sie ein Bauprojekt zu betreuen hat. Ich habe mit ihr vereinbart, dass wir ab Februar das Haus mieten.“ Andreas massierte den Nacken seiner Frau. „Perfekt! Dann müssen wir nur noch den Kindervorschlag abwarten. Und Arno darf auch ins Haus?“ Cornelia nickte. „Großartig!“ Andreas schnalzte mit der Zunge. „Dann brauchen wir für Arno ja nur noch ein Gesundheitszeugnis sowie das Visum aus der Kenianischen Botschaft. Hoffentlich wird das nicht so ein Theater, wie bei der Legalisation." „Bestimmt nicht", beruhigte Cornelia ihn. Er setzte sich neben seine Frau. „Und wie machst du das mit deiner Prüfung?" Cornelia griff sich erneut in den Nacken. „Die werde ich auf jeden Fall machen. Und sei es, dass ich aus Kenia zur Prüfung anreise." Andreas lächelte: „Dass ihr anreist." Cornelia lächelte zurück: „Das wird sich in einigen Wochen zeigen." Andreas stand auf, die Autoschlüssel zu holen: „So, und jetzt belohnen wir uns mit einer Fahrt in die Rhön. Du bist zum Essen eingeladen! Zur Feier des Tages gibt es Rhönlamm."

Eine Stunde später saßen die beiden im Restaurant. „Und, schmeckt´s?", erkundigte sich Andreas. „Naja, es ist nicht ganz durch. Hätte ich doch der Bedienung das gesagt! – Und dir?" Andreas hatte fast aufgegessen: „Es schmeckt gut." Cornelia nahm einen Schluck Apfelschorle. „Wie war es in der Schule? Wie haben die Kinder auf unsere Adoption reagiert?" Andreas kaute noch. „Moment.. also die Kinder haben gut reagiert. Ich habe ja schon seit Wochen von der Summi erzählt." Summi war eine Handpuppe, die Andreas im Unterricht immer dabei hatte. Mit ihr konnte er viele Dinge erklären. „Die Kinder wussten ja schon, dass Summi mir zugeflogen ist und ich quasi ihr Adoptivvater bin. Das habe ich mir zunutze gemacht und davon erzählt, dass Summi geärgert wurde." Cornelia legte ihr Besteck auf den Teller. „Womit?" „Dass sie gar nicht zu mir gehört, denn sie sieht ja ganz anders aus als ich. Angefangen bei den Flügeln über die Gesichtsfarbe bis hin zu den Streifen." Cornelias Gesicht hellte sich auf: „Jetzt weiß ich, worauf du hinaus willst…" „Schließlich meinte Summi, sie selbst würde entscheiden, wer ihr Vater ist oder nicht. Es wäre der, den sie lieb habe." „Und das bist nun mal du. Geschickt gemacht", schmunzelte Cornelia. „Ich denke, sie haben das mit der Adoption verstanden.“ Cornelias Gesicht verdunkelte sich: „Sie haben es bestimmt besser verstanden als die Promis. Eine UNICEF-Botschafterin hat doch tatsächlich nach dem Erdbeben in Haiti behauptet, dass man ein Kind für 10 Dollar am Flughafen adoptieren könne. Sicherlich gibt es Kinderhandel, aber Adoption mit Kinderhandel gleichzusetzen, ist schon allerhand.“ Andreas schüttelt den Kopf: „Wie kann man nur so einen Unsinn behaupten. Gerade nach dem, was wir hinter uns haben.“ Cornelia holte ihren Terminkalender heraus. „Jetzt hast du noch 10 Arbeitstage und dann Urlaub, der dann in die Elternzeit übergeht.“ Andreas zog die Stirn hoch. Falten traten hervor. „Hoffentlich gibt es jetzt keine Verzögerungen mehr und wir bekommen endlich den Kindervorschlag mitgeteilt.“ „Immerhin hat Frau Mayer gesagt, dass sie schon von unserer Tochter weiß, dass sie sehr jung sei und die Papiere in Arbeit seien. So lange kann es nicht mehr dauern. – Übrigens finde ich es besser, von einer Kinderbenennung als von einem Vorschlag zu reden“, wandte Cornelia ein. „Da hast du eigentlich Recht. Wir lehnen ohnehin nicht ab.“ Andreas gab der Bedienung zur Kenntnis, dass sie zahlen wollten. Dann brachen sie auf.

14 Schockwellen

Dem, der einen in der Nacht führt, muss man am Tage Dank sagen. (Afrika)

Andreas musste sich konzentrieren. Mit aller Kraft versuchte er sein Auto auf der linken Spur zu halten. Kalter Schweiß trat auf seine Stirn. Morgen um diese Zeit würden sie am Flughafen sein. Am Mittwoch würden sie Faith das erste Mal im Kinderheim von Angesicht zu Angesicht sehen. Knapp eine Woche vorher hatten sie den entscheidenden Anruf von Frau Mayer erhalten. Bald hielten sie den Bericht über ihre Tochter in ihren Händen. „Sie ist ein lebendiges, fröhliches und kontaktfreudiges Mädchen. Sie ist ihrem Alter entsprechend entwickelt.“ Auf dem Foto schaute sie ein Mädchen in einem Kleid mit Giraffen darauf an. Sie schaute ein wenig zurückhaltend. Ihre Betreuerin, auf deren Schoß sie saß, konnte man nicht erkennen. Nun überschlugen sich die Dinge. Es war noch ein Dokument beim Notar zu unterschreiben. Über das Wochenende musste es noch übersetzt werden. Gestern noch war Andreas bei der Übersetzerin gewesen. An jeder Kirchenautobahn hatte er angehalten und inne gehalten. Er war so dankbar, dass sie endlich am Ziel, bei ihrer Tochter angekommen waren. Doch nun diese Nachricht. Hatten sie sich zu viel vorgenommen? Hatten sie zu viel gewollt und würden jetzt die Quittung dafür kriegen? Er trat auf die Bremse, um dem Laster nicht aufzufahren. Was Cornelia ihm vor einigen Minuten per Handy mitgeteilt hatte ließ ihn das Blut in den Adern gefrieren. „Toxoplasmose“. Ein furchtbares Wort. Einige Tage nach dem Ausflug in die Rhön hatte Cornelia ein ungutes Gefühl gehabt. „Und was ist, wenn unser ungeborenes Baby durch das rohe Lammfleisch infiziert wurde? Es könnte behindert zur Welt kommen!“ Andreas war ruhig geblieben und hatte dem nicht viel beigemessen. Er hielt es für unwahrscheinlich und riet ihr, für ihr Gefühl eben den Test zu machen. Doch jetzt war der Test positiv! Andreas kniff die Augen zusammen und sammelte seine Gedanken. „Jetzt muss ich erst einmal Arno für das Gesundheitszeugnis vorstellen. Und dann kommt der nächste Schritt."

Mit vielen Stempeln, „die Kenianer lieben Stempel, ich mach mal ganz viele, auch veraltete drauf", sagte die Ärztin, verließ Andreas das Gebäude. Er holte sein Handy hervor. „Hallo Cornelia, ich hab das Gesundheitszeugnis. Hast du noch etwas über Toxoplasmose herausgefunden?" Dünn klang die Stimme aus dem Handy: „Wir haben einen Termin bei unserer Hausärztin. Wir treffen uns vor Ort." Andreas setzte sich ins Auto. Er atmete tief durch und drehte den Schlüssel im Zündschloss herum.

Eine halbe Stunde später traten sie in das Behandlungszimmer. Frau Dr. Diercks machte ein ernstes, aber kein hoffnungsloses Gesicht. „Also, da müsste es aber mit schlechten Dingen zugegangen sein, wenn Sie sich mit Toxoplasmose beim Bio-Lammessen infiziert haben sollten. Mit Katzen haben Sie doch nichts zu tun gehabt?" „Nein, wir haben einen Hund, aber keine Katze." Die Ärztin schwieg einen Moment. Sie studierte die Blutwerte und stand auf: „Warten Sie, ich werde mal mit dem Labor telefonieren." Andreas blickte auf die Uhr, die auf dem Schreibtisch stand. Tick. Tack. Tick. Tack. Langsam bewegte sich der Sekundenzeiger auf der Uhr. Morgen um diese Zeit würden sie bereits im Flieger sitzen. Ja, er wusste, dass die medizinische Versorgung auch in Kenia gewährleistet sein würde – vorausgesetzt man hatte das nötige Kleingeld. Aber auf welchem Wissensstand würden die Ärzte sein? Würden sie bei Komplikationen wirklich so reagieren können wie in Westeuropa? Seine Gedanken wurden unterbrochen. Die Tür ging auf. „So, ich habe mit dem Labor telefoniert. Ihre

Werte sind Grenzwerte. Sie liegen knapp über dem Limit. Vielleicht ist zu empfindlich gemessen worden.“ Sie setzte sich wieder an den Schreibtisch, den beiden gegenüber. „Und was nun?“, fragte Andreas. „Wir fliegen morgen.“ Frau Diercks blickte nachdenklich. „Ja, kommen Sie denn nochmals nach Deutschland, Frau Eichhorn?“ Cornelia nickte. „In drei und dann nochmal in vier Wochen. Ich habe ja noch meine Prüfungen.“ Die Ärztin riss die Augen auf: „Da haben Sie ja einen ganz schön viel vor: Ihr Adoptivkind, die Prüfung und ihr leibliches Kind.“ Sie zögerte einen Moment: „Sagen Sie, ihr leibliches Kind, die Schwangerschaft – war das Absicht?“ „Ja, es war pure Absicht. Wir wollten gerne ein Geschwisterkind, das vom Alter her nahe bei unserer Adoptivtochter ist. Sie bekommt im Herbst ein Geschwisterchen.“ Die Ärztin schaute auf ihren Kalender: „Gut, dann machen wir einen Termin aus, dass wir nochmal Blut abnehmen. Dann können wir mehr sagen. Wie gesagt, ich denke, das ist ein Fehlalarm. Doch die letzte Sicherheit haben wir erst, wenn die Ergebnisse des zweiten Tests vorliegen.“ Sie schwieg einen Moment. „Medikamente würde ich zu diesem Zeitpunkt nicht nehmen. Denn diese haben ja auch starken Einfluss auf das ungeborene Leben. Und wie gesagt: Es müsste schon mit üblen Dinge zu gehen, dass Sie sich mit Toxoplasmose infiziert haben.“ Sie verabschiedete die Beiden. Sie hatte es geschafft, das Ehepaar zu beruhigen.

15 Harte Landung

Pole, Pole. (Kenia)

Cornelia blickte aus dem Fenster mit den abgerundeten Ecken. Unter den Trägerflächen entfaltete sich in der aufgehenden Morgensonne das Rift Valley. Ein tiefer zerklüfteter Graben durchzog die Landschaft. Nun war Kenia nicht mehr weit. Sie hatte unruhig geschlafen. Doch der Anblick der neuen Welt, in die sie nun eintauchen würde vertrieb die Gespenster des Vortages, die sich in die Träume geschlichen hatten. Sie legte die Hand auf Andreas Bein. Während er verschlafen wirkte, dudelte munter sein Kopfhörer. Er zog den Stöpsel aus seinem linken Ohr. „Nun sind wir von unserem Kind nicht mehr fern. Morgen werden wir es sehen." Cornelia nickte: „Schön, dass wir heute Nachmittag unseren Gesprächstermin bei der Psychologin haben. Ich weiß nicht, was die uns Neues erzählen möchte." Andreas entfernte den zweiten Stöpsel. „Was soll´s. Das ist Teil des Verfahrens hier in Kenia." Er schaltete den MP3-Player aus. „Wir haben noch viel Behördenkram vor uns." Cornelia drückte Andreas Hand: „Das werden wir jetzt auch noch schaffen. Wir sind beide in Elternzeit und können uns darauf voll konzentrieren." Der Lautsprecher über den Sitzen machte Knackgeräusche. „Jetzt kommt wieder eine Durchsage." Er zeigte auf den Bildschirm, der vor ihm im Vordersitz eingebaut war und in schwarz-weiß rauschte: „Solange nur der Teil der Elektronik und die Lautsprecher defekt sind, geht es ja noch." Der Lautsprecher kündigte auf Kisuaheli und in einem Englisch, das irgendwie auch wie Kisuaheli klang, die Landung an. „Schau mal schnell!" Cornelia zeigte aus dem Fenster. Andreas beugte sich herüber. „Das müssen Tiere sein. Nairobi liegt ja auch am Rande eines kleinen Nationalparks." Die beiden schnallten sich an. „Gleich betreten wir zum ersten Mal im Leben den Kontinent Afrika", sagte Andreas in einem feierlichen Ton. Das Flugzeug flog in einem großen Bogen über den Nationalpark ein. Eine unvergleichliche Stille und Andacht setzte ein, als das Flugzeug zum Landen ansetzte. Luft anhalten – Flugzeug setzt auf – ausatmen. „Bitte bleiben Sie, bis wir die Parkposition erreicht haben, auf ihren Plätzen sitzen", knarzte es aus den Lautsprechern. Eine Geschäftigkeit brach aus, jeder suchte nach seinen Habseligkeiten. Erste Gurte wurden gelöst. Cornelia beobachtete einen Bus, der sich dem Flugzeug näherte, um die Passagiere zu empfangen. Andreas wickelte die Kopfhörerkabel um seinen MP3-Player, um ihn zu verstauen. „Unser Geld packe ich mal vorsichtshalber in meine vordere Hosentasche", sagte er und ergänzte schuldbewusst: „Rat des Reiseführers.," Durch die Gangway hindurch traten sie auf die Treppe. Sie atmeten durch. Das war also Kenia. Es nieselte leicht. „Schau mal, ein Regenbogen." „Wenn das kein gutes Zeichen ist." Der Bus fuhr einige wenige Minuten, bis die Passagiere wie eine Herde in das Flughafengebäude gelotst wurde. Entgegen dem Wissen, dass dieser Teil des Flughafens nur für Reisegäste zugänglich war, hielt Andreas sein Handgepäck mit den wichtigen Dokumenten eng bei sich. Sie stellten sich bei den Visaschaltern an. „Gleich haben wir´s geschafft. Schön, dass uns unsere Haushaltshilfe Veronica abholt und wir erst einmal in unser kleines Häuschen fahren." Sie holten ihr Gepäck ab. Die Glastüren öffneten sich und wie durch einen magischen Vorhang traten sie in eine Zukunft, die ganz offen und ungewiss war.

Eine große Menschenmenge hatte sich in der Ankunftshalle versammelt. Andreas hielt Ausschau nach Veronica. Die Haushälterin hatte angeboten, sie am Flughafen abzuholen. „Vielleicht hat sie ja ein Schild mit unseren Namen dabei." „Wäre sinnvoll, wir haben uns ja noch nie gesehen", antwortete Cornelia. Sie ließ ihre Augen über die Schilder schweifen, die ihnen entgegen gehalten wurden. „Vielleicht sollte ich mal anrufen“, sagte Andreas und holte sein Handy aus dem Rucksack hervor. Cornelia blickte sich weiter um. Ein lauer Wind wehte durch die offene Halle. Taxis standen und warteten auf ihre Kunden. Anspannung lag in der Luft. Nach und nach wurden die Schilder heruntergenommen und die Halle leerte sich. Keine Spur von einer Veronica, die nach ihnen Ausschau hielt. Sie wandte ihre Aufmerksamkeit wieder Andreas zu, der sein Handy wegsteckte. „Sie kommt in wenigen Minuten. Sie macht sich jetzt auf den Weg.“ Nun würde es nicht mehr schwer sein, Veronica zu erkennen. Die Halle war nahezu leer. Eine halbe Stunde später erschien eine mittelgroße Frau mit männlicher Begleitung. Sie hatte kunstvoll geglättetes Haar. Eine Handtasche perfektionierte ihre Erscheinung. „Hallo, ich bin Veronica. Karibu. Herzlich Willkommen. Ich habe James mitgebracht. Er ist der Taxifahrer.“ Schüchtern blickte der Taxifahrer die beiden an und übernahm einen Gepäckwagen. Andreas schob den anderen Wagen vor sich her. Die Gepäckwagen wurden in Bewegung gesetzt. Nach wenigen Metern erreichten sie den Parkplatz. „Wir benötigen ein zweites Taxi“, sagte Veronica. Eine Gruppe von vier Männern kam ihnen entgegen. Sie deuteten an, die Gepäckwagen schieben zu wollen. „Das mache ich aber nicht, da sind unsere ganzen Papiere drin“, sagte Andreas. James begann einen zweiten Taxifahrer zu organisieren. Bis sie zu den beiden Taxis gelangten, gab Andreas auf. Noch immer waren die vier Männer an ihnen dran. „Einladen ist okay“, flüsterte er seiner Frau zu. Schnell waren die zwei Gepäckräume vollständig ausgefüllt. „Die beiden Autos sind bestimmt 30 Jahre alt“, bemerkte Cornelia. Veronica winkte von dem zweiten Taxi herüber: „Ich fahre hier mit.“ Die Männer, die das Gepäck eingeladen hatten, hielten Andreas die Hand auf. Sie warteten auf ihre Bezahlung. Andreas holte sein sorgsam verwahrtes Portemonnaie hervor und zahlte mit Ein-Dollar-Scheinen, ganz wie es der Reiseführer riet. Er schloss die Tür. Cornelia atmete durch. „Gut, das haben wir schon mal geschafft. Jetzt nur noch zu unserer Unterkunft und dann holen wir Arno ab. Hoffentlich hat der kleine Bär die Reise gut überstanden.“ „Und ob! Er hatte doch den Direktflug.“ Die Einreisebestimmungen hatten es notwendig gemacht, den Hund bereits am Vortag in der Animal Lounge des Flughafens zu bringen. Ihn sollten sie gegen 11 Uhr bei der Cargo abholen. Das Taxi setzte sich in Bewegung. Alle dreißig Meter zog James das Auto schräg über die Straßenschwellen. Dennoch konnte er das Auto nicht davon bewahren, immer wieder aufzusetzen. In einem großen Bogen fuhren sie um die Arrivals. Giraffen bewegten sich anmutig in wenigen Metern Entfernung. „Hinter dem Zaun beginnt der Nairobi National Park“, merkte James kurz an. „Unglaublich“, staunte Cornelia und lächelte. Sie verließen das Flughafengelände in Richtung Norden.

Es war sieben Uhr morgens und Menschenmassen liefen scheinbar ziellos in verschiedene Richtungen. Die Sonne drückte sich durch den Dunst hindurch und verbreitete ein diffuses Licht. Sie war stark genug, die Temperatur im Taxi in die Höhe zu treiben. Cornelia öffnete das Fenster. Verschiedenste Gerüche drangen in das Fahrzeug. Staub wirbelte an der Straße auf und gelangte, angereichert mit Abgasen und Müllgestank ins Innere. Die Temperaturen hielten sie davon ab, das Fenster wieder hochzukurbeln. Andreas stand nicht vor dieser Frage, da die Kurbel abgebrochen und damit das Fenster gar nicht zu öffnen war. Auf der Straße nahm der Trubel zu. Das Taxi bewegte sich nur langsam voran. „Um diese Zeit ist immer viel Verkehr“, bemerkte James. „Dann werden wir wohl niemals in einer Viertelstunde ankommen.“ James überging diese Anmerkung, sie schien für ihn bedeutungslos zu sein. „Ist das nicht gefährlich, wenn die Leute hier auf den Bahnschienen laufen?“ James blickte in den

Rückspiegel. „Kein Problem. Der Zug fährt hier zweimal täglich.“ Cornelia beobachtete die Leute. „Schau mal, da trägt einer ein T-Shirt mit der Aufschrift TV Hörde.“ Andreas schmunzelte: „Das ist ein Turnverein in der Nähe von Dortmund. Hier landen also die Altkleidersammlungen.“ Cornelia zeigte nach draußen: „Und hier werden sie verkauft“. Sie fuhren an einem Stand vorbei, der T-Shirts, Hosen und Sandalen zum Verkauf anbot. Menschen allen Alters waren unterwegs. „Was machen die Leute hier?“, fragte Andreas. „Viele sind auf der Suche nach Arbeit. Nairobi ist keine schöne Stadt. Man kommt hier hin, um Geld zu machen.“ Es hupte wie verrückt. Ein Matatu fuhr im Mordstempo an ihnen vorbei und zwängte sich zwischen den zwei Spuren hindurch. Das Sammeltaxi war bis an den Rand mit Personen gefüllt. „JESUS IS LORD“ stand in großen und bunten Buchstaben auf dem Fahrzeug. Das Fahrzeug hupte erneut. Ein anderes Auto weigerte sich, zur Seite zu fahren. Eine Hand kam aus dem Matatu heraus und schlug mit Wucht auf das Fahrerdach. Auf der gegenüber liegenden Seite entstand eine Lücke. Es setzte sich wieder in Bewegung und rauschte weiter. James Auto setzte erneut auf, als er in die nächste Straße abbog. „Jetzt ist es nicht mehr weit, wir sind fast in Donholm. Hier ist immer ein großer Rückstau. In den letzten Jahren gab es einen regelrechten Autoboom. Seitdem geht nichts mehr ohne Stau. Außer Nachts.“ Endlich bogen sie in die Zielstraße ein. Ein großes, verrostetes Tor stand offen. James kurbelte das Fenster herunter und sprach mit dem Mann, der aus dem kleinen Wachhäuschen trat. Dann fuhr er weiter. Jetzt gab es keine Straßenbefestigung mehr. James steuerte das Auto kunstvoll durch den roten Matsch und bemühte sich, die großen Pfützen zu umfahren. Ihr Weg führte an einigen kleinen kioskartigen Baracken vorbei. Grüne Gitterstäbe trennten die Verkäufer von ihren Kunden. Dort wurde Obst, Gemüse, Telefonkarten und Milch angeboten. In einer kleinen Hütte flocht eine Frau einer anderen die Haare. Von den Wohnhäusern war nur der obere Teil zu erkennen. Eine hohe Hausmauer trennte sie von der Straße. James hielt an. Sie waren am Ziel angelangt. Veronica stieg aus dem Auto und öffnete das Tor. Das Gepäck wurde ausgeladen. Cornelia und Andreas betraten durch einen kleinen Vorgarten das Haus. Es sah alles so aus wie im Internet dargestellt. Die Taxifahrer stellten die Koffer in den Flur, wo ein junges Mädchen mit großen Augen stand. „Los, die Sachen nach oben", wies Veronica das Mädchen an. Cornelia staunte. Eigentlich war doch Veronica für das Haus zuständig. Wer war dann das Mädchen? Sicherlich keine Verwandte, in dem Ton wie sie mit ihr sprach, klang ihr wenig Sympathie entgegen. Eigentlich war das Mädchen viel zu zierlich, um den schweren Koffer in die obere Etage zu schaffen. Doch es war nicht der Moment, Fragen zu stellen. Glücklich, endlich angekommen zu sein, belegten Cornelia und Andreas das Schlafzimmer. Es gab noch ein zweites für Besuch und das dritte Schlafzimmer war für die Besitzerin reserviert, die in einigen Tagen für ein paar Wochen anreisen würde. Veronica betrat das Zimmer: „Wo ist denn der Hund?" Andreas wandte sich vom Koffer, der auf dem Bett ausgebreitet war, ihr zu: „Den müssen wir in zwei Stunden abholen. Kannst du dem Taxifahrer Bescheid sagen? Ach ja, und am Nachmittag müssen wir mit ihm zu unserer kenianischen Adoptionsvermittlungsstelle Future for Abandoned Children." Veronica zögerte kurz. „FAC hat mich angerufen und die haben gesagt, dass der Termin nicht stattfindet. Ihr sollt morgen um 9 Uhr im Büro erscheinen. Ich mache euch jetzt erst einmal was zu essen und dann könnt ihr euren Hund am Flughafen abholen." Sie stieg die Treppe wieder herunter. Einige Minuten später saßen Cornelia und Andreas am Tisch. Veronica hatte Sandwiches und Kaffee vorbereitet. Sie waren über die Bewirtung froh. Die letzten Tage und der Flug waren anstrengend genug gewesen. Dankbar und gestärkt stiegen sie wieder ins Obergeschoss, um sich für die Abholung ihres Hundes vorzubereiten. „Sag mal, hast du mein Portemonnaie gesehen?“, fragte Andreas. „Ich? Nein. Hattest du es nicht bei dir?“ Andreas wurde blass. Er schaute sich im Zimmer um. Sein Atem wurde flach. „Es ist nicht mehr in meiner Hosentasche. Und in ihm war alles drin. Bargeld, Kreditkarten.“ Er durchsuchte den Koffer. Cornelia trat aus dem kleinen Bad, das sich dem Raum anschloss, heraus. „Wann hast du es denn zuletzt gehabt?“ Andreas versuchte, seine Gedanken gegen die ansteigende Panik klar zu behalten. Beide begannen, das Portemonnaie zu suchen. Erfolglos. Der Druck nahm zu. Sie konnten nicht ewig suchen. Sie mussten Arno abholen. „Vielleicht habe ich nicht gut genug aufgepasst, als ich am Flughafen die Helfer bezahlte.“ Andreas hielt inne. „Ich muss unsere Konten sperren.“ Er biss sich auf die Lippen. Die Kreditkarten beider Konten waren in diesem einen Portemonnaie. Wie konnte man so blöd sein, sich gleich am Anreisetag bestehlen zu lassen! Mit dem Handy in der Hand stiegen sie ins Taxi, das auf sie wartete, damit sie Arno abholen konnten. Fieberhaft tippte er die Nummern ein. „Es klappt nicht. Ich kann keine Verbindung herstellen. Kein Anschluss unter dieser Nummer.“ Er fragte James: „Wie telefoniert ihr ins Ausland?“ „Immer ein Plus am Anfang“, gab er kurz zurück. Nun klappte es. Freizeichen. Eine elektronische Stimme. Dann Musik. Andreas nahm kurz den Hörer zur Seite: „Warteschleife. Ich werde wahnsinnig.“ Das Netz brach weg. Nächster Versuch. Wieder Warteschleife. „Hoffentlich reicht das Handyguthaben noch“, gab Cornelia zu bedenken. Das Auto quälte sich durch den Straßenverkehr. „Ja, hier ist Andreas Eichhorn. Ich möchte meine Kreditkarte sperren. Ja, vermutlich geklaut.“ Andreas gab die Kartennummer durch. Plötzlich stockte er. Cornelia schaute ihn an. „Das kann nicht wahr sein! Das Handyguthaben ist alle, die Verbindung tot und die letzten zwei Ziffern fehlten noch!“ Entnervt schaltete er sein Handy aus. „Dann ist das wohl gelaufen. Gut, dass wir wenigstens noch Bargeld haben, damit werden wir die ersten Tage über die Runden kommen." Cornelia schwieg. Sie erreichten das Cargogebäude. Ein hoher Zaun trennte das Gelände ab. „Ich kann Arno sehen! Da wird er gerade gefahren." Cornelia zeigte aus dem Auto. „Er hat den Flug gut überstanden." Das Auto fuhr auf den Parkplatz. „James, wir holen jetzt den Hund ab. Bitte warte auf uns." James blickte in den Rückspiegel. „Ich habe einen guten Freund, der könnte euch dabei helfen. Er kennt sich damit aus." Überrascht und ratlos sahen sich Cornelia und Andreas an. „Na gut, wenn´s dann einfacher geht. Warum nicht?" James tippte auf seinem Handy herum. Einige Minuten später tauchte sein Freund auf und begrüßte die beiden Fremden. „Ah, einen Hund wollt ihr also abholen. Kein Problem, das kriegen wir hin. Wie groß ist er denn? Und was ist er wert?" Bereitwillig gab Andreas Auskunft. Der Freund schaute zufrieden und sagte: „Das klappt schon. Gebt mir mal die Papiere und dann haben wir ihn bald bei euch. Einer von euch kommt mit." Andreas ging mit ihm. Nach einer Ausweiskontrolle durften die beiden das Gelände betreten. Ein anderer Mann kam auf James Freund zu. Sie wechselten einige Worte, dann stellte er ihn vor: „Das ist mein Freund. Er wird mal im Lagerraum schauen, ob mit dem Hund alles klar ist. Ich werde den Papierkram erledigen. Du kannst mit mir mit kommen." Andreas ging bereitwillig mit. Sie betraten eine Schalterhalle. Hinter dem Tresen saßen fünf Personen aufgereiht, die mit ernster Miene arbeiteten. Hin und wieder stand eine Person auf, und ging in den Hinterraum und kehrte zurück. Eine Glasscheibe trennte den Publikumsverkehr von den Sachbearbeitern. Sie schienen sich ihrer gewichtigen Aufgabe bewusst. Sie suchten keinen Kontakt zu den Antragstellern, die an den Tresen traten, um ihr Anliegen vorzubringen. Andreas war erleichtert, dass jemand das Ganze als Freundschaftsdienst in die Hand genommen hatte. Der Freund von James eilte am Schalter hin und her und bezirzte eine Sachbearbeiterin, sich mit seinem Fall zu beschäftigen. Andreas ließ seinen Blick schweifen. Schweiß rann über seine Stirn. Es war wirklich sehr heiß in Kenia. Gegenüber vom Tresen saßen viele Kenianer aufgereiht. Einige fächerten sich mit einer Zeitung Kühle zu. Andere saßen einfach da und starrten unberührt den Tresen an. Schließlich ging der Freund von James wieder aus dem Raum heraus. Er hatte einen Anruf bekommen. Draußen kam ihm sein Freund entgegen. Sie wechselten wieder einige Worte auf Kisuaheli und wandten sich dann Andreas zu: „Kommt heute Nachmittag wieder. Jetzt ist Mittagspause." „Geht es denn dem Hund gut?" wollte Andreas wissen. „Ja, keine Sorgen machen. Alles in Ordnung." Andreas hatte sich das nicht so vorgestellt. Gut, dass der Nachmittagstermin bei der Psychologin geplatzt war. „Wie viel Uhr?" Die beiden Männer schauten sich an. Dann sagte einer „Vier Uhr". Andreas ging enttäuscht zum Taxi zurück. „Und?" fragte Cornelia. „Wir müssen es heute Nachmittag versuchen, weil Mittagspause ist. Also fahren wir jetzt wieder zu unserer Unterkunft und dann wieder hier hin."

Einige Stunden später stand Andreas erneut im Büro auf dem Cargogelände. Weiterhin bemühten sich die Freunde von James um eine Lösung. Andreas hatte sich in Schale geworfen und einen Anzug angezogen. Er hatte das naive Gefühl, dass das irgendwie von Vorteil sein könnte. Er fasste in seine Hosentasche. Ja, es war wieder da. Das gestohlen geglaubte Portemonnaie. Sie hatten es in der Mittagspause wieder gefunden. Offenbar hatte Andreas den Geldbeutel auf das Bett gelegt und es war beim Kofferauspacken in die Ritze gerutscht. Nun war es doch gut, dass die Kartensperrung am fehlenden Handyguthaben gescheitert war. Der Freund von James versuchte immer noch sein Bestes am Tresen, die Sachbearbeiterin zur Kooperation zu bewegen. Erneut klingelte dessen Handy. Mit ernster Miene ging er zu Andreas: „Wir gehen jetzt mal woanders hin.“ Sie verließen das Gebäude und gingen zum Taxi, wo Cornelia sie erwartete. Der Freund von James Freund kam aus einer anderen Richtung. „Euer Hund ist zur Quarantäne gebracht worden, weil er nicht rechtzeitig abgeholt wurde. Nun wird es komplizierter. Aber keine Sorge und immer mit der Ruhe. Ihr werdet ihn bald wieder haben.“ Cornelia war entsetzt. Wie bald würde bald sein? Arno brauchte dringend Wasser zu trinken. Es sah gar nicht so aus, als ob jemandem der Hund wirklich etwas bedeutete. Und diese Männer schienen keine solche Freunde von James zu sein, wie sie sich das zunächst vorgestellt hatten. Wie sollten sie jetzt aus der Nummer heraus kommen? Diesen sogenannten Freunden hatten sie die Papiere zur Abholung von Arno anvertraut. Hatten sie es womöglich absichtlich herbeigeführt, dass der Hund in Quarantäne landete? Wären sie rechtzeitig da gewesen, wäre das sicher nicht der Fall gewesen. Es wirbelte in ihrem Kopf herum. „Wir müssen jetzt in das andere Gebäude gehen und dort erreichen wir ganz sicher unser Ziel. Wir beantragen dort, dass der Hund wieder frei gegeben wird.“ Die beiden Männer machten sich mit Andreas auf den Weg. Sie überquerten einige Straßen und traten durch eine von Security bewachte Mauer in einen Hof. Sie stiegen die Stufen in ein dunkles und kühles Foyer. Andreas Augen mussten sich erst an die Dunkelheit gewöhnen. Nun konnte er auch lesen, was dort in großen Lettern auf dem Plakat stand. „Fight Corruption“. Mit ungutem Gefühl betrat er den ersten Stock. In einem quadratischen Foyer saßen einige Personen. Es war nicht ersichtlich, ob sie auf etwas oder jemanden warteten. Einige Männer standen an einem schmalen Durchgang und redeten auf einen Mann in Uniform ein. Er sollte offenbar nicht jeden in den Gang und die dahinter liegenden Büros lassen. James Freund versuchte sein Glück. Mal redete er mit ihm, mal bemühte er sich, als ob es sich um ein Spiel handelte, an ihm vorbei zu mogeln. Der Mann in Uniform blieb hart. Nun blickte er in den Gang und schien jemanden zu erkennen, der jetzt ins Foyer ging. Er ging ihm hinterher und sprach ihn an. Andreas rätselte, was die beiden miteinander zu besprechen hatten. War das wieder ein Freund des Freundes des Freundes? Die beiden setzten sich hin und sprachen aufgeregt miteinander. Andreas blieb im Abstand zu den beiden. Es war ihm recht so. Plötzlich erhob sich der eine und eilte fort. Einige Minuten später tauchte eine andere Person auf. „Wir gehen jetzt nach unten", sagte James Freund und deutete Andreas mit einem Kopfnicken an, mit zu gehen. Im unteren Gang angekommen, versuchten sie, Eintritt in ein Zimmer zu bekommen. Es war verschlossen. Andreas war am Rande seiner Nerven. Wie lange würde das Durcheinander noch dauern? Würde das Leben Arnos der Preis für die Adoption sein? Was für ein furchtbarer Tag. Er schickte ein Stoßgebet nach dem anderen nach oben. James Freund war mit der anderen Person wieder verschwunden. „Warte mal", waren seine letzten Worte. Nach einigen Ewigkeiten tauchte er mit einer jungen Frau wieder auf. Sie schloss die Tür auf. Mit einem herablassenden Wink hieß sie die Beteiligten in den Raum zu treten. Sie setzte sich an den Schreibtisch. James Freund legte die Einreiseunterlagen vor. „So, hier haben wir einen Hund. Der ist in der Cargo heute angekommen. Was für eine Rasse?" „Retriever." „Den müssen Sie verzollen." James Freund griff ein: „Der soll nicht verkauft werden. Das ist hier ein Tourist, der mit seinem Hund eingereist ist." Die Frau blickte misstrauisch Andreas an. „Tourist?" Andreas nickte „Ja, Tourist." Etwas anderes mischte sich in ihren Blick hinein: „Wie viel ist denn der Hund wert?" „Etwa 800 Euro." Ihre Augen weiteten sich. „800 Euro?" James Freund warf einen warnenden Blick zu Andreas herüber. „Nein, 180 Euro habe ich gesagt." Sie hatte ihn am Haken. „Nee, 800 Euro haben Sie gesagt." James Freund griff ein: „Nein, 180 Euro, das habe ich auch gehört." Sie blickte wieder auf ihr Blatt. Sie schien abzuwägen. Sie war am längeren Hebel, das wusste sie. Sie hatte die Macht über die Stempel. Sie griff nach ihrem Handy und telefonierte. Dann sagte sie: „Die Einfuhrgebühr für den Hund beträgt 300 Euro“, und stempelte das Blatt Papier. Sie erhob sich: „Oben geht es dann weiter“, und verließ den Raum. James Freund zuckte mit den Schultern: „Sie hat einfach nicht geglaubt, dass der Hund nur für den Urlaub hier ist, sondern weiter verkauft wird. – So, jetzt geht es nach oben. Ich habe doch gesagt, dass alles gut wird. Immer nur pole, pole. Ihr kriegt heute noch euren Hund.“ Erneut standen sie vor der Security, die wie eine Firewall nur bestimmte Personen in den Gang ließ. Erneut begann die Diskussion um den Einlass in die dahinter liegenden Büros. Es war mittlerweile fünf Uhr geworden. Dieses Mal wurde James Freund rabiater, in spielerischer Weise an der Security vorbei zu kommen. Schließlich hatte er Erfolg. Mit Andreas im Schlepptau landete er im Vorraum zum nächsten Büro. Hinter dem Tresen saß die Frau, die sie zuvor im Keller angetroffen hatten. „Ich brauche noch einen Stempel, und dann haben wir´s“, sagte er. Als sich die Tür öffnete, schlüpfte er mit hindurch. Einige Minuten später war er zurück. „Geschafft“, raunte er Andreas zu. Eine Sachbearbeiterin trat an den Tresen und bat um die Bezahlung der Stempel. James Freund begann zu verhandeln. „Morgen komme ich vorbei und zahle“, sagte er und wies mit seinen Augen zu Andreas hin. „Geht in Ordnung“, meinte die Dame und gab das Dokument heraus. Mittlerweile war die Zeit vorangeschritten. „Es ist schon fast sechs Uhr. Jetzt müssen wir uns beeilen, weil gleich Feierabend ist.“ Die beiden verließen eilend das Gebäude. „Wir müssen noch einen Stempel vom Tierarzt holen und dann habt ihr euren Hund wieder.“ Sie betraten wieder den Gebäudekomplex, bei dem sie am Morgen angefangen hatten. James Freund trat auf einen Mann in weißem Kittel zu. Im Gegensatz zu den anderen Personen wirkte er geradezu seriös und zugewandt. „Sie wollen einen

Hund abholen? Da möchte ich die Papiere sehen“, antwortete er. Er wandte sich an Andreas: „Das ist ihr Agent?“ Andreas erinnerte sich. Auf dem Abholzettel stand, dass es möglich sei, den Hund persönlich oder durch einen Agenten abholen zu lassen. Und James Freund war wohl so etwas wie der Agent, der für Andreas die Dinge regeln sollte. Das bedeutete aber auch, dass James Freund auf eigene Rechnung und in eigener Verantwortung handelte. Der Arzt las die Dokumente durch und holte seinen Stempel hervor. James Freund nahm das mittlerweile bunt durchstempelte Dokument an sich und verabschiedete sich. „So, wir haben es geschafft. Jetzt können wir den Hund abholen“, sagte er, als sie das Gebäude im Eilschritt verließen. Die Zeit rann dahin. Mittlerweile war es schon nach 6 Uhr. „Ich habe mit diesem Dokument die Sondergenehmigung, auch nach 6 Uhr den Hund abzuholen.“ Sie betraten ein separates Gebäude. Da war Arno! Er war noch immer in seiner Hundebox, die er bei Reisebeginn betreten hatte. Von wegen, er sei gut versorgt worden. Es war kein Wasser mehr vorhanden. Der Hund winselte vor Erleichterung, Andreas zu sehen. Er eilte schnellstmöglich zum Hund und ließ ihn aus der Box. Währenddessen trat ein untersetzter Mann aus seinem Büro. James Freund sowie der andere Mann, der hinzu gekommen war, redeten auf ihn ein und verschwanden mit ihm im Büro. „Sollten die doch reden, was sie wollten“, dachte Andreas und umarmte den aufgelösten Hund. Die Männer kamen wieder aus dem Büro: „Wir können jetzt gehen.“ Andreas nahm den Hund an die Leine. „Wir holen noch ein Auto, das den Hund einlädt“, schlug James Freund vor und eilte durch das Tor auf den Parkplatz, um sein Fahrzeug zu holen. Arno genoss sein wieder gefundenes Rudel und schmiegte sich an Andreas Beine. „Fast geschafft“ dachte sich Andreas, als nun das Auto vorfuhr und anhielt, um Arno einzuladen. Plötzlich hupte es hinter ihnen. Der untersetzte Mann aus dem Büro saß im Auto und schimpfte, dass er nicht vorbei kam. James Freund fuhr schnell beiseite, doch der Mann war nicht zu beruhigen. Zeternd fuhr er an ihnen bis zur Security vorbei. Er kurbelte sein Fenster herunter und sagte ihnen etwas. Dann fuhr er aus dem Hof. Die Security war mittlerweile auf das Geschehen um den Hund aufmerksam geworden. Sie sprachen den Freund von James auf die Papiere und die Ausfuhrgenehmigung an und verwickelten ihn in ein Gespräch. James Freund verschwand mit einem von ihnen und diskutierte weiter. Andreas stand wie angewurzelt und harrte der Dinge. So wenige Meter vor dem Ziel und nun doch nicht? Er sah Cornelia auf dem Parkplatz stehen. Er hob verzweifelt die Schultern. Da war nur noch diese blöde Zaun und die Security. Einige Minuten später kam James Freund wieder. „Wir können gehen“, sagte er. Das Tor öffnete sich. Arno und Andreas drückten sich so schnell und so erhaben wie möglich durch das Tor. Die Gefahr schien gebannt zu sein. Andreas schritt zitternd über die Straße und kehrte zu Cornelia zurück. James Freund lachte: „Haben wir doch gesagt, wir schaffen das. Immer mit der Ruhe. Pole, pole.“ Er holte aus seiner Hosentasche einen Zettel hervor und schrieb etwas auf. Sein Freund kam hinzu, sah ihm über die Schulter und kommentierte, was er aufschrieb. „So, dass wir als Agenten für euch gearbeitet haben, macht 600 Euro. Das sind die Auslagen, aber auch der Arbeitsaufwand für einen Tag.“ Andreas schluckte. Sollte er jetzt das Handeln anfangen? „So viel Geld haben wir gar nicht hier.“ James Freund blickte auf, in seinem Blick lag nichts Gutes. „Ihr wisst, dass wir viel Aufwand hatten und für euch auch Geld vorgestreckt haben…“ Cornelia blickte sich um. Mittlerweile waren einige Leute aufmerksam geworden. Mehr und mehr Personen gesellten sich um die Szenerie herum, als ahnten sie, dass etwas zu holen sei. „Wir haben nur einen Teilbetrag, den Rest haben wir in unserer Unterkunft. Folgen Sie unserem Taxi“, sagte sie, und zog Andreas am Arm. „Wir müssen jetzt sofort hier weg“, flüsterte sie ihm zu. Schnell stiegen sie in ihr Auto. Mittlerweile war ein Menschenauflauf entstanden, der sich um ihr Auto scharte. James starrte wie gebannt auf die Menge. „Los, jetzt fahr!“, rief Cornelia. James reagierte nicht. Cornelia und Andreas verriegelten die Türen von innen. „Los jetzt!!!“ James wachte aus dem Trancezustand auf. Er ließ den Wagen an und sie fuhren in die Abenddämmerung hinein.

16 Faith

Ein Kind ist größerer Reichtum als Geld. (Igbo)

„Karibu! Herzlich Willkommen in Kenia! Hatten Sie eine gute Reise?“ „Sicher, Danke sehr.“ Eine zierliche Frau hatte den Eichhorns die Tür geöffnet. Sie führte die beiden in ein einfach eingerichtetes Büro. „Es ist schön, Sie jetzt persönlich zu treffen. Sie sind die ersten internationalen Adoptionsbewerber bei uns. Wir haben bisher ausschließlich Inlandsadoptionen betreut.“ Jala verwies auf die Stühle. „Setzen Sie sich doch bitte. – Das ist sicher ein ganz besonderer Tag für Sie.“ Andreas nickte: „Lange haben wir darauf gewartet. Wir sind froh, heute unsere Adoptivtochter Faith zu besuchen.“ Jala setzte sich hin und schlug die Beine übereinander. „In wenigen Minuten wird die Sozialarbeiterin kommen, die mit Ihnen zum Kinderheim fahren wird. Erzählen Sie doch mal über sich. Warum adoptieren Sie?“ Die beiden holten zum Erzählen aus. Ausführlich berichteten Sie über ihre Motivation zur Adoption und ihre Geschichte. Zwischendurch verschwand Jala, um nach der Sozialarbeiterin zu schauen, ob sie inzwischen eingetroffen war. „Und, wie war ich?“, fragte Andreas. „Wunderbar. Ich habe einen guten Eindruck. Sie ist gut informiert über uns und ich glaube, wir hinterlassen auch einen guten Eindruck.“ Andreas nickte: „Wie oft mussten wir schon über unsere Motivation und die ganzen intimen Details reden. Das kann ich mittlerweile aus dem Ärmel schütteln. Wenn auch auf Englisch. Sie ist eine erstaunlich junge Direktorin.“ „Hier in Kenia sind die Ausbildungswege ja auch wesentlich kürzer“, erklärte Cornelia. Jala kam zurück: „So, darf ich vorstellen? Das ist Alice.“ Eine schick gekleidete junge Frau lächelte den beiden reserviert zu. Ihr Haar war zu einem glatten Scheitel gezogen. „Sie wird mit Ihnen jetzt zum Kinderheim fahren.“ Alice hielt eine abgenutzte Akte in ihrer Hand. Sie schwang sie in die Luft und deutete an, dass es Zeit zum Gehen sei. „Unser Taxifahrer weiß den Weg zum Kinderheim nicht“, merkte Cornelia an. „Kein Problem, ich erkläre dem Taxifahrer den Weg.“ Sie traten ins halboffene und luftige Treppenhaus. „Man sieht, dass man in Kenia kaum heizen muss“, stellte Andreas fest. Er wandte sich an Alice: „Wie lange leitet denn eure Direktorin Future for Abandoned Children?“ Sie stutzte: „Jala? Sie ist doch gar nicht die Direktorin, sie ist nur für die Telefonate und Außenkontakte von FAC zuständig.“ Sie traten in die Mittagshitze. „Und dafür haben wir nun über eine Stunde mit ihr geredet?“, raunte Andreas Cornelia zu. Sie erreichten das Taxi und stiegen ein. Alice setzte sich neben James, um ihm den Weg zu weisen. Sie legte die Akte in die Seitentasche der Beifahrertür. Sie unterhielten sich teils Englisch, teils Kisuaheli. Gesprächsfetzen drangen in die hintere Sitzreihe. „Du sprichst so komisch. Aus welchem Stamm kommst du? … Hab´ ich mir doch gedacht…. Pass auf, du fährst ja katastrophal. Typisch.“ Alice schien nicht gut aufgelegt zu sein. Sie fuhren quer durch Nairobi hindurch. Sie passierten hochummauerte Siedlungen von Menschen, deren Reichtum durch jede Mauerritze hindurchdrang. Sie kamen an Straßen vorbei, wo Kinder mit Tüten in der Hand nach Brauchbarem im Müll suchten. „Wie in biblischen Zeiten“, sagte Cornelia und wies auf einen Bettler, der auf der Verkehrsinsel sitzend mit einem verkrüppelten Bein um Almosen bat. Um sie herum stauten sich die Autos und wirbelten eine Mischung aus Staub und Abgasen in die Luft. Am Straßenrand prangte ein großes Werbeplakat für Hautpflegeprodukte. James deutet auf das Plakat hin: „So will uns die Industrie haben: Möglichst hell. Es gibt schon extra Hautaufheller zu kaufen. Chemischer Mist.“ Cornelia schüttelte den Kopf: „Da wird ein enormer Druck aufgebaut. Unvorstellbar.“ James nickte: „Michael Jackson hat es vorgemacht.“ „Oder Beyoncé. Die wird auch von Albumcover zu Albumcover heller“, ergänzte Andreas. Nun erreichten sie den Busbahnhof. Alice verriegelte ihre Tür. Sie drehte sich um und wies Andreas und Cornelia an, es ihr gleich zu tun. „Das ist hier eine berüchtigte Ecke“, erklärte sie. Sie schob ihren Unterkiefer verächtlich nach vorne. Einige Kilometer weiter nahm der Müll an der Straßenseite zu. Cornelia musste sich konzentrieren. Der Gestank, die Hitze, die katastrophalen Schlaglöcher. Übelkeit stieg in ihr herauf. Waren es die inneren oder äußeren Umstände, die ihr den Magen umdrehten? Sie öffnete das Fenster einen Spalt. Die Gegend wurde wieder wohlhabender, der Müll am Straßenrand weniger. Das staubige, helle Braun der Straße verschwand und die Asphaltwege wurden besser. „Hier sind die ganzen Botschaften und auch die UNICEF“, erklärte Alice. Mit der zunehmenden Begrünung und den hohen Bäumen verbesserte sich auch die Luft. Sie passierten ein gigantisches Plakat der UNICEF. „Die haben sich aber ein schönes Plätzchen ausgesucht, weit weg von den Menschen, um die es ihnen geht“, bemerkte Andreas. Cornelia konnte nichts darauf entgegnen. Sie war noch immer mit ihrer Übelkeit am Kämpfen. Sie war im Begriff zu siegen. Wie lange fuhren sie schon? „Hier einbiegen.“ Alice zeigte nach rechts und James bog auf einen roten, holprigen Weg, der durch Bäume hindurch führte. Er stoppte an einer Kette, die wie einst an der Mosel den Schiffen, die Passage verhinderten. „Wir wollen zum Kinderheim“, erklärte James. Die Kette wurde herunter gelassen und das Auto fuhr einen Berg herauf. Es bog nach links ab, bis Alice auf ein ummauertes Grundstück hinwies. James hielt vorm grünen Tor an. Er hupte. Durch die Tür des Tores lugte ein Mann, der sie schnell wieder schloss. Dann gab es einen lauten Ruck und das Tor öffnete sich. Sie fuhren in einen geräumigen geschotterten Hof. „Du wartest hier“, befahl Alice dem Taxifahrer. James nickte. Cornelia und Andreas stiegen aus. Vor ihnen lag eine gepflegte Grünanlage mit einigen kleinen Bäumen. Sie war durch ein L-förmiges

Gebäude begrenzt. Alice ging voran. „Hallo, da bin ich mit den Eichhorns. Wo ist denn die Faith?“ Sie betraten einen Raum mit Spielteppichen, Tischen, Wickeltischen sowie einigen Sofas. Kinder saßen auf dem Spielteppich oder auf den Schößen von Praktikanten. Einige hatten mehrere Babys auf dem Arm und schaukelten mit den Füßen Babyschalen, in denen weitere Babys waren. Spannung lag im Raum. Offenbar wurden sie schon erwartet. „Hallo, liebe Eichhorns!“ Eine Frau Mitte Fünfzig kam auf sie zu. „Ich bin die Elfriede, ich leite das Heim. Faith wartet schon lange auf euch.“ Sie zeigte auf die Mitte des Teppichs. Ein kleines siebenmonatiges Mädchen saß zwischen den Beinen einer Kinderpflegerin. Sie hatte Zöpfchen im Haar und schaute erwartungsvoll. Nicht nur, dass sie ein besonders hübsches Jeanskleid anhatte. Sie spürte, dass irgendetwas anders war als sonst. Cornelia und Andreas setzten sich zu ihr auf den Spielteppich. „Hello Faith? How are you?“ Cornelia näherte sich ihr behutsam. Faith griff neugierig nach dem Spielzeug, das Cornelia in ihrer Hand hielt. Das Eis brach langsam. Sie waren bei ihrer Tochter endlich angekommen. Stolz, Rührung, Erschöpfung und Zuneigung wechselten und überlagerten sich. „Wir hätten euch gerne schon viel früher hier gehabt. Aber die Behörden haben es uns mal wieder sehr schwer gemacht. Meine Sozialarbeiterin musste die ganzen Berichte neu schreiben.“ Andreas nickte und verstand. Doch das war in jenem Moment unwichtig. Sie hatten die Warterei ausgehalten und es geschafft, endlich bei ihrer Tochter zu sein. Während sie sich mit Faith weiter beschäftigten, begann Alice ein Gespräch mit der Kinderheimleitung. Nach einigen Sätzen trat sie zu den glücklichen Eltern. „So, wir können jetzt wieder fahren. Sie haben Ihre Tochter gesehen.“ Cornelia ließ sich nicht stören. „Jetzt schon? Aber wir sind doch gerade erst angekommen“, wandte Andreas ein. „Nein, ich muss weiter und Sie müssen mir noch zeigen, wo Sie wohnen.“ Elfriede schaltete sich ein: „Aber Sie müssen doch verstehen, dass die

Eltern nach so langem Warten bei ihrer Tochter sein wollen.“ Alice blieb hart: „Nein, ich muss weiter. Und ich muss sehen, wo Sie wohnen. Schließlich muss ich den Weg zum Hausbesuch in vier Wochen kennen.“ Andreas hatte eine Idee: „Was halten Sie davon, wenn James Sie dorthin fährt? Er weiß ja den Weg. Dazu müssen wir doch nicht mit kommen.“ Elfriede unterstützte seine Idee. Alice schaute einen Moment ärgerlich, dann lenkte sie ein: „Na gut, das geht. Dann gehe ich jetzt.“ Sie verließ den Raum. Elfriede ächzte: „Mit FAC sind das immer wieder Machtkämpfe. Aber da haben wir uns ja wacker geschlagen. Und jetzt genießt mal die Zeit mit der Kleinen.“ Cornelia hatte mittlerweile Faith auf den Arm genommen. „Sie scheint sich ja bei dir schon wohl zu fühlen“, sagte Andreas und berührte Faiths Arm behutsam. „Sie genießt eure ungeteilte Aufmerksamkeit. Ihr seht ja selbst, dass eine Betreuerin für viele Kinder zuständig ist“, erklärte Elfriede. Faith schaute interessiert um sich herum und griff nach Gegenständen, die in der Nähe waren. „Faith, huhu! Kadu? Kadu!“. Eine Betreuerin steckte ihren Kopf durch die Tür. Faith lachte zu ihr herüber. „Sie hat sich hier wohl gefühlt“, freute sich Andreas. „Das ist schön zu wissen, dass sie eine liebevolle Umgebung hatte.“ Elfriede betrat wieder den Raum: „Ihr wisst, dass jetzt die Anbahnungsphase begonnen hat. Das bedeutet, dass ihr jeden Tag Faith besuchen könnt. Bleibt so lange wie ihr wollt. Und wenn Faith nur noch mit euch zusammen sein will und damit Bindung aufgebaut hat, dann könnt ihr sie mit nach Hause nehmen.“ „Elfriede? Elfriede!“, tönte es aus dem Nebenraum. Die quirlige Frau verließ die beiden. „Wie machen wir jetzt weiter?“, fragte Cornelia. „Ich schlage vor, du bleibst bis heute Abend und ich fahre zwischendurch in unser Domizil. Dann kann ich den Hund ausführen. Anschließend komme ich wieder ins Kinderheim. – So, jetzt möchte ich sie auch mal auf den Arm nehmen.“ „Prima, dann kannst du sie gleich mal wickeln.“ Andreas nahm

Faith auf seinen Arm. Der Wickeltisch sah aus wie ein Campingutensil, weil er wie ein Klappstuhl aufgebaut war. Als er Faith auf ihn legte, bewegte sie ihre Arme und Beine lebhaft auf und ab, so dass das gesamte Gestell wackelte. Sie gluckste vor Vergnügen. Nun war die Stunde der Wahrheit gekommen, ob er beim Babypflegekurs gut aufgepasst hatte. Gut, dass sie nicht nur mit Pampers, sondern auch mit Stoffwindeln geübt hatten. Andreas schaute zufrieden auf das Ergebnis: Faith schien mit seiner Wickeltechnik einverstanden zu sein. Er übergab sie wieder an seine Frau und machte sich schnellstens auf den Weg, um möglichst bald wieder zurück zu sein.

„Bitte hole mich in neunzig Minuten wieder ab, James." Andreas verließ verschwitzt das Taxi. Erneut hatten sie im Stau mit vielen anderen Autos gestanden. Die meisten Fahrzeuge waren über vierzig Jahre alt und so war auch die Luft voller Abgase. „Da ist jahrelanges gesundes Leben durch eine Woche Kenia schon zunichte gemacht", dachte Andreas, als er die Tür des Wohnhauses öffnete. Im Augenwinkel bemerkte er eine fremde Person. Das war nicht Veronica. Auch nicht das rätselhafte junge Mädchen. Er drehte sich zur Seite. „Alice, was machen Sie denn hier?" Andreas war vollkommen erstaunt. Sie wollte doch eigentlich nur die Lage des Hauses, aber nicht das Haus selbst inspizieren. Alice saß auf dem Sofa: „Ich warte auf den Taxifahrer." Vor ihr stand ein Glas Wasser. Offenbar hatte sie sich mit Veronica oder dem jungen Mädchen bereits bekannt gemacht. Wie gut, dass die privaten Räumlichkeiten oben abgeschlossen waren. Dort hätte ihr Arno einen gebührenden Empfang bereitet. Außerdem sah es dort nach dem vorangegangenen Tag wie Kraut und Rüben aus. So konnte sie wenigstens da keinen Blick hinein werfen. „Ich habe meine Akte im Auto liegen lassen", erklärte sie. „Ich gehe dann mal und hole sie mir jetzt."

Einige Stunden später saß Andreas erneut im Auto. Bis sie Faith bei sich hätten, wäre das ihr normaler Tagesablauf, bei sengender Hitze im Auto zu sitzen. Andreas ließ seine Gedanken treiben. Die vielen Eindrücke, die in den letzten 36 Stunden auf ihn eingestürzt waren, musste er sortieren. Sicherlich hatte er viel über Kenia gelesen und die Erfahrungen von Familie Helmich ernst genommen. Doch da gab es den großen Unterschied zwischen Theorie und Praxis. Nun steckten sie mittendrin, hatten noch nicht einmal eine Telefonkarte, kaum Kontakte und waren einer komplett neuen Situation ausgesetzt. Die Gerüche, die Hitze, die Bilder, die ihm umgaben, trugen ihren Teil dazu bei. In der nächsten Woche und dann einige Wochen später würde er für einige Tage mit Faith alleine sein. Cornelia wäre in Deutschland zu ihren Prüfungen. Wenn das die Sozialarbeiterin mit bekäme, wie würde sie reagieren? Da sie nun in einer komplett anderen Kultur waren, ließ sich das überhaupt nicht voraussagen. Und außerdem: Wie sollten sie mit der Schwangerschaft gegenüber der Sozialarbeiterin umgehen? Jetzt sah man noch nichts. Aber in einigen Monaten würde das anders sein. Würde sie das als Grund sehen, Faith ihnen weg zu nehmen? Wie würde eine Geburt in Kenia aussehen? Wären die hygienischen Bedingungen gut genug? Andreas grübelte hin und her. Dann schob er die bedrückenden Gedanken weg: Bis hierher hat uns Gott gebracht – und er wird uns auch weiter bringen.

Von nun an fuhren sie jeden Tag ins Kinderheim, um bei Faith zu sein. Sie verbrachten so viel Zeit wie möglich mit ihr. Sie spielten mit ihr unter den Bäumen im Garten des Kinderheimes und fütterten sie. Faith konnte von ihnen gar nicht genug bekommen. Sie genoss die ungeteilte Aufmerksamkeit und ließ sich von ihren neuen Eltern stundenlang herum tragen. Sie machte kein Auge zu, wenn sie da waren. Würde sie einschlafen, würde sie vielleicht im Bett ohne sie aufwachen.

Sie schmiegte sich an ihre neuen Eltern und zappelte mit den Beinen. So konnte sie auf keinen Fall einschlafen und niemand konnte sie ins Bett legen. Morgens erwartete sie bereits ihre neuen Eltern. Wenn sich ihre Eltern um ein anderes Kind des Heimes kümmerten und ihm etwas zu essen gaben, protestierte sie lautstark. „Die gehören jetzt mir!“, schien sie den anderen zu sagen.
„Ich denke, es wäre jetzt Zeit, Faith mit zu nehmen. Sie hat sich gut an euch gewöhnt und wird es nicht seltsam finden, mit euch in euer Heim zu fahren“, sagte Elfriede eines Morgens. „Doch dazu benötige ich die Genehmigung von FAC. Ich rufe gleich mal an.“ Sie eilte davon. In den letzten Tagen hatten sich Cornelia und Andreas mit dem Tagesablauf im Kinderheim vertraut gemacht. Die Kinderpflegerinnen meinten es mit den Kindern gut. Sie bekamen regelmäßig und ausgewogenes Essen, doch aufgrund der vielen kleinen Kinder im Heim zog sich das lange hin. Wer am lautesten schrie, bekam auch zuerst zu essen. In einem Land, wo es auch Hungersnöte gab, spielte Essen eine große Rolle. So war es kaum verwunderlich, dass Faith gut genährt aussah. Für eine kommende Hungersnot war sie gut gewappnet. Aber auch über die Umstände, unter denen Faith gefunden wurde, wollten die beiden so viel wie möglich wissen. Faith war ein Findelkind. Sie teilte damit das Schicksal unzähliger anderer Kinder Kenias. Das Gesetz verbot, sein Kind zur Adoption frei zu geben. Also mussten Mütter in Not ihr Kind an belebten Orten aussetzen und schnellstens das Weite suchen. Hätte die Polizei sie erwischt, wäre sie ins Gefängnis gekommen, weil das Aussetzen von Kindern unter Strafe gestellt ist. Faiths Mutter musste ihre neugeborene Tochter im Wissen ausgesetzt haben, dass es keinen Weg zurück gab. Was sie dabei wohl gefühlt hatte? Und was sie wohl jetzt machen würde? Würde sie an ihr Kind denken oder vermissen? Hatte sie noch weitere Kinder? Vielleicht würde Faith das herauskriegen, wenn sie erwachsen sein würde und

nach ihrer leiblichen Mutter suchte. Ach, wie würden sie das Faith wünschen. Doch sie wussten, dass es bis dahin der beste Weg für sie sein würde, Adoptiveltern zu haben. Sie würden ihr die Liebe schenken, die jedes Kind braucht, um in einer lieblosen Welt aufzuwachsen. Andreas blickte aus dem Fenster. Elfriede war noch immer am Telefonieren. Sie lief am Gebäude hin und her, gestikulierte wild herum und sprach in einem Englisch, das stark von ihrem Dialekt geprägt war. Andreas schmunzelte. Das klang wirklich amüsant. Vermutlich dachten das die anderen auch von seinem Englisch. Er schaute wieder zu Faith. Sie war ganz und gar im Spiel mit Cornelia versunken. Sein Blick ging weiter und blieb am Sofa hängen. Auf ihm saßen Praktikantinnen und Pflegerinnen mit zwei Babys auf ihren Armen. Mit ihren Füßen bewegten sie die Babyschalen, die auf dem Spielteppich standen. So viele Kinder und so wenig Adoptiveltern. Gerne hätten sie gleich noch ein weiteres Kind mitgenommen, so groß war die Not. Doch das war natürlich nicht möglich. Vielleicht später einmal. Jetzt aber nicht. Elfriede kam zurück in den Raum: „Keine gute Nachricht. Future for Abandoned Children gibt Faith erst dann frei, wenn ihr das Counseling hinter euch habt. Sie haben gesagt, dass ihr das habt platzen lassen und nun bis Mittwoch warten müsst.“ Cornelia stutzte: „Moment mal, wir haben den Termin nicht abgesagt, das hat FAC.“ Elfriede winkte ab: „Das habe ich mir schon gedacht. Jedenfalls kann ich euch ohne deren Erlaubnis Faith nicht mitgeben, sonst verliere ich meine Lizenz.“ Andreas zuckte mit den Schultern: „Was soll´s, dann warten wir halt.“

Endlich war der Mittwoch angerückt. Jetzt sollte Faith mit den Eichhorns mit kommen. Da das Counseling am späten Vormittag stattfand, waren sie am frühen Morgen ins Kinderheim gefahren. Elfriede kam ihnen strahlend entgegen: „Heute, liebe Eichhorns, ist ein Festtag! Faith darf zu ihren

Eltern mitkommen. Kommt rein!“ Nachdem die beiden Faith geweckt und aus ihrem Bett geholt hatten, gingen sie in den großen Spielraum. Er war komplett umgeräumt worden „Immer, wenn ein Kind zu seinen Eltern geht, feiern wir eine Abschiedsandacht“, erklärte Elfriede und rief die Kinderpflegerinnen und Bewohner zusammen. Sie stellten sich in einen Kreis um die neue Familie herum und begannen zu singen. Sie wiederholten, was eine Vorsängerin ihnen als Text vorgab: „Guter Gott, wir danken dir – guter Gott wir danken dir – für die beiden Eichhorns hier – für die beiden Eichhorns hier – sind für Faith nun beide da – sind für Faith nun beide da – das ist, oh so wunderbar – das ist oh so wunderbar. – Lass sie gute Eltern sein – lass sie gute Eltern sein – Und sich mit Faith des Lebens freu´n – und sich mit Faith des Lebens freu´n.“ Der Gesang ging den beiden durch Mark und Bein. Es war die Stunde gekommen, jetzt waren sie eine Familie. Mit Kraft unterdrückten die beiden ihre Tränen. Sie waren so dankbar und froh, Faith, dieses wunderbare kleine Wesen zu sich zu nehmen. Sie waren so stolz, ausgehalten zu haben und sich nicht einschüchtern zu lassen. Sie waren so erleichtert, am Ziel ihrer Bemühungen angelangt zu sein. Immer neue Strophen wurden gedichtet. Eine Melodie löste die andere ab. Der Gesang nahm kein Ende. Mit dem Vaterunser und einem Segen endete der monumentale Abschiedsritus. Noch einmal würden sie sich von Faith verabschieden, dann nicht mehr. Bevor sie sie wirklich mitnehmen durften, mussten sie nun zum Counseling, zum Beratungsgespräch bei einer Psychologin gehen. „Das ist das letzte Mal, dass wir ohne dich fort gehen“, flüsterte Cornelia Faith zu. Nur schweren Herzens löste sie sich von ihr. Auch Faith schien von der Trennung nicht begeistert zu sein.

Anderthalb Stunden später erreichten sie das Büro der Kenianischen Adoptionsvermittlungsstelle. Jala führte sie in denselben Raum, bei dem sie das erste Mal schon das Gespräch hatten. Über sehr viel mehr Räume schien FAC nicht zu verfügen. Sie wurden bereits von der Psychologin erwartet. Sie stand auf, um die beiden zu begrüßen. Das Klimpern an ihren Handgelenken machte auf ihren Status aufmerksam. Offenbar war sie sehr wohlhabend. Auch an ihren Ohren und Hals hing Schmuck wie Trophäen. „So, Sie sind also Familie Eichhorn", begann sie das Gespräch. „Wir sind hier, damit ich Sie auf die Adoption vorbereiten kann, die jetzt vor Ihnen liegt." Andreas blickte irritiert zu Cornelia herüber. Waren sie nicht bereits vorbereitet? Oder war die Dame vor ihnen über den aufwendigen Adoptionsvorlauf nicht informiert? „Vielen Dank, dass wir mit Ihnen heute ein Gespräch diesbezüglich führen dürfen." Die Mittfünfzigerin schlug geschmeichelt ihre Beine übereinander und strich über ihren schwarzen Rock. „Sie haben die große Aufgabe vor sich, ein Kind in ihre Familie aufzunehmen. Ich als Psychologin möchte Sie beraten in den Fragen, die Ihnen auf dem Herzen liegen. Natürlich möchte ich Ihnen auch Fragen stellen, um zu sehen, ob Sie in der Lage sind, ein Kind aufzunehmen." Die Psychologin holte aus und legte ausführlich ihre Gedanken zur Adoption dar. „Wissen Sie, Kinder sind wie leere Gläser und was da hinein gefüllt wird, das hängt von ihnen ab." Cornelia zügelte ihre Mimik. Wie konnte man so einen Unsinn reden? Kinder haben schon so viel in sich angelegt, dass man mitnichten von leeren Gläsern reden könnte. Jetzt wandte sich die Psychologin ihr zu: „Sie als Frau haben da natürlich eine besondere Rolle. Es gibt nichts Schlimmeres als Menschen, die nicht wissen, wo ihr Platz ist. Sie sind wesentlich für die Erziehung zuständig." Andreas gab sich Mühe, gelassen zu wirken. „Sicherlich müssen Sie für Ihren Mann nicht alles machen, aber Küche und Haushalt sind einfach der Ort der Frau. Apropos Haushalt. Wo wohnen Sie eigentlich?" „In Donholm, Savannah." Die Psychologin zog ihre Nase kraus. Irgendetwas schien ihr nicht zu passen. Sie schaute einen Moment besorgt, dann entspannten sich ihre Gesichtszüge wieder, als ob sie sich etwas innerlich vor Augen geführt hätte. „Sie können mich jederzeit anrufen, wenn Sie ein Problem oder Frage haben. – Jetzt können Sie Ihr Kind abholen."

„Was für ein Problem hat sie denn mit Donholm?", fragte Andreas, als sie wieder im Taxi saßen. „Jedes Mal, wenn wir irgendjemandem erzählen, wir seien in Donholm, reagiert er ganz seltsam." – „Vielleicht ist der Stadtteil verrufen", mutmaßte Cornelia. Das Taxi quälte sich durch Abgase, Staub und Stau zum Kinderheim. Leise gingen sie in den Schlaftrakt, in dem die Babys zu zweit oder zu dritt in einem Bett untergebracht waren. Einige Babys waren am brabbeln, andere standen am Gitter. Es war ein beklemmendes Gefühl, so viele Kinder zu sehen, die dringend Eltern brauchten und doch nur eines mitnehmen zu dürfen. Ärger stieg in Andreas herauf. Die Behörden machten durch die langen Bearbeitungszeiten eine zügige Adoption geradezu unmöglich. Die Schuld lag nicht bei ihnen allein, sondern vor allem beim Staat, der offenbar auf genug Personal in diesem Bereich keinen Wert legte. Wäre das anders, würden mehr Kinder Eltern finden. Für Cornelia und Andreas war es eine einfache Sache gewesen, die eigene Biographie und Motivation zur Adoption offen zu legen. Das lag wesentlich daran, dass beide im sozialen Bereich beruflich tätig waren. Wer aber diese Ausbildung nicht genossen hatte, würde sich schwerer tun, die richtigen Worte zu finden. Die Hürden zur Adoption lagen einfach zu hoch und waren sehr zeitintensiv und emotional belastend. Andreas schmunzelte. Wieder hatte Faith ihrem Bettgesellen den Schnuller gestohlen und sich zur Seite gedreht. Schweiß stand auf ihrer Stirn. Die Nannys hatten es wieder gut gemeint und die Babys dick eingepackt. Für sie waren Temperaturen unterhalb von fünfundzwanzig Grad Grund, den Babys Wollmützen aufzusetzen. Faith drehte ihren Kopf und blinzelte. Ob es ein guter Traum war oder der Anblick ihrer Eltern, sie lächelte und streckte ihre Arme nach oben. Cornelia nahm sie auf ihren Arm und schlich leise aus dem Schlafraum. „So Faith, jetzt geht es nach Hause."

Bevor sie aufbrachen, mussten sie noch einige Zettel ausfüllen, die dokumentierten, dass Faith rechtmäßig bei den neuen Eltern in Pflege sein würden. „Bis ihr Faith als Tochter durch den Richter zugesprochen bekommt, ist sie euer Pflegekind", erklärte Esmeralda. „Führt dieses Dokument immer mit euch, damit ihr das beweisen könnt. Sonst landet ihr bei der Polizei und das könnte sehr kompliziert werden." Andreas nickte. Die kenianische Polizei war korrupt und wenn da jemand ein Geschäft witterte, konnte es richtig übel werden. „Wir werden uns in Acht nehmen und das Schreiben immer bei uns tragen", nahm er sich vor. „So, Faith, wollen wir jetzt los?", sagte Cornelia. Mit ihren Füßen wackelnd ließ sich Faith auf den Arm nehmen. „Sie ist ein wirklich aktives Mädchen", lachte Esmeralda und zeigte auf die Beine. „Sie wird uns fehlen." Sie rang um Fassung. Mittlerweile waren auch andere Nannys aufgetaucht, um Faith Lebewohl zu sagen. „Ihr kommt uns aber noch mal besuchen oder?" „Ganz sicher, wir sind ja mindestens noch ein halbes Jahr hier", versicherte Andreas und öffnete die Taxitür. Sie stiegen ein. Die Türen schlossen sich. Das Tor öffnete sich. Hinter ihm lag die Zukunft wie ein unbeschriebenes Blatt.

Selbst wenn ein Kindersitz vorhanden gewesen wäre, wäre es eine Unmöglichkeit gewesen, Faith anzugurten. Sie zog sich an den Händen von Cornelia hoch und turnte hin und her. Faith beschäftigte Cornelia mit aller Kraft. Mit ihrem Charme und ihrer Fröhlichkeit nahm sie sie gefangen. Dann stieg sie auf der

Rücksitzbank zu Andreas herüber. „In Deutschland wäre das unvorstellbar, aber hier ist es Alltag, dass die Kinder nicht angeschnallt sind. – Naja, bei dem Stau kommen wir sowieso nicht schnell voran.“ Faith hatte sich nun Andreas vorgenommen, der alle Hände zu tun hatte. Irgendwann siegte die Müdigkeit über Faith. Kurz vor der Ankunft im neuen Zuhause war sie bei Andreas angekuschelt eingeschlafen. „Willkommen in unserer kenianischen Groß-WG“, flüsterte Cornelia, als sie in Donholm ankamen. Die Auskunft der Vermieterin, dass sie die Einzigen im Haus sein würden, hatte sich nicht bewahrheitet: Die Haushälterin Veronica, die ab und zu nach dem Haus sehen sollte, war mittlerweile selbst Anwohnerin geworden. Das junge Mädchen, Milka, war von Veronica für von ihr outgesourcte Aufgaben angestellt worden und damit auch Anwohnerin des Hauses. Sie nannten sie mittlerweile Aschenputtel, weil sie von Veronica so behandelt wurde und tatsächlich so manchen Vormittag damit verbrachte, auf großen Tellern die guten von den schlechten Linsen zu trennen. Schließlich tauchte in dem Haus noch eine Cousine mit ihrem Baby auf, die auf ein Einreisevisum in die USA zu ihrem Mann wartete. Die nächsten Tage würde die Vermieterin anreisen, dann würden sie sie zur Rede stellen, hatten sie sich vorgenommen. Aber jetzt war das erst einmal nicht dran. Faith war dran.

17 Kulturwelten

Jede Blume hat ihren Duft. (Afrika)

Der kenianischen Groß-WG war der Einzug von Faith nicht entgangen. Mit besonderem Interesse hatte vor allem Veronica verfolgt, wie Cornelia und Andreas tagtäglich sich auf die Reise ins Kinderheim machten und erschöpft zurückkehrten. Sie hatte sich als enorme Hilfe während der ersten Tage erwiesen, indem sie für die Beiden Frühstück und Abendbrot bereitet hatte. Mit Argusaugen hatte sie verfolgt, ob sie auch alles vertilgten und es auch wirklich schmeckte. Dankbar hatten die beiden Adoptiveltern ihre Hilfe in Anspruch genommen. Auch als Debbie, die Hausbesitzerin, eingetroffen war, um das besagte Hausbauprojekt zu betreuen, bekochte sie die beiden weiter. „Sagt mal, heute hat mich die Veronica gefragt, ob ihr die Eier nicht mögt." Andreas wirkte irritiert: „Wieso?" „Naja, ihr habt nicht alles auf gegessen." Veronica hatte die beiden mit ihrem Konsum klar im Blick. „Bing!" Die Mikrowelle meldete sich. „Ah, Faith´s Essen ist fertig." Andreas ging in die Küche und holte den Mittagsbrei aus dem Gerät. Veronica kam: „Ist das für Faith?" Andreas nickte: „Ja, das Essen kochen wir selbst." Er war auf diese Situation bereits vorbereitet. Nichts galt nach kenianischer Sichtweise als verpönter, Hipp-Gläschen und dergleichen Kindern zu geben. „Das ist ja schön und gut", sagte Veronica und hielt den Kopf schief, „aber die Strahlen von der Mikrowelle schaden dem Kind." Andreas zögerte. Sollte er jetzt widersprechen und eine Diskussion riskieren? Veronica holte einen Topf aus dem Küchenschrank, füllte Wasser ein und stellte ihn auf den Gasherd. „So, jetzt kommt das Ganze in ein Wasserbad und schon hast Du das Essen richtig vorbereitet." Sie griff nach dem Schälchen. Andreas ließ es geschehen. Wenn die Sozialarbeiterin Veronica fragen würde, ob es Faith gut ginge und sie dann die Mikrowellengeschichte auspacken würde, wäre das nicht gut. Er sah verzweifelt zu, wie Veronica das Töpfchen ins Wasserbad stellte und den Gasherd entzündete. „Bin gleich wieder da", sagte Veronica und verschwand summend. Andreas blickte auf das Schälchen. Nein, nicht auf das Schälchen allein, sondern auf den Saugnapf, der dem Schälchen auf dem Tisch Halt geben sollte. Nun hing der Saugnapf auf dem Topfboden und würde langsam schmelzen. Er nutzt den unbeobachteten Augenblick und griff ins Wasser, um den Saugnapf vor seinem Hitzetod zu bewahren. Er setzte das Schälchen ohne Saugnapf wieder in den Topf. Veronica kam wieder, aber nicht alleine. „So Cornelia, jetzt erkläre ich Dir mal, wie man richtig kocht. Das kann man sich ja nicht mit anhören, wie Faith schreit. Außerdem ist sie für ihr Alter viel zu dünn. Seht mal, der Eric wiegt mit seinen zwei Monaten bereits 6 Kilo. Wie viel wiegt jetzt Faith?" „6,8 Kilo mit sieben Monaten" antwortete Andreas wahrheitsgemäß. „Gerade mal 800 Gramm mehr! Das geht nun wirklich nicht!" Veronica schien jetzt richtig durch zu starten. Andreas zuckte mit den Schultern. Er nahm Cornelia Faith ab, die vor lauter Müdigkeit geschrien hatte. Nach westeuropäischen Vorstellungen war Faith eher zu schwer. Jedes Mal, wenn Andreas die Treppe herunter stieg, sah er im Wohnzimmer, wie Eric von seiner Mutter gestillt wurde. Bei jedem Schrei, den Eric von sich gab, wurde er an die Brust gelegt. Mit einem vorwurfsvollen Blick schaute Erics Mutter Andreas immer an. Fühlte sie sich von seiner Präsenz beim Stillen unangenehm berührt? Oder war es ein missgünstiger Blick, wie man Faith nur so wenig zu essen geben konnte? Beides waren Gründe für ihn, warum er bald das Wohnzimmer mied. Scheppernd holte Veronica die Töpfe aus dem Schrank. Jetzt Widerstand zu leisten und auf das eigene Wissen zu pochen wäre zwecklos. Sie waren in der Zwickmühle. „So, jetzt schälen wir mal Kartoffeln, das ist ein ganz wunderbares Gemüse…", schallte es durch das

Treppenhaus, als Andreas mit Faith auf dem Arm in das Obergeschoss stieg. Einige Minuten später klopfte Debbie an der Tür: „Na, habt ihr Lust, wieder mal eine Tour zu machen? Bei meiner Baustelle geht es momentan gar nicht mehr weiter.“
Cornelia und Andreas hatten bereits eine nächtliche Kneipentour mit Debbie und ihren Freunden in Nairobi hinter sich gebracht, als Faith noch im Kinderheim nächtigte. Danach waren sie über sich selbst amüsiert, weil davon jeder Reiseführer abriet. Sie waren bei dieser Tour weit und breit die einzigen Weißen gewesen. Es war eine besondere Situation, mal selbst zur Minderheit zu gehören. Die Kneipen, von denen die Rede war, waren große Zelte mit ein paar Lichtschläuchen. Die Getränke und Gläser wurden liegend in Wäschekörben serviert. Cornelia merkte zu spät, dass Debbie das leere Glas erst einmal mit dem Bier ausspülte, bevor sie daraus trank. „Ja, als Kenianierin ist das schon was Besonderes, hier wieder zurück zu kehren. Es ist alles so komplett anders als in Deutschland.“ Das brauchte sie niemandem zu sagen. „Übrigens muss ich euch nachher mal mein Bauprojekt zeigen und den Baumarkt, den Veronica betreut.“ Die anschließende Fahrt zum Bauprojekt sowie den Baumarkt war ähnlich ernüchternd gewesen wie die Kneipentour. Das Bauprojekt bestand aus einem Gerüst, das offenbar eine Etage auf einen Flachbau stützen sollte. Der Baumarkt, das waren einige Bretter, die auf einem eingezäunten Gelände aufbewahrt wurden. „Verdammt, ich denke bei Bauprojekt oder Baumarkt immer an viel mehr und bin immer total geschockt oder enttäuscht. Die Begriffe passen einfach nicht“, sagte Andreas an jenem Abend, als sie im Bett lagen. „Wir verwenden dieselben Wörter und doch liegen Welten dazwischen, was wir damit meinen.“
Andreas ging an die Tür: „Du, Debbie, heute geht es nicht. Wir müssen uns jetzt auf Faith und unsere Adoption konzentrieren.“
„Kein Problem, das verstehe ich“ sagte Debbie. Sie ging nach

unten, wo offenbar die anderen schon unternehmungslustig plauderten und machte sich laut und fröhlich lachend auf in die Nacht.

Peter schüttelte den Kopf. „Also, Donholm, das geht überhaupt nicht. Gar nicht sicher." Der Taxifahrer hatte sich in einen Anzug gezwängt und saß in einem Restaurant in den Westlands. Normalerweise trug er keinen Anzug. Heute war er zum Essen eingeladen worden und er würde dort nicht nur die Familie Helmich mit der kleinen Habiba treffen, die er bei der Adoption vor einigen Jahren begleitete. Er würde darüber hinaus ein Ehepaar treffen, das gerade vor anderthalb Wochen nach Kenia gekommen war. Und die würden sicher einen Taxifahrer brauchen können. Der gutmütige Mann setzte ein ernstes Gesicht auf: „Ihr müsst in die Westlands ziehen. Da gehört ihr als Weiße hin". „Naja, eigentlich fühlen wir uns in Donholm ganz wohl", warf Andreas ein. Cornelia und er hatten sich darüber gefreut, die Helmichs in ihrem Keniaurlaub zu treffen. Nicht nur Habiba war mit von der Partie, sondern jetzt war ihr kleiner Bruder Malik aus Äthiopien auch dabei. Die beiden sprangen im Garten des Restaurants herum. Dieser Garten stand mit seiner Stille und seinem Grün im krassen Gegensatz zum Staub und zur Hitze Nairobis. Ja, so musste es sich im Paradies anfühlen. Denise trat mit Habiba an den Tisch: „Ich bin ja so froh, dass ich euch heute mit Peter und Maarifa bekannt machen konnte. Diese beiden haben mich bei der Adoption hervorragend begleitet. Ihr könnt euch auf sie verlassen – und es gibt wenige Leute, von denen ich das sagen kann." Maarifa hatte Denise, die zum großen Teil in Kenia alleine verbrachte, begleitet. „Ich bin so etwas wie die Oma von Habiba", sagte sie mit Stolz in der Stimme. „Aber nicht nur das", ergänzte Denise. „Sie war der Vormund von Habiba beim Gerichtsprozess." „Was meint Vormund?", fragte Cornelia. Sie war hellhörig geworden. „Beim Gerichtsprozess muss eine kenianische Person als Vormund benannt werden, die dem Gericht glaubhaft erklären kann, dass es dem Kind gut geht. Maarifa hat diese Aufgabe bei Habiba übernommen." Cornelia stutzte. Das hatten sie nicht gewusst. Oder hatten sie es vergessen? „Ich würde euch Maarifa empfehlen. Sie hat das bei uns wirklich gut gemacht. Sie kennt sich im Gerichtsprozess aus und hilft euch, wenn ihr wollt. Maarifa und Peter sind ein gutes Team, die euch durch den Prozess begleiten können." Sie strich Habiba über ihren Kopf. „Nicht, Mama! Meine Haare sind doch ganz neu gemacht", beschwerte sie sich. „Gibt es noch weitere Tipps für unseren Keniaaufenthalt?", fragte Andreas. „Das ist generell ganz schwierig zu sagen. Keine Nachttouren unternehmen. Und ihr müsst schauen, an welcher Stelle ihr Druck macht und wo nicht, wenn es beim Gerichtsverfahren hakt. Aber mit Maarifa an eurer Seite wird das sicherlich kein Problem sein. Nicht wahr, Maarifa?" Maarifa lächelte: „Ich werde schon aufpassen. – Darf ich mal die Faith halten?" Sie streckte ihre Hände über den Tisch. Cornelia stand auf und gab Faith in ihre Arme. Faith fing an zu weinen. „Na, was ist denn? Ich bin´s, die Oma Maarifa." Maarifa nahm sie liebevoll in den Arm und schaukelte sie. „Sie braucht was zu trinken, sie hat Hunger!" Widerwillig rührte Cornelia die Babymilch an. Faith hatte gerade vor einer Stunde gegessen, Hunger hatte sie ganz gewiss nicht. Denise schaute mit einem wissenden Blick herüber: „Die Omas haben hier das Sagen." Cornelia gab die Milch an Oma Maarifa weiter. „Was ist da drin?" „Bio-Milch, ganz gesund." Faith fing an zu trinken. „Die Kinder müssen immer genug zu essen haben. Faith scheint mir für ihr Alter viel zu leicht zu sein." Wieder schaute Denise mit einem „so ist halt Kenias Kultur" – Blick herüber. Maarifa wechselte das Thema. „Also ich halte von Donholm auch nicht viel. Das ist kein Ort für euch. Hier in den Westlands, da gibt es Shoppingmalls, da gibt es Weiße und es ist vor allem sicher.

Ich werde für euch etwas anderes suchen", entschied Oma Maarifa. Wer wollte ihr widersprechen? Anscheinend hatte wider alle Erfahrung von Cornelia und Andreas Donholm einen schlechten Ruf. Jeder Kenianer machte große Augen, wenn er diesen Namen hörte. Wer weiß, ob das nicht jemand ihnen mal zum Vorwurf machen könnte und damit die Adoption verzögern, wenn nicht unmöglich machen würde?
Wie spannend und interessant die kenianische Groß-WG auch war: Man konnte nicht einschätzen, ob sie einem wohl gesonnen bliebe. Gerade in deren speziellen Erziehungs- und Ernährungsvorstellungen lag ein nicht zu unterschätzendes Konfliktpotential. Sich in die Erziehung des Kindes reinreden zu lassen, konnten sich Cornelia und Andreas auf Dauer nicht vorstellen. So war es vermutlich wirklich eine gute Entscheidung, eine alternative Unterkunft zu suchen. Maarifa und Peter tauschten mit Andreas ihre Telefonnummern aus. Es war Zeit, aufzubrechen. „Ich melde mich, wenn es Neuigkeiten gibt", verabschiedete sich Maarifa und nahm Habiba bei der Hand. „Vielen Dank, dass wir uns noch treffen konnten, bevor ihr wieder nach Deutschland fliegt. Wann geht euer Flugzeug?", fragte Cornelia die Helmichs. „Gleich samstagfrüh, mit KLM." Cornelia schluckte: „Aha. Schön." Sie sagte nicht, dass sie sich im Flieger sehen würden. Oma Maarifa sollte nicht hören, dass Cornelia mit demselben Flieger nach Deutschland reiste, um ihre Prüfung zu machen. Andreas würde ja da bleiben. Aber sie konnte nicht einschätzen, wie Oma Maarifa darauf reagieren würde. Und das war nur die Spitze des Eisberges. Wie würde Maarifa darauf reagieren, dass Cornelias Bauch über die Monate immer deutlicher hervor treten würde? Es waren Fragen, die niemand beantworten konnte. Sie waren in einer anderen Kultur und diese gab auf dieselben Fragen ganz andere Antworten.

18 Umzüge

Lieber ein kleines Häuschen mit behaglicher Stube als zehn düstere Paläste. (Ägypten)

Es klang so, als säße Cornelia im Nebenraum, so fantastisch war die Telefonverbindung. In den letzten Jahren hatte das kenianische Handynetz einen unglaublichen Boom erlebt. Fast jeder besaß ein Handy auf dem Land wie in der Stadt. Mit dem Handy wurden sogar Barüberweisungen möglich, so dass Familien auf dem Land innerhalb von Sekunden aus der Stadt Geld auf ihr Handy überwiesen bekamen. Und das Handynetz war weit zuverlässiger als die Stromleitungen des herkömmlichen Telefonnetzes, die über Nacht immer wieder gestohlen wurden. „Es ist alles okay mit unserem Baby Nummer zwei, hat die Frauenärztin gesagt“, informierte Cornelia. „Es ist sechs Zentimeter groß.“ Andreas strich Faith über den Kopf. Sie war gerade dabei, eine Banane zu verspeisen. „Ich bin schon gespannt, ob es ein kleines Schwesterchen oder Brüderchen für Faith wird. – Und Deine Prüfung morgen?“ Cornelias Stimme klang ruhig: „Das wird schon werden. Sofort danach werde ich zum Flughafen eilen, damit ich schnellstens bei euch bin.“ Andreas staunte über die Gelassenheit, mit der Cornelia von der Prüfung sprach. Die letzten drei Tage als Alleinerziehender waren gut verlaufen. Dennoch schaute die kenianische Groß-WG etwas mitleidig, wenn Andreas mit Faith auf dem Bauch gebunden, den Hund Gassi führte. Immer wieder sprachen Leute dieses seltsame Gespann auf der Straße an. Kinder liefen teils begeistert, teils sensationslüstern, teils als Mutprobe hinter dem Hund her. „Das ist doch Scooby-Doo“, rief ein Junge begeistert. Tatsächlich hatte Arno eine gewisse Ähnlichkeit mit dem Hund aus den Cartoons. Ein Mann bot an, den Hund mal zu waschen um sich damit ein Zubrot zu verdienen. Eine Frau bot an, Faith stundenweise zu stillen, sie hätte ohnehin gerade Kinder im Stillalter. Andreas genoss das herrliche Wetter. Die Temperaturen lagen immer um die 25 Grad und das Klima war sehr angenehm. Faith hatte sich in ihrer neuen Umgebung gut eingefunden. Arno, der die letzten Tage erheblich zurückstecken musste, hatte Faith herzlich willkommen geheißen. Scheinbar kannte er den Geruch, den Herrchen und Frauchen zuvor jeden Abend mitgebracht hatten. Als er Faith das erste Mal traf, schleckte er begeistert ihre Füßchen. Er war erfreut, dass es in seinem Rudel Zuwachs gab. Cornelia und Andreas genossen es, von Faith mit Gebrabbel am Morgen geweckt zu werden. Ihr Bett passte genau neben das Elternbett und wurde von einem Moskitonetz vor unliebsamen Besuch geschützt. Durch die Holzstangen des Babybettchens beobachtete Faith genau, was um sie herum vorging. Weil die WG-Genossen abends im Erdgeschoss anfingen zu kochen und Halli-Galli war, hatten die Eichhorns als einzige Ausweichmöglichkeit einen kleinen Nebenraum, in den sie sich zurückzogen, wenn Faith schlafen sollte. Weiterhin hatte Andreas immer ein ungutes Gefühl, wenn er Erics Mutter beim Stillen im Erdgeschoss begegnete. Sie schien nicht begeistert zu sein, wenn er auftauchte, machte aber ebenso keine Anstalten, ihr intimes Beisammensein in einen anderen Raum zu verlegen. So verlagerte sich das komplette Leben in das Schlafzimmer im Obergeschoss. Sobald Bewegung in Faiths Nähe war, war sie hellwach und der Einschlafritus musste wiederholt werden. „Übrigens hat Maarifa angerufen“, informierte Andreas seine Frau. „Sie hat ein Treffen mit unserem Rechtsanwalt Mr. Keya vereinbart. Am Freitag wollen wir uns treffen. Ist das nicht ein Timing?“ Cornelia atmete auf: „Super, dann hat Maarifa nichts von meinem Ausflug mit bekommen. Denise hat mir übrigens im Flugzeug erzählt, dass Mr. Keya sie gut durch den Adoptionsprozess geführt habe. Und das sei die halbe Miete.“

Der Freitag rückte an. Am Vorabend hatte Peter angerufen und gesagt, dass er nicht fahren könne. Er würde jedoch seinen Freund Erastus schicken. „Ich habe einen Freund, das hatten wir schon mal – mit fürchterlichen Folgen. Weißt du noch, damals mit Arno?“, fragte Cornelia. „Wie werde ich das je vergessen – unser erster und schlimmster Tag in Kenia“, antwortete Andreas. Dieses Mal traten ihre Befürchtungen nicht ein. Pünktlich um 9 Uhr rückte am nächsten Morgen ein Toyota Corolla vor. „Hallo, ich bin Erastus, der Freund von Peter. Herzlich Willkommen in Kenia!“ Er ging zu Faith und begrüßte sie herzlich, indem er ihr spielerisch die Hand bot. Faith war noch zurückhaltend, aber nicht genug, um ihr Interesse zu verheimlichen. „Ihr wollt also ins Java in Nairobi City. Kein Problem, steigt ein. Fahrtzeit: eine Stunde.“ Euphorisch öffnete er die Wagentür. War dieser leichte Gelbstich die ursprüngliche Farbe oder war das die Folge von schätzungsweise 40 Jahren Nutzung, fragte sich Cornelia und stieg ein. Kleine Häkeldeckchen zierten die Sitze. Sie überdeckten den Schaumstoff, der sich durch die rissigen Bezüge gedrückt hatte. „Das Auto von Peter war ein Kombi – viel geräumiger und etwas jünger“, bemerkte Cornelia. „Naja, ist ja nur die Vertretung. Nächstes Mal fährt Peter“, beruhigte Andreas sie. Der Corolla holperte über die schlammige Piste. In den vergangenen Tagen hatte sich die Regenzeit mit einigen heftigen Regengüssen angekündigt und die rote Erde aufgeweicht. Erastus bemühte sich, den Pfützen auszuweichen, nicht wissend, wie tief sie waren. Mittlerweile hatte sich die Sonne gegen die Wolken durchgesetzt und sorgte für eine drückende Schwüle. Andreas wollte das Seitenfenster öffnen, als er bemerkte, dass die Kurbel fehlte. „Öffne mal das Fenster, bitte.“ Er blickte zu ihr herüber: „Wie siehst Du denn aus? Ist dir wieder übel?“ Eine Antwort brauchte es nicht, dazu kannten sich die beiden schon zu lange. „Nimmst du bitte mal Faith?“ Die Kleine turnte fröhlich an Mamas Hand hin und her und stieg auf ihr herum. Andreas übernahm. Es ging die mittlerweile bekannte Strecke entlang, doch zum ersten Mal waren sie in Nairobi City. Große Hochhäuser, vor allem Banken, Bürogebäude sowie Hotels prägten das Stadtbild. Sie hatten genug Zeit, die Bilder samt Abgasen und Hitze auf sich wirken zu lassen, da der Straßenverkehr wie gewohnt nur stockend voran ging. Endlich erreichten sie das Java. Cornelia sprang aus dem Auto in den nächsten Busch und übergab sich. „Äh, meine Frau verträgt das Autofahren schlecht“, kommentierte Andreas den Zwischenfall. Hoffentlich war Maarifa noch nicht da. Sie würde schnell eins und eins zusammenzählen. „Wir rufen dich an, wenn wir fertig sind.“ „Kein Problem“, antwortete Erastus und fuhr davon. Nachdem Cornelia wieder aus dem Busch hervor gekommen war, betraten sie das Java. Maarifa war noch nicht da. Sie bestellten sich einen Kaffee und warteten. Nach zehn Minuten kam sie. „Hallo Mama und Papa Faith und du glückliches kleines Mädchen“, begrüßte sie die drei. In Kenia benannte man die Eltern nach dem Kind. Wie schon beim ersten Treffen war Maarifa außerordentlich schick gekleidet. Offenbar legte sie auf ihre Außenwirkung besonderen Wert. Faith nahm von ihr nur wenig Notiz. Sie wollte diese beiden Menschen, die in den letzten Tagen viel Zeit, Essen, Spiel und Zuneigung zeigten, nicht mehr aus den Augen lassen. Wie oft war es ihr zuvor gegangen, dass die nettesten Leute plötzlich nicht mehr da waren. „Lass uns mal ins Untergeschoss gehen, da ist es ruhiger“, schlug Maarifa vor. Sie stiegen eine steile Treppe herunter. Tatsächlich war es dort angenehmer. Die Musik war nicht so laut und es gab runde Tische und Sitzbänke, an die man sich setzen konnte. „Ich habe Neuigkeiten für euch“, eröffnete Maarifa das Gespräch. „Ich habe vielleicht eine Wohnung in den Westlands, nur wenige Gehminuten von den Einkaufszentren gefunden. Es war gar nicht so einfach, etwas für euch zu finden.“ Maarifa hatte sich ins Zeug gelegt und auf einem schwarzen Brett Wohnangebote abtelefoniert. Es war ein schwieriges Unterfangen. Viele Vermieter reagierten bereits abweisend, wenn von einem Kind die Rede war. Andere stiegen aus, als sie von dem Hund erfuhren, der mit einziehen sollte. „Ich habe nur eine unmöblierte Wohnung für euch gefunden“, schloss Maarifa ihre Ausführungen. Andreas zog eine ernste Miene. Woher sollten sie jetzt noch Möbel her kriegen? „Keine Sorge, Andreas. Ihr mietet die Möbel einfach! Ich habe jemanden gefunden, der euch Bett, Herd und was ihr sonst noch so braucht, ausleiht. Die Wohnung kostet 30000 Kenianische Schilling und die Miete für das Inventar ebenso viel.“ Die Bedienung unterbrach: „Was wollen Sie bestellen?“ Sie gaben ihre Bestellung auf. „Dann sind das 600 Euro pro Monat. Wir zahlen dann für eine Wohnung genau so viel wie für das jetzige Haus“, wandte Cornelia ein. „Das könnt ihr nicht miteinander vergleichen! In einer solchen Wohngegend wie Donholm seid ihr und Faith“, Maarifa warf einen bedeutungsvollen Blick zur Kleinen, „nicht richtig aufgehoben. Für Montag habe ich einen Besichtigungstermin vereinbart. Da müssen wir die Vermieterin noch überzeugen, dass ihr samt Hund einziehen könnt.“ In diesem Moment kam ein stämmig gewachsener Mann im Anzug die Treppe herunter. Suchend blickte er sich um, dann blieben seine Augen an Maarifa hängen. Er ging geradewegs auf sie zu. „Hallo Maarifa, Hallo Familie Eichhorn. Ich bin Mr. Keya, Ihr Anwalt. Ich werde Sie durch den Adoptionsprozess in Kenia führen. Und du bist die kleine Faith. Ich werde dafür sorgen, dass du bald mit deinen Eltern nach Deutschland einreisen kannst.“ Er lächelte sie an, dann blickte er etwas nervös zu Maarifa. Er setzte sich an den Tisch. Maarifa ergriff das Wort: „Ich habe gedacht, dass wir heute über das Adoptionsverfahren sprechen. Schön, dass du es einrichten konntest, mit uns einen Termin zu vereinbaren.“ „Kein Problem“, sagte Mr. Keya und rückte seine Krawatte zurecht. Einen kleinen Moment dachte er daran, mit Faith zu schäkern. Dann besann er sich eines Anderen und holte aus seiner Aktentasche ein Notizbuch hervor. „Danke für den Termin, Mr. Keya. Wir haben schon von den Helmichs in etwa erfahren, wie die Adoption in Kenia verläuft und was wir für eine Rolle darin spielen." Mr. Keya setzte sich aufrecht hin. „Also, das Adoptionsverfahren hat zwei Teile. Der erste Teil ist die Familienphase, der zweite Teil die Gerichtsphase. Die Familienphase hat mit dem Tag begonnen, als Sie Faith zu sich geholt haben. Sie dauert drei Monate. Wann war das genau, als Sie Faith zu sich genommen haben?" „Am 11.März", antwortete Andreas. „So, dann endet diese Phase am 11.Juni. Dann schließt sich die Gerichtsphase an. Sie dauert schätzungsweise drei bis fünf Monate. Lassen Sie mich mal schauen." Mr Keya schlug in seinem Notizbuch einen Kalender auf. Er blätterte hin und her. „Also – ich denke wir schaffen noch einen Termin vor den Gerichtsferien. Das Gericht schließt vom 1. August bis zum 15.September." Er blätterte wieder in seinem Kalender herum. „Dann der zweite Gerichtstermin, der ist schätzungsweise Anfang oder Mitte Oktober. Der dritte und letzte Termin wird schließlich Anfang November sein." Er blickte in die entgeisterten Gesichter von Cornelia und Andreas. „Dann rechnen Sie mit der Heimreise Mitte, Ende November." Er klappte sein Notizbuch zu. „Weihnachten sind Sie wieder daheim!" Die beiden Eltern hatten gewusst, dass es Gerichtsferien geben würde und dass da gar nichts geschehen würde. Dennoch hatten sie gehofft, dass Mr. Keya etwas optimistischer an die Sache herangehen würde. „Das ist jetzt großzügig gerechnet", ergänzte er, als ob er die Gedanken der beiden gelesen hätte. „Die Gerichtstermine bekomme ich nur kurzfristig und sie können auch mal platzen. Darum bin ich mit der Prognose sehr vorsichtig." Andreas war nicht klar, ob er sich freuen oder beunruhigt sein sollte, dass bei ihrem zweiten Kind im Pass als Geburtsort Nairobi stehen würde. Cornelia löste sich aus der Starre: „Wie sieht denn die Familienphase genau aus? Denise hat uns erzählt, dass es da Hausbesuche geben soll." Mr. Keya bestellte einen Kaffee bei der Bedienung, bevor er ausholte. „In der Familienphase haben Sie drei Hausbesuche, jeweils im Abstand von vier Wochen. Da kommt eine Sozialarbeiterin, ich glaube bei Ihnen ist das Alice, zu Besuch. Sie muss einen Bericht über Sie und Ihre Wohnsituation erstellen und beschreiben, wie Sie sich als Familie gefunden haben. Außerdem muss Sie Ihre Eignung als Adoptionsbewerber feststellen. Außerdem wählen Sie noch einen sogenannten Guardian ad litem. Dieser muss auch einen Bericht über Sie erstellen und vor Gericht erklären, ob Sie die Interessen von Faith vertreten haben." Maarifa meldete sich zu Wort: „Möchte die Faith mal zu Oma Maarifa kommen?" Diese mehr als rhetorische Frage beantwortete Cornelia, indem sie Faith aus ihren Händen in die der selbst ernannten Oma entließ. Andreas wich zurück, um Faith nicht im Weg zu sein: „Maarifa soll der Guardian ad litem sein." So hatte es ihnen Denise geraten. Mr. Keya blickte zu Maarifa herüber. Etwas Unterwürfiges lag in seinem Blick. Schnell öffnete er seinen Notizblock: „Ja, schreibe ich mir auf." Cornelia hielt Faith, die die ganze Zeit mit ihrem Zwieback in Bewegung war, auf ihrem Schoß: „Wir haben, bevor wir hier eingereist sind, große Verzögerungen in Kauf nehmen müssen. Kann das hier auch der Fall sein?" Mr. Keya klappte sein Notizbuch zu. „Wenn zum Beispiel Alice oder der Guardian den Eindruck haben, dass es mit Faith nicht so läuft, wie es sollte, kann das Gericht die Familienphase um einige Monate verlängern." Andreas versuchte, sachlich zu klingen: „Aha. Und was geschieht in der Gerichtsphase?" Mr. Keya nickte lautlos der Bedienung zu, die ihm den Kaffee auf den Tisch stellte. „Beim ersten Gerichtstermin gibt es nur eine kurze Anhörung. Da werden die Beteiligten, also Alice, der Guardian, Sie mit Ihrem Kind sowie meine Wenigkeit in unserem Adoptionsanliegen gehört und notiert. Des Weiteren muss der Sozialbericht von Alice bereits vorliegen. Dann – und das kann Verzögerungen geben – muss das Jugendamt auch noch einen Hausbesuch bei Ihnen machen und einen Bericht erstellen. Der Termin muss innerhalb von vier Wochen vereinbart werden und dann hat das Jugendamt noch zwei Wochen Zeit, den Bericht zu erstellen.“ Schon wieder dieses Unwort „Verzögerungen“. Andreas hielt sich an seinem Kaffeebecher fest. „Darum sagen Sie, ist es auch nicht möglich, dass der zweite Gerichtstermin vor den Gerichtsferien stattfindet.“ „Genauso ist es“, war die knappe Antwort von Mr. Keya. Er füllte zum wiederholten Male Zucker in seinen Kaffee nach und rührte um: „Der zweite Gerichtstermin ist die Anhörung. Da müssen erneut Alice, der Guardian, Sie mit Faith sowie meine Wenigkeit anwesend sein. Des Weiteren muss der Bericht des Jugendamtes vorliegen und der Herr vom Jugendamt vorsprechen. In dieser Sitzung wird Ihr Fall ausführlich verhandelt.“ Mr. Keya machte eine kleine Pause. „Der dritte Gerichtstermin ist nur noch die Urteilsverkündung.“ Cornelia lehnte sich zurück. Eigentlich war das gesamte kenianische Verfahren die Neuauflage dessen, was sie bereits in Deutschland durch gemacht hatten. Die ganzen Hausbesuche, die Gespräche mit der Adoptionsvermittlungsstelle, der Sozialbericht durch das Jugendamt, das kam ihr verdammt bekannt vor. Doch nun alles auf Englisch und in Kenia. Das würde spannend werden. „Müssen wir bei allen Terminen zusammen erscheinen?“ fragte Andreas. Sie hatten sich entschieden die Schwangerschaft nicht an die große Glocke zu hängen und sie durch üppige, wallende Kleidung elegant zu umgehen. Bereits mit der Ankunft in Kenia hatte sich Cornelia bereits in sehr lappige Kleidung gehüllt, um ihre Umstände zu kaschieren. Jetzt sah man noch nichts, wie auch bei 6 Zentimetern. Aber in drei oder vier Monaten würde sich das geändert haben. „Ja“, antwortete Mr. Keya „außer bei dem dritten Gerichtstermin. Da muss niemand von Ihnen erscheinen. Die meisten Eltern erscheinen dennoch, weil sie bei der Urteilsverkündung dabei sein wollen." Er packte das Notizbuch wieder in seine Aktentasche. Sein nächster Termin stand an. Als Andreas anbot, seinen Kaffee zu bezahlen, lehnte er freundlich ab. Offenbar gehörte das zu seinem guten Ruf, nur für Tätigkeit als Anwalt bezahlt zu werden, nicht aber die Spesen sich bezahlen zu lassen. Er verabschiedete sich und stieg die Treppe ans Tageslicht zurück. Andreas benachrichtigte Erastus, dass sie abgeholt werden wollten. Sie kehrten ans Tageslicht zurück und blieben mit Maarifa vor dem Java stehen. „Ich denke, wir werden wegen eurer Wohnung für kommenden Montag einen Termin vereinbaren können. Ich rufe euch an. – Ach, könnt ihr mich ein Stück mitnehmen?"

Nach drei Stunden kam die junge Familie nach Hause. „Ein Stück mitnehmen? Das war eine halbe Weltreise! Und das noch in der Klapperkiste von Erastus", stöhnte Cornelia und ließ sich aufs Bett fallen. Nur Faith war von der Fahrt erfreulich unbeeindruckt gewesen. Sie saß munter auf Andreas Arm und winkte munter ihrer Mutter zu. „Am Montag kommt ja Peter mit seinem Kombi", tröstete Andreas seine Frau. Tatsächlich fuhr Peter am Montagmorgen mit seinem Auto vor. Er hupte einige Male, bis Andreas aus dem Fenster schaute. „Unser Taxi ist da." Cornelia war im Bad. „Na, was man hier so Taxi nennt." Eigentlich konnte jeder sich als Taxifahrer selbständig machen, ohne überhaupt eine Insassenversicherung zu haben. Wer sich eine Versicherung leistete, den konnte man an einer Vignette, die an der Frontscheibe klebte, erkennen. Peter gehörte nicht dazu. „So, fertig. Wir können." Cornelia kam aus dem Bad. Sie nahm Faith, die sich auf dem Bett mit Knisterfolie beschäftigt hatte, auf den Arm. Es war eine Besonderheit, dass Faith den beiden es zugestand, sich im Raum frei zu bewegen. Anfangs protestierte sie bereits, wenn sie irgendwo hingesetzt wurde. Sie wollte herum getragen werden, denn so war sie sicher, dass sie auch nicht alleine blieb. Sie gingen ins Erdgeschoss und öffneten das Tor. Peter kam ihnen strahlend entgegen und begrüßte sie. „Guten Morgen. Schön, euch wiederzusehen. Steigt ein, ich weiß den Weg zu Maarifa.“ Sie setzten sich ins Fahrzeug. „Wo ist denn dein Kombi geblieben?“, fragte Cornelia überrascht. „Mein Sohn fährt den, ich hatte ihn nur vorübergehend ausgeliehen.“ Er redete weiter: „Ich habe die letzte Woche viel telefoniert und ich habe vielleicht eine Unterkunft für euch.“ Er ließ sein Auto an. „Ich habe einen Freund und der kennt wiederum Jemanden und der weiß etwas in den Westlands. Da können wir heute ja mal hinfahren.“ Skeptisch schaute Cornelia Andreas an. „Du weißt, dass wir einen Hund haben. Hast du deinem Freund auch gesagt, dass wir einen Hund haben?“ Peter lächelte: „Es ist alles kein Problem. Wir fahren da einfach hin und dann wird alles gut. Das ist vollmöbliert und direkt in den Westlands. Absolut sicher für euch und eure Tochter.“ Sein Handy klingelte. Er sprach einen Mix aus Kisuaheli und Englisch. Er legte wieder auf: „Das war Maarifa. Sie hat mir gesagt, dass wir sie am Yaya-Centre abholen können. Das ist ein Einkaufszentrum in den Westlands.“ Eine Stunde später kamen sie an. Maarifa stand mit einem großen Briefumschlag an den Parkplätzen. Hinter ihr konnte man die schwarzen Türen der Mall sehen. Andreas stieg aus, um sie zu begrüßen. Sie stieg neben Peter ein und nannte ihm das Ziel. Sie drehte sich zur Rücksitzbank: „Guten Morgen Mama Faith! Guten Morgen Faith! Heute schauen wir uns mal an, wo ihr wohnen könnt. Eure Unterkunft ist ganz nahe. Aber ich muss vorher noch ein paar Erledigungen machen.“ Sie hielt ihren Briefumschlag hoch. Peters Taxi kurvte kreuz und quer durch Nairobi, bis sie durch ein Tor fuhren, das zu einem Appartementblock gehörte. „Bin gleich wieder da“, sagte sie und stieg aus. Einige Minuten ging die Fahrt weiter. „Ich habe da noch eine Station, und dann…“ Ihr Handy klingelte. Das Taxi fuhr weiter, während Faith auf dem Rücksitz lebhaft herum tobte. „Wenn sie uns mit

einer Unterkunft hilft, dann müssen wir ihr mit ihren Erledigungen helfen“, sagte Andreas zu Cornelia, wohl wissend, dass sie gar keine Alternative hatten. Sie fuhren an einem Flachgebäude an der Ngong Road, einer breiten und belebten Ausfallstraße, vorbei. „Hier machen wir Pause. Das ist ein Einkaufszentrum“, entschied Oma Maarifa. Gut dass sie das sagte, das war so nicht zu erkennen. „Da könnt ihr etwas trinken und Faith hat sicherlich schon Hunger.“ Maarifa stieg aus und verschwand im Gebäude. Cornelia und Andreas setzten sich in eine kleine Java-Filiale und versorgten Faith und sich mit dem Nötigen. Maarifa kam wieder und ließ sich zu einem Kaffee einladen. „Was ißt denn Faith da?“, fragte sie interessiert. Die Kleine knusperte einen Bio-Zwieback. „Ist das ein Keks?“ „Nein, das ist zweifach gerösteter Toast – ohne Zucker und...“ Andreas überlegte, ob man Bioprodukte in Kenia kannte und für wichtig hielt „,…ganz organisch.“ Maarifa legte ihre Hände in ihren Schoß. „Ach so.“ Sie trank einen Schluck vom Kaffee. „Also eure Unterkunft ist noch nicht ganz sicher. Ihr müsst heute bei der einen Schwester der Vermieterin vorsprechen und einen guten Eindruck machen. Vor allem, weil deren Schwester keine Hunde mag. Lasst mich mal reden und dann werden wir sehen. Von mir aus können wir jetzt weiter.“ Sie trank ihren Kaffee aus.
Peter fuhr sie zehn Minuten durch die Parallelstraßen der Ngong Road, bis er vor einer roten Backsteinmauer hielt. Sie betraten den Hof. Im Untergeschoss surrte es und Cornelia entdeckte, dass dort eine Näherei untergebracht war. „Hier werden Arbeitsuniformen für Hotels, Security und so weiter hergestellt“, informierte Maarifa. „Eure Wohnung befindet sich oberhalb der Näherei.“ Die Vermieterin trat aus der Näherei heraus. Maarifa begrüßte sie betont freundlich und stellte sie der kleinen Familie vor. „Ja, dann zeige ich Ihnen erst einmal die Räumlichkeiten. Wie Sie sehen, ist es hier ganz sicher.“ Sie wies auf ein Gitter, das vor dem Treppenhaus geschlossen

werden konnte. Sie stiegen in die Wohnung hinauf. Wenig Tageslicht drang in die Räumlichkeiten, die karg und leer wirkten. „Ja, das gesamte Inventar müsstet ihr euch dann borgen.“ Maarifa blickte zu Cornelia herüber: „Und wir könnten gemeinsam Gardinen besorgen, um das hier noch ein wenig wohnlicher zu machen.“ Andreas blickte in den Duschraum. „Gibt es auch warmes Wasser?“ Die Vermieterin schüttelte den Kopf. „Aber da könnten wir was machen“, stellte sie in Aussicht. Sie gingen weiter durch die Räume. In einen geschlossenen Hof quälten sich einige Sonnenstrahlen hinein. Einige Spuren wiesen darauf hin, dass der Vormieter hier seine Wäsche gewaschen und aufgehängt hatte. Begeisterung sah anders aus. Andreas hatte ein schlechtes Gefühl. In einen solchen Bunker wollte er nicht einziehen. Dagegen war die Unterkunft in Donholm wesentlich besser – nur eben nicht in den Westlands. Aber genau das war ja das Problem, das alle hatten, nur nicht die Eichhorns. Sie gingen in die Büroräume der Näherei. „Nun, ich würde Ihnen ja die Unterkunft vermieten – wenn da nicht der Hund wäre. Ich selbst habe Hunde und kein Problem damit. Aber meine Schwester.“ Andreas gab sich alle Mühe, glaubwürdig herüber zu kommen: „Glauben Sie mir, unser Hund ist gut erzogen, er bellt nicht und wir führen ihn an der Leine. Er ist ein Familienhund!“ Die Vermieterin schwankte: „Nun ja, das ist ja ganz toll, dass sie ein Kind adoptieren. Ich muss mal mit meinem Mann sprechen, dass wir das auch machen.“ Maarifa stimmte ihr zu: „Es ist so ein Segen, ein Kind aufzunehmen. Das habe ich auch gemacht.“ Sie machte eine kleine Pause. „Bitte geben Sie dieser jungen Familie eine Chance.“ Jetzt zog Maarifa alle Register. Die Vermieterin schaute ihn an. „Ich werde mit meiner Schwester sprechen. Versprechen kann ich nichts.“ Maarifa ließ nicht locker: „Gut, dann rufe ich heute Abend an und frage Sie.“ „In Ordnung“, antwortete die Frau. „Darf ich das Baby mal auf den Arm nehmen? Die würde ich

auch gleich nehmen.“ Widerwillig beobachtete Andreas, wie sie Faith auf den Arm nahm. Es war sein Kind, um das sie so lange gekämpft hatten. Faith hätte keine Eltern in Kenia gefunden. Und nun behauptete jeder, er hätte Faith auch genommen und glaubte noch, eine Adoption wäre ein Kinderspiel. Zu seiner Genugtuung hielt es Faith bei der Fremden nicht lange aus. Bald protestierte sie, wieder zu ihren Eltern zu kommen. Sie verabschiedeten sich und kehrten zum Auto zurück „Und, wie gefällt euch die Unterkunft?“, fragte Maarifa. Andreas rang um passende Worte: „Recht interessant. Übrigens hat Peter erzählt, dass er auch noch eine Unterkunft ausfindig gemacht hat. – Es wäre doch unhöflich, sich diese Wohnung nicht anzuschauen, oder?“ „Können wir machen“, antwortete Maarifa knapp.
Erneut fuhren sie durch die verzweigten Gassen Nairobis. Es waren so viele, dass auf der Straßenkarte, die sie in der ersten Woche gekauft hatten, nicht alle Straßennamen aufgeführt waren. Peter war voller Stolz. „Die Wohnung wird euch bestimmt gefallen. Sie ist möbliert. Auch der Preis ist okay.“ Auf der Hälfte der Strecke pickte er seinen Freund auf, der den Weg zum Objekt kannte. Er zwängte sich in die Mitte der Rückbank, wo bereits Cornelia, Andreas und Faith in der Sonnenglut schwitzten. Gut, dass Cornelia ihre Übelkeit wieder in den Griff bekommen hatte. Sie betraten einen Appartementwohnblock. Sie waren von der Unterkunft angetan. Sie war wesentlich besser und vollmöbliert. Ein Gästezimmer hätte Besuch aufnehmen können. Es gab sogar einen gemeinschaftlichen Außenpool. Die Stimmung wanderte an dem Punkt in den Keller, als sich heraus stellte, dass Hunde nicht erlaubt waren. Peter hatte doch nicht nachgefragt! Peter stieg sichtbar beschämt in sein Auto zurück. „Ich werde schon eine Lösung finden“, beteuerte er und tippte fieberhaft in sein Handy. „Ich habe gleich einen Termin“, warf Maarifa ein und nannte Peter die nächste Station, die er anfahren sollte.

Betretenes Schweigen. Sollten die Eichhorns nun dieses einzige Angebot annehmen, in eine unmöblierte dunkle Wohnung ziehen? Sollten sie die Strapazen auf sich nehmen, alles selbst einzurichten und einige Wochen nur kaltes Wasser zu haben? Peters Handy klingelte wie wild. Nach einigen Wortwechseln legte er auf. „Jetzt habe ich eine Wohnung für euch gefunden“, sagte er stolz. „Direkt an der Ngong Road in den Maziwa Gardens. Wisst ihr, was Maziwa Gardens bedeutet?“ Natürlich wussten Cornelia und Andreas das nicht. „Das bedeutet Milchgärten.“ Nach Euphorie war ihnen nicht mehr zumute. „Ist denn hier wirklich ein Hund erlaubt? Sonst können wir uns die Fahrt wirklich sparen“, fragte Cornelia kritisch. „Ja!“ Sie blickte Andreas an, dann sprach sie nach vorne: „Na gut, dann fahren wir da noch hin. Letzte Station für heute.“

Drei Männer standen im Innenhof der Maziwa Gardens. Sie erwarteten Peter mit seinen Taxiinsassen. Einer stellte sich als der Hausverwalter vor und die anderen beiden Männer waren wohl die Peters Freunde. Sie wirkten nicht wirklich ansprechend, doch das war zweitrangig. Die Maziwa Gardens waren eine vergleichbare Wohnanlage mit derjenigen, die sie vorher gesehen hatten. Es gab einen großen Parkplatz, eine kleine Grünfläche sowie einen Gemeinschaftspool. Die Wohnung selbst lag in dem obersten Geschoss, direkt unter dem Dach. Für den Kinderwagen, Einkäufe und die schwangere Cornelia würde es anstrengend werden, so weit hinauf zu steigen. Das Appartement war beeindruckend. Es war unglaublich groß und vollständig eingerichtet. Mit Begeisterung entdeckten die Eichhorns eine Waschmaschine und eine brauchbare Möblierung. Der Vermieter musste vermögend sein. Dennoch schien er keinen treffsicheren Stilgeschmack zu haben. Peter lief mit offenem Mund durch die Wohnung, so beeindruckt war er von der Einrichtung. Die drei Männer priesen die Wohnung als sofort bezugsbereit an. Ein kurzes Telefonat mit dem Besitzer ergab einen Mietpreisnachlass. Hier konnte man wirklich gut wohnen, der Ausblick auf die Skyline Nairobis war beeindruckend. Andreas rief Maarifa an. „Wenn ihr da einziehen wollt, könnt ihr das gerne machen. Allerdings müssen wir vor allem noch prüfen, ob die Wohnung wirklich zur Vermietung frei steht. Es gibt Fälle, da verschaffen sich Fremde einen Zugang zur Wohnung. Sie schließen Mietverträge ab und nehmen das Geld ein. Und dann kommt drei Tage später der Besitzer aus seinem Urlaub und findet fremde Mieter in seiner Wohnung vor." Andreas fiel der Groschen: „Ach so, deshalb steht an manchen Grundstücken ein Schild, wo ausdrücklich darauf hingewiesen wird, dass es nicht zum Verkauf steht. Jetzt verstehe ich!" „Genau, und deshalb werden wir uns morgen mit dem Besitzer der Immobilie treffen und er soll uns die Unterlagen vorlegen, die beweisen, dass er tatsächlich die Wohnung vermieten kann."

Am nächsten Tag trafen Andreas und Maarifa auf den Vermieter. In einem langen Gespräch klärten sie die Besitzverhältnisse. Tatsächlich hatte dieser das Appartement von seinem Onkel geerbt und auch keine Probleme, wenn der Hund mit einziehen würde. Er ließ einen Vertrag aufstellen, den Maarifa zu Mr. Keya zur Überprüfung schickte. Am nächsten Tag unterzeichnete Andreas den Mietvertrag. Maarifa musste für ihn bürgen, damit der Vertrag rechtskräftig werden konnte. Ihr überwies er die Kaution sowie die erste Miete, damit sie Mr. Talib einen Scheck aushändigen konnte. Am Ende der Woche zogen sie in Donholm aus.

Mit tiefen inneren Frieden wachten Cornelia und Andreas in ihrer neuen Unterkunft auf. Sie hatten endlich mal wieder richtig gut geschlafen! Selbst der Busbahnhof in unmittelbarer Nähe, auf dem ab vier Uhr morgens die Busse rangierten, hatte sie nicht stören können. Der Umzug war geschafft, die

Wohnung perfekt und alles ausgepackt. Bald würden sie in ihrem Gästezimmer Freunde und Verwandte zu Besuch unterbringen! Auch Faith hatte in ihrer neuen Umgebung gut geschlafen. Endlich fiel der Stress der letzten Wochen von ihnen. Nun lag ein freier Samstag vor ihnen und sie konnten sich von der Unruhe und den Aufregungen der letzten Wochen erholen. Gut gelaunt setzten sie sich an den Frühstückstisch. Faith erwartete voller Spannung ihre Flasche, die Cornelia in der Küche mixte. „Was machen wir denn heute?“, fragte sie Andreas, der im Nebenraum am Tisch Müsli aß. „Hm, ich denke nicht viel. Höchstens ein paar Lebensmittel besorgen.“ Aus der Küche tönten Schüttelgeräusche, dann ein Schraubgeräusch. Offenbar war die Milch fertig. Cornelia ging an Andreas vorbei, um Faith auf der Couch die Milch zu geben. „Das verbinden wir am besten mit einem schönen Spaziergang. Dann ist Arno gut ausgeführt und wir wissen, was es um uns herum gibt. Ich spanne Faith auf meinen Bauch und dann geht ´s los.“ Zusammen mit Arno verließen sie das Appartement. Freundlich und achtungsvoll grüßte sie die Security, die am Tor Wache hielt. „Respekt haben sie vor dem Hund schon“, sagte Andreas, als sie das Tor durschritten. Sie traten an die Ngong Road. Sie war stark befahren. Ebenso war der Straßenrand äußerst belebt. Hin und wieder huschten todesmutige Frauen und Männer über die Straße, die zeitweilig durch überholende und hupende Matatus drei- oder vierspurig wurde. „Ganz schön matschig hier.“ Andreas betrachtete die aufgeweichte Erde. Er hörte Frösche quaken. „Das wird mir in Deutschland keiner glauben – ein Feuchtbiotop als Bürgersteig.“ Cornelia lachte: „Und du steigst hier bereits wie ein Storch herum.“ Sie warteten einige Minuten, bis sie endlich die Straße unversehrt überqueren konnten. „Schade, dass es hier kaum Freiflächen gibt. Alle bunkern sich hinter Mauern ein“, bedauerte Andreas. „Ich muss mit Arno unbedingt Joggen gehen, damit er ausgelastet ist. Frei laufen lassen ist ja gar nicht möglich.“

Schließlich erreichten sie eine Filiale von Uchumi, wo Cornelia Milch und Brot holte. Andreas schaute auf sein Handy. Es war halb elf. Seitdem sie in Kenia angekommen waren, trug er keine Armbanduhr mehr. Es war Zeit, Faith zum Vormittagsschlaf hinzulegen. Sie kehrten in den fünften Stock ihres Wohnhauses zurück. „Jetzt haben wir Mittagspause“, sagte Cornelia zufrieden und setzte sich auf die Couch. „Faith schläft.“ Es klingelte. „Vielleicht ist es Maarifa“, sagte Andreas und schritt zur Wohnungstür. Er blickte durch den Spion. „Es ist Felix, der Hausverwalter.“ Er öffnete die Tür. Felix hatte zwei Plastikbäume in jeder Hand. Sie sahen furchtbar aus, passten aber auch zum eigenwilligen Look des Interieurs der Wohnung. „Die gehören in die Wohnung“ sagte er leise und trat ein. Jetzt sah Andreas, dass Felix nicht alleine war. Hinter ihm folgte Mr. Talib. „Ihr Vermieter hat Ihnen noch etwas zu sagen“, ergänzte er. Mr. Talib trat ein. Er blickte neugierig in die Wohnung. „Sie wissen gar nicht, was ich für eine furchtbare Nacht hinter mir habe“, fing er an. „Ich habe ganz viele Anrufe und Beschwerden wegen Ihres Hundes bekommen“. Cornelia trat hinzu: „Ja und was hat das mit uns zu tun?“ Der Vermieter setzte ein Schuljungengesicht auf: „Also, ich halte das nicht aus. Die Leute hier im Haus trauen sich nicht mehr aus ihren Wohnungen wegen Ihres Hundes.“ Andreas wurde unruhig: „Sie haben doch ausdrücklich gesagt, dass wir unseren Hund mitbringen können. Das wäre kein Problem.“ „Ja, aber jetzt setzen die mich unter Druck und das halte ich nicht aus. Sie sagen, das wäre ein riesiger Hund. Kann ich ihn mal sehen?“ Andreas lenkte ein: „Kein Problem, er ist im Nebenraum. Wie Sie vielleicht gemerkt haben, hat er auf Ihr Klingeln nicht reagiert. Er ist ein ganz freundlicher und ruhiger Hund.“ Er ging in das Schlafzimmer und holte ihn. „Bei Fuß, Arno“, wies er den Hund an und kehrte mit ihm ins Wohnzimmer zurück. „Das ist ja eine Kuh, kein Hund!“, echauffierte sich Mr. Talib. „Das geht nicht! Sie müssen ausziehen. Ich kündige Ihnen!“

Das konnte er doch nicht machen, sie waren noch nicht einmal 24 Stunden im Haus. „Hund ist Hund“, sagte Cornelia. „Wir haben Ihnen nichts anderes gesagt, als dass wir einen Hund haben. Sie haben gesagt, dass das kein Problem ist.“ Mr. Talib schüttelte den Kopf. „Ich selbst habe ja nichts gegen Hunde, aber die anderen Mieter hier werden mich mit ihren Beschwerden überhäufen. Das halte ich nicht aus, und das bei der preiswerten Miete.“ Es schrie aus Faiths Zimmer. Sie war durch den Tumult aufgewacht. Cornelia holte sie und ging mit ihr ins Wohnzimmer. „Wissen Sie, wir sind hier als Familie zu Gast in Kenia und wir haben uns nichts zuschulden kommen lassen. Lassen Sie uns hier wohnen. Der Hund wird niemandem etwas tun“, versuchte Andreas Mr. Talib zu besänftigen. „Verstehen Sie mich nicht falsch, ich habe nichts gegen Sie. Aber die Beschwerden jeden Tag, die halte ich nicht aus. Da müssen wir mit der Miete was machen.“ Also darauf wollte er hinaus: Er wollte mehr Geld haben. Er wusste, dass sie auf dieses Appartement angewiesen waren und wie schwer es war, eine Alternative zu finden. Mr. Talib erhob sich: „ Bei der Miete halte ich das nicht aus. Ich kündige Ihnen fristgerecht zum Ende des Monats. Auf Wiedersehen.“ Mit Felix im Schlepptau verließ er die Wohnung. „So eine Sauerei!“, fluchte Andreas und setzte sich auf die Couch. Cornelia nahm mit Faith gegenüber auf einem Sessel Platz. „Er will uns erpressen“, sagte sie nachdenklich „und wenn er es einmal geschafft hat, wird er es immer wieder versuchen.“ Faith spielte mit Uromas Socken an den Füßen. Jetzt wollte sie auf den Spielteppich. Cornelia ließ sie herunter. „Wenn er uns fristgerecht kündigt, können wir gar nichts machen.“ Das Haustelefon klingelte. Andreas ging ran: „Ja, Hallo? – Bitte was? – Aha.“ Er legte auf: „Das war Felix. Er sagt, wir dürfen das Haus nur in Begleitung der Security verlassen.“ Sie wollten mehr Geld, das war nun mehr als offensichtlich. Und sie erhöhten den Druck. „Einen Teufel werde ich tun!“, sagte

Cornelia energisch, ging zum Schreibtisch und öffnete den Laptop. „Wir brauchen eine Alternative!“ Während Andreas fieberhaft um Unterstützung beim Rechtsanwalt Mr. Keya, der den Vertrag durchgesehen hatte, bemühte, und ebenso verzweifelt Maarifa zu erreichen versuchte, surfte Cornelia im Internet. Sie war schneller am Ziel. „Du, hier ist was: Ein Haus mit Garten im Stadtteil Karen. Das ist ein deutscher Vermieter.“ Andreas beugte sich über den Laptop. „Klingt interessant.“ Nach dem Theater mit Mr. Talib und der Unkenntnis kenianischen Mietrechts erschien es sicherer, einen deutschen Vermieter zur haben. Dann könnte man auch den Geldtransfer direkt von deutschem zu deutschem Konto machen – nach deutschem Recht. „Die Fotos sehen ansprechend aus. Ruf doch mal an, da unten steht die Telefonnummer“, sagte Andreas. Cornelia holte ihr Handy heraus. „Ich versuche, währenddessen nochmal Maarifa und Mr. Keya zu erreichen.“ Andreas verließ das Zimmer. Endlich war er erfolgreich. Der Rechtsanwalt schien über den Anruf weder überrascht noch begeistert zu sein: „Ich habe doch Maarifa gesagt, dass es besser wäre, ein ganzes Haus zu mieten, weil ein Hund nur Probleme bringt“, und „rechtlich gesehen können Sie nichts machen“, lautete seine Einschätzung. Andreas legte auf. Schließlich erreichte Andreas auch Maarifa: „Papa Faith, das Problem werde ich schon lösen. Macht euch keine Sorgen! Ich bin jetzt bei meiner Schwester auf dem Land, aber am Montag werde ich mit Mr. Talib sprechen.“ Er steckte sein Handy ein und kehrte zu Cornelia zurück. Sie telefonierte noch und schrieb Notizen auf ihren Zettel. Er blickte über ihre Schulter: „Besichtigung am Montag, 16 Uhr, Haushaltskraft Lena. 600 Euro pro Monat“. Das las sich ja ganz gut. Cornelia verabschiedete sich am Telefon. Zufrieden ließ sie die Kugelschreibermine zurückschnappen und legte den Kugelschreiber auf den Tisch. „Ich habe eine Unterkunft. Wenn sie uns gefällt, können wir direkt einziehen. Allerdings wird der Vermieter im Juli zwei

Wochen vor Ort sein. Aber er hat mir versichert, dass er auf Safari geht und daher kaum dort wohnen wird.“

Maarifa hatte um einen gemeinsamen Termin bei Mr. Talib gebeten. Als Kenianerin war sie mit den Gepflogenheiten weitaus vertrauter als Andreas, so dass sie die Verhandlung übernahm. Ihre Bemühungen, Mr. Talib von seiner Forderung nach höherer Miete abzubringen, blieben erfolglos. „Würdest Du darauf eingehen, eine höhere Miete zu zahlen?“, fragte sie Andreas nach dem Gespräch. Er blieb hart: „Nein, denn niemand kann mir garantieren, dass das die letzte Forderung nach mehr Geld war. Wir haben miteinander vertraglich vereinbart, wie viel Geld zu zahlen ist, und dabei bleibt es. – Am Mittwochmorgen ziehen wir aus.“

„Der Herr wird vor euch herziehen und der Gott Israels euren Zug beschließen.“ Andreas schloss das Losungsbuch mit dem Bibelspruch des Tages. „Passt gut zum heutigen Umzugstag“, dachte er bei sich und steckte das blaue Büchlein in den Rucksack und stellte ihn neben den Koffer. „Wir müssen zweimal fahren, um den ganzen Kram in unser neues Haus schaffen zu können“, sagte Cornelia. „Peter hat den ganzen Tag für uns reserviert, ich habe ihn für halb zehn bestellt.“ Andreas setzte sich zu Cornelia an den Tisch. „So, liebe Faith, das wird für lange Zeit unser letzter Umzug sein.“ Faith schaute ihn mit großen Augen an, dann wandte sie sich wieder der Halskette von Mama zu und ließ die Perlen durch ihre Hand gleiten. Das Haustelefon klingelte. „Das wird er sein.“ Die Security meldete Peters Ankunft und Andreas gab die Erlaubnis, das Tor zu öffnen. In den letzten Tagen hatte die Security versucht, den Druck auf die junge Familie weiter zu erhöhen. Sie weigerte sich, die Müllsäcke vor der Tür abzutransportieren. Allerdings war ihr Respekt vor dem riesigen Retrieverrüden zu hoch, sich über die Weigerung der Eichhorns zu beschweren, die Eskorte an die Pforte nicht in Anspruch zu nehmen. Sie wussten nicht, dass die Eichhorns bald ausziehen würden. Maarifa hatte davor gewarnt, ein Wort darüber zu verlieren. Peter war darüber informiert, zu schweigen. Falls ihn jemand auf das viele Gepäck ansprechen würde, sollte er antworten, dass die junge Familie in die Osterferien fahren würde. Andreas nahm die ersten beiden Koffer in die Hand und stieg die Treppe herunter. Peter kam ihm entgegen und holte weitere Gepäckstücke aus dem Appartement. Während die beiden die Koffer im Auto verstauten, kam der Hausmanager Felix vorüber. „Wohin des Weges? Ziehen Sie aus?“ Peter schlug den Kofferraum zu und drehte sich um: „Ja.“ Andreas traute seinen Ohren nicht. In ihm stiegen Wut und Enttäuschung auf. Das konnte doch wohl nicht wahr sein! Zähneknirschend stieg er das Treppenhaus nach oben. Jeder Schritt rief ein Echo im Treppenhaus hervor. Faith hatte es genossen, hier ihre Stimme auszuprobieren, weil es so schön hallte. Er trat ins Appartement. „Du wirst es nicht glauben. Peter hat nicht dicht gehalten. Hoffentlich gibt es jetzt keine Komplikationen. Bitte verriegle die Tür hinter mir.“ Er nahm den letzten Koffer und kehrte zum Taxi zurück. Mit Schwung setzte er sich auf den Vordersitz: „So, wir können.“ Peter ließ das Auto an und fuhr aus der Parklücke. „Kein Problem. Jetzt geht´s los“, kommentierte er. Er fuhr auf das Tor zu. Eigentlich musste es jetzt jeden Moment aufgehen. Es war niemand von der Security zu sehen. Machten sie Frühstückspause? Peter hupte, um auf sich aufmerksam zu machen. Endlich kam Felix aus dem Wächterhaus. Peter kurbelte das Fenster herunter: „Was ist los?“ Felix trat zum Auto: „Ihr kommt hier nicht raus. Anweisung von Mr. Talib.“ Andreas holte sofort sein Handy heraus, um Maarifa anzurufen. Sie hatte immer eine Idee. Sie ging nicht ran, ihr Handy war ausgeschaltet. Er lehnte sich zu Peter herüber und sprach durch das Fenster: „Wieso denn?“ – „Der Scheck über Kaution und Miete ist geplatzt.“ Das konnte gar nicht sein, das stimmte nicht. Andreas blickte Felix in die Augen: „Um Gottes Willen, Felix, das können Sie nicht machen!“ Felix schaute verlegen zur Seite. Er wandte seinen Kopf nervös hin und her. Er schien ein schlechtes Gewissen zu haben. Er zögerte. Dann hob er seine Hand zum Zeichen, das Tor zu öffnen. Das Auto passierte die Einfahrt. Wieder tippte Andreas auf dem Handy herum: „Cornelia? Verbarrikadiere die Tür. Wechsle das Vorhängeschloss gegen unser eigenes aus! Die wollten uns nicht gehen lassen und wir sind nur wegen Felix´ schlechtem Gewissen hier raus gekommen.“ Cornelia war alarmiert. Sie setzte Faith auf die Spieldecke. Sie verschloss die Appartementtür und schob das große Sofa davor. Sie nahm Faith wieder auf den Arm und holte Arno aus dem Nebenzimmer. Sie postierte ihn vor der Tür. Anschließend ging sie in die Küche und öffnete die Schublade. Sie nahm ein großes Fleischmesser und legte es auf den Wohnzimmertisch. Sie eilte zum Wohnzimmerfenster und blickte nach unten. Fünf Männer liefen schnellen Schrittes zu ihrem Wohnblock, unter ihnen Mr. Talib.

Andreas nahm sein Handy wieder in die Hand. Er hatte die Telefonnummer der Deutschen Botschaft gespeichert. Die müssten doch eine Idee haben. Er wählte die 24-Stunden-Notfall-Hotline. Niemand ging ans Telefon. Nun versuchte er es bei Maarifa wieder. Sie hatte offenbar ihr Handy dauerhaft abgeschaltet. Stimmt ja, mittwochmorgens war immer ihr Bibel-Seminar. Er wählte die Botschaft erneut an. Nichts. Währenddessen setzte Peter seine Fahrt zur neuen Unterkunft fort. Nun ertönte Andreas Handy. Ein Rückruf der Botschaft? Es war Cornelia: „Du, die waren jetzt hier an der Tür und haben geklingelt. Ich habe Arno richtig laut bellen lassen. Dann haben sie etwas besprochen und sind dann wieder verschwunden. – Keine Ahnung, was sie jetzt vorhaben.“ Andreas stand der Schweiß auf der Stirn. Was hatten sie vor?

Wollten sie das Appartement aufbrechen und stürmen? „Ich erreiche die Botschaft nicht, aber ich versuche es nochmal. Ich melde mich, sobald ich Neues weiß.“ Jetzt versuchte Andreas es bei der normalen Nummer der Deutschen Botschaft. Vielleicht würden die ja hören. Es knackte in der Leitung: „Sie sind mit der Pforte der Deutschen Botschaft Nairobi verbunden. Was kann ich für Sie tun?“ „Meine Frau und meine Tochter werden bedroht. Ich brauche Hilfe.“ Der Mann in der Botschaft sagte: „Moment, ich verbinde.“ Es knackte erneut in der Leitung. Eine andere Stimme ertönte: „Ja, Büro der Deutschen Botschaft? Sie brauchen Hilfe?“ Andreas schilderte die Situation. „Moment, da muss ich mal nachfragen. Warten Sie bitte?“ Peter hielt an einem Wachhäuschen an. Sie waren kurz vor ihrer neuen Bleibe. Er redete mit der Security und lachte mit ihnen. „So, da bin ich wieder. Also das ist eine Angelegenheit, die uns nichts angeht. Rufen Sie doch einfach die Polizei!“ Hatten sie sie noch alle? Wie sollten sie die Kenianische Polizei rufen? Jedes Kind wusste doch, dass zu deren Berufsbild die Korruption gehört. Wer sich einmal mit einem Einheimischen darüber unterhalten hatte, wusste Bescheid! Sie hätten die Situation schnell für sich ausgenutzt. Eine schwangere weiße Frau – ein Kenianisches Kind im Adoptionsverfahren, das noch nicht abgeschlossen war – ein Hund in der Wohnung. Wie viel Realitätsverlust hatten die Leute in der schönen Botschaft im besten Viertel Nairobis erlitten, einen solchen Rat zu geben? Andreas beendete das Gespräch. Er war fix und fertig. Wie sollte er seine Familie da herausholen? Peter hielt am neuen Haus an. Lena, die Haushaltshilfe, empfing sie. Schnell entluden sie das Gepäck und stellten es in den Hausflur. „Wir fahren jetzt sofort zurück und sehen, wie wir Cornelia da heraus kriegen. In was für eine furchtbare Situation hast du uns da gebracht, Peter.“ Dem Taxifahrer fiel bis auf ein „Es wird schon wieder werden“, nichts ein zu sagen. Es war auch besser so. Andreas erstatte

Cornelia Zwischenbericht und erkundigte sich nach ihrer Situation. Die Männer waren bisher nicht wieder aufgetaucht. Maarifa war noch immer nicht zu erreichen. „Wie machen wir jetzt weiter?“, fragte Andreas. „Eine Idee wäre, dass du zu uns zurückkehrst. Damit dir niemand etwas antut, würde ich Arno durchs Treppenhaus schicken. Er ist die beste und unbestechlichste Security! Wenn er unten ist, steigst du aus und kommst zu uns.“ – „Ja, und dann? Dann hängen wir alle fest.“ Mit Schaudern dachte er an die Männer, die mit ihren Pangas, herumliefen. Gewöhnlich verwendeten sie diese großen Macheten, um Büsche zu beschneiden. Aber damit konnte man auch ganz andere Dinge anstellen, wie bei den Unruhen im Jahr 2008. „Ich glaube es wäre besser, wenn ich draußen bleibe und von hier aus versuche, euch raus zu kriegen. Ich muss Maarifa erreichen! Irgendwann muss ihr Seminar doch zu Ende sein.“ Nur wenige hundert Meter vom Appartementblock entfernt parkten Peter und Andreas. Während der Taxifahrer ein Nickerchen in seinem Auto hielt, wählte Andreas immer und immer wieder Maarifas Nummer. „Hallo? Maarifa hier.“ Endlich hatte sie ihr Handy eingeschaltet. „Maarifa, die halten meine Frau und Faith im Appartement fest“, fiel Andreas mit der Tür ins Haus und erzählte die Vorgänge der letzten Stunden. Maarifa blieb gefasst: „Ich werde mich mit Mr. Talib in Verbindung setzen. Kannst du mich abholen?“ Andreas nickte: „Selbstverständlich, ich gebe dir gleich Peter, dann kannst du ihm sagen, wo du bist.“ Er tippte dem Taxifahrer auf die Schulter. Er schraubte seinen Sitz wieder in die Senkrechte und nahm das Telefon entgegen: „Ja, Maarifa, kein Problem. Wir kommen.“ Eine halbe Stunde später holten sie Maarifa von einer Matatu-Station ab. Maarifa hatte mit Mr. Talib ein Treffen verabredet. Sie hielten an seinem Büro und stiegen aus. „Andreas, das regele ich besser alleine“, sagte Maarifa und ließ ihn beim Auto zurück. Nach zwanzig Minuten stieg sie ins Fahrzeug wieder ein: „Alles geregelt.“ Peter ließ den Motor an.

„Wie, alles geregelt?“ Maarifa legte die Handtasche auf ihre Beine. „Ja, so wie gesagt, alles geregelt.“ Mehr war aus ihr nicht heraus zu bekommen. „Wohin soll ich jetzt fahren?“, unterbrach sie Peter. „Zu den Appartements, ich komme mit. Schließlich muss noch die Übergabe an den Hausverwalter geregelt werden. Die Mängel- und Inventarliste haben wir ja gestern noch vorsorglich von ihm unterschreiben lassen.“ Andreas rief Cornelia an, um sie über die letzten Vorgänge zu informieren. Dann lehnte er seinen Kopf zurück und schloss die Augen für einen Moment.

„Jetzt haben wir es hoffentlich geschafft“, sagte Cornelia, als sie mit voll beladenem Fahrzeug zu ihrem neuen Domizil fuhren. Die Übergabe war anstandslos verlaufen und Maarifa hatte sich vor dem Tor der Appartementanlage verabschiedet. Faith hatte die Aufregung gut überstanden und saß Zwieback knuspernd auf dem Schoß von Cornelia. „Es ist hier wesentlich grüner und weniger unruhig als an der Ngong Road“, bemerkte Andreas. Zwischen seinen Beinen hechelte Arno. „Nur blöd, dass die hier im Ferienhaus zwei Hunde haben. Die werden sich mit Arno bestimmt nicht verstehen.“ Cornelia verdrehte die Augen: „Oder umgekehrt. Ist halt ein Chessie, keine einfache Hunderasse.“ Sie betraten das Ferienhaus. Lena, die Haushaltshilfe des Hauses, begrüßte sie und führte sie in ihre neuen Räumlichkeiten. Im Obergeschoss befanden sich die Küche, ein Esszimmer samt Fernsehecke sowie zwei Schlafzimmer. In einem Schlafzimmer nächtigte Lena, das andere war für den deutschen Vermieter vorgesehen. Im Untergeschoss befanden sich für die Eichhorns zwei Schlafzimmer sowie ein Wohnraum mit einem Terrassenausgang. „Arno wird vom Garten begeistert sein, endlich hat er wieder vernünftigen Auslauf.“ Die letzten Wochen hatte der Hund sehr zurück stecken müssen und das auch sehr tapfer ertragen. Es war gar nicht möglich gewesen, ihn frei laufen zu lassen. Jetzt kämen bessere Zeiten für ihn und für sein Rudel hoffentlich auch. Das Wohnhaus lag in einer Sackgasse und befand sich in einem Gebiet, das nur durch zwei Straßen zugänglich war. Im Gegensatz zur Ngong Road konnte man hier nicht zu Fuß ins Café gehen oder zum Einkaufen, doch dafür strahlte dieser Stadtteil eine angenehme Ruhe aus. Hier konnte man tatsächlich auf der Straße spazieren gehen, ohne im Schlamm stecken zu bleiben, von Abgasen belästigt oder Matatus angehupt zu werden. „Ich bin für eure Wäsche sowie die Reinigung zuständig“, erklärte Lena. „Ich werde über die Miete, die ihr monatlich zahlt, entlohnt.“ So hatten es Eichhorns mit dem Vermieter vereinbart. Das Handy klingelte. Lena verabschiedete sich nach oben. Es war die kenianische Adoptionsvermittlungsstelle. „Hallo, hier ist Jala. Sie müssen morgen bei unserer Direktorin vorsprechen.“ Andreas holte Luft. „Morgen? Das ist etwas spontan. Wir sind gerade sehr beschäftigt. Ähm, na gut.“ Er legte auf und blickte Cornelia an: „Jetzt will uns morgen die Direktorin von FAC treffen. Wir kommen aus dem Stress ja gar nicht mehr heraus.“ Ein zweites Mal klingelte das Telefon. „Was ist denn jetzt los?“, stöhnte Andreas, bevor er abnahm. „Hallo Maarifa, nein, du störst nicht. Worum geht´s?“ Andreas ging mit dem Handy in den Garten. Cornelia setzte Faith auf den Teppich und öffnete seufzend den ersten Koffer. Hoffentlich gäbe es jetzt keine Umzüge mehr. Einen Moment später kam Andreas ins Haus zurück: „Maarifa will uns sehen. Sie meint, Faith müsse dringend frisiert werden.“ Sie hatte damit Recht. Schon die kleinsten Babys hatten in Kenia unglaublich aufwändige und schöne Frisuren. Die kleinen Zöpfchen, die Faith im Kinderheim hatte, mussten nach einer Woche geöffnet werden, damit sie nicht verfilzen. „Sie will uns Montagnachmittag treffen.“ Cornelia holte die Babykleidung aus dem Koffer. „Muss das sein? Wir sind von den letzten Wochen so durch und es geht Non-Stop weiter.“ Andreas hatte sich zu Faith auf den

Teppich gesetzt. „Mir ist das auch zu viel. Aber Maarifa ist bald der Vormund von Faith, da können wir schlecht blocken. – Übrigens hat sie mir gesagt, dass wir uns von FAC nicht unter Druck setzen lassen sollen. »Don´t let them push you«, meinte sie. Ich werde jetzt da mal anrufen und den Termin verlegen!"

Mit einer frisch frisierten Faith betraten die Eichhorns erneut das Büro der kenianischen Adoptionsvermittlungsstelle. Am Vortag waren sie bei Maarifa gewesen. Eine Stunde lang hatten Maarifa und Cornelia Faith bespaßt, um sie zum Stillsitzen zu bewegen. Anstatt mit den vorhandenen Haaren eine Frisur zu machen, wurde gleich Kunsthaar mit verflochten. Die Begeisterung der Eichhorns hielt sich in Grenzen, wenn auch das Ergebnis gut aussah. Die Sozialarbeiterin Alice war von der Haarpracht angetan. „Ich nehme sie mal auf den Arm." Sie streckte ihre Hände aus. Faith klammerte sich an Cornelia fest. Nur mit Widerwillen ließ sie sich von Alice auf den Arm nehmen. Sie fing an, wie am Spieß zu schreien. Schnell gab Alice Faith zurück. „Na dann eben nicht!", sagte sie ärgerlich und verschwand in einem Nebenraum. Sie schmollte. „So, kommen Sie, die Direktorin wartet schon auf Sie." Jala war in den Flur getreten und öffnete Eichhorns die Tür. Eine vornehm gekleidete Dame trat ihnen entgegen und stellte sich vor. „Guten Tag, Herr Doktor Eichhorn. Guten Tag, Frau Eichhorn. Das also ist Faith. Hallo, Kleine." Sie fasste Faith ans Kinn und bewegte es leicht. „Nehmen Sie Platz." Mit einer großzügigen Geste verwies sie auf die beiden Stühle. „Letztes Mal, als Sie da waren, konnte ich nicht zugegen sein." Sie hielt einen kleinen Notizblock in ihrer Hand. „Heute wollte ich sie treffen, um Sie kennen zu lernen und Einiges zu besprechen." Sie stand auf. „Aber erst muss ich die Kleine mal zu mir hier holen." Mit großen Schritten trat sie auf Cornelia zu. Sie griff Faith von Hinten unter die Schultern. Faith brüllte in voller Lautstärke. „Oh, ich glaube, sie will nicht", sagte die Direktorin und gab sie Cornelia zurück. Faith hatte eine gute Bindung zu ihren Eltern aufgebaut. Mit ihrem Schreien zeigte sie ihre Furcht, sie wieder zu verlieren. „Wenn sie so laut ist, kann auch draußen jemand sie betreuen.“ Cornelia lehnte dankend ab. Draußen würde es keinesfalls besser werden. Die Dame rückte ihren Rock zurück und setzte sich wieder. „Ich kenne ja schon ihre Akte. Aber stellen Sie sich doch mal persönlich vor, Herr Dr. Eichhorn.“ Andreas schmunzelte innerlich. Die Direktorin behauptete, die Akte gelesen zu haben und titulierte ihn mit Doktor, obwohl er keinen solchen Titel trug. Er ging darauf nicht ein und stellte sich vor. Nachdem sich Cornelia ebenfalls vorgestellt hatte, warf die Direktorin einen kurzen Blick auf ihren Notizzettel. „Bei allen Problemen, die möglicherweise auftreten, können wir Ihnen mit verschiedenen Paketangeboten helfen. Bei der Wohnungssuche, der Anwaltswahl, der Wahl des Guardian ad litem oder wenn Sie eine Safari buchen wollen. Sie müssen daran denken, uns immer mitzuteilen wo Sie sich gerade befinden.“ Die beiden nickten freundlich. Sie wussten, dass diese Pakete eine zusätzliche Einnahmequelle für die kenianische Adoptionsvermittlungsstelle waren. Das Gesicht von der Direktorin wurde ernster. Sie kam wohl zu dem eigentlichen Anlass, die Familie einzubestellen. „Übrigens haben wir gehört, dass Sie umgezogen sind.“ Andreas nickte: „Ja, wir sind nach Karen gezogen.“ Von der Zwischenstation an der Ngong Road sagte er nichts. Das musste FAC ja nicht wissen. „Und was war mit der Ngong Road?“ Andreas entglitten die Gesichtszüge. Wie hatten sie davon Wind bekommen? „Wir haben bei der Veronica in Donholm angerufen und die sagte was von der Ngong Road.“ Cornelia griff ein: „Ja, da waren wir für vier Tage, doch da sind wir sofort wieder ausgezogen, weil man versucht hat, uns zu erpressen.“ Die Direktorin schien nicht wirklich überrascht zu sein. Sie warf einen erneuten Blick auf ihren Zettel und kam zum nächsten Punkt: „Wir haben mitbekommen, dass Sie sich ohne unser Wissen mit dem Rechtsanwalt getroffen haben. Das ist aber so nicht üblich. Wir wären dafür zuständig gewesen! Und kommen wir zum letzten Punkt: Sie brauchen einen Guardian, einen Vormund für den Gerichtsprozess. Der Guardian, das ist nicht ihr Freund oder ein Freund des Gerichts. Der Guardian ist ein Freund des Kindes und muss in seinem Interesse einen Bericht über das Zusammenleben mit Ihnen schreiben. Er trifft sich so oft mit Ihnen, wie er will. Das erste Treffen ist kurz vor Beginn des Gerichtsprozesses. Wir haben da eine Liste von geeigneten Personen, aus der Sie wählen können." „Wir haben da schon jemanden ins Auge gefasst", sagte Andreas vorsichtig, mit sanfter Stimme. Die Direktorin umgriff die Armlehnen mit ihren Händen. „Ach ja, und wer soll das sein?" Im Vorfeld hatte Maarifa den Eichhorns gesagt, dass sie ihren Namen nicht nennen sollten, da die Vermittlungsstellen immer ihre eigenen Leute hatten. Nun konnten sie nicht daran vorbei. „Maarifa." Die Augen der Direktorin weiteten sich, dann zogen sie sich zusammen. „Sie können sie gerne nehmen, aber es könnte Probleme geben. Es ist Ihre Entscheidung!" „Aber Hope for Africa hat sie uns empfohlen". Das hatte Maarifa ihnen gesagt. „So? Das wundert mich", erwiderte die Direktorin. Cornelia versuchte, die Wogen zu glätten: „Wir sind Ihnen ja so dankbar, dass Sie uns so viel Hilfe anbieten. Mit dem Anwalt und dem Guardian, das wussten wir schlichtweg nicht. Mit dem Guardian, das werden wir nochmals überlegen." Die Gesichtszüge der Direktorin wurden milder, die Situation war entschärft. Nun fiel sie wieder in den freundlichen Ton vom Anfang ein und verabschiedete die kleine Familie. „Ach ja, und lassen Sie sich einen Termin für den ersten Hausbesuch von Alice geben."

Mit einem neuen Termin verließen sie das Büro der Adoptionsvermittlungsstelle. „Ich würde sagen, unentschieden mit Waffenstillstand", fasste Andreas zusammen. „Bin ich froh, dass der Termin nicht mit meiner mündlichen Prüfung zusammenfällt", sagte Cornelia. „Gut, dann kaufen wir jetzt noch Lebensmittel ein und dann geht es in unser neues Zuhause zurück."

19 Besuche

Der Wind bricht einen biegsamen Baum nicht. (Sukuma)

„Und obendrauf kommt der Riesenkürbis." Cornelia positionierte ihn zwischen den Kartoffeln und Möhren. Zufrieden schaute sie sich das Ergebnis an. „Das ist ein richtiges Stillleben", warf Andreas ein und wandte sich dem Kühlschrank zu. Aus dem Wohnzimmer quakte es. Dann gab es einen lauten Rumms. „Ich gehe mal wieder rüber, ich denke sie hat jetzt das letzte Spielzeug herunter geworfen." Cornelia verließ die Küche. Währenddessen checkte Andreas den Kühlschrank. Sie hatten ihn so voll gemacht, wie es nur ging. Eier, Butter, Erfrischungsgetränke barsten aus ihm hervor. In einem Land, wo es immer wieder Hungerzeiten gab, spielte das Essen eine besondere Rolle. Wie verzweifelt mussten Mütter sein, die ihre schreienden Kinder nicht mit genug Nahrung versorgen konnten. Das Kindeswohlergehen wurde hier mit ganz anderen Maßstäben beurteilt, als in einem Land, wo man seit Jahrzehnten keinen Hunger mehr leiden musste. „Jetzt kann Alice kommen", stellte Andreas fest. Sie hatten Lena frei und ein wenig Geld gegeben, damit sie sich einen schönen Tag machen konnte. Sie hatten aus der Begegnung zwischen Alice und dem Taxifahrer James gelernt und wollten keine Missstimmung riskieren. Ob Lena ihr Geld tatsächlich ausgeben würde, waren sie nicht sicher. Vermutlich ging ein Teil des Geldes per SMS an ihre Familie auf dem Land. Sie hatten bereits beobachtet, wie ihre Haushaltshilfe im Verlauf des Monats ein immer einfacheres Essen zubereitete. Bald gab es morgens nur noch zwei Scheiben Toast mit Margarine. Manchmal kehrte sie aber auch glücklich von einem Ausflug in die Nachbarschaft mit zwei Eiern oder einem spinatähnlichen Gemüse zurück. Eines Abends roch es nach Feuer und Andreas eilte in das Obergeschoss. Lena stand am Herd mit einer Portion Reis. Sie ließ ihn bewusst anbrennen, um wenigstens ein bisschen Geschmack zu bekommen. Lena hatte ein gutes Verhältnis zu Faith aufgebaut, ohne aufdringlich zu sein. Wenn sie durchs Wohnzimmer ging, um nach draußen zu gehen, scherzte sie mit der Kleinen und winkte ihr voller Freude. Sie war froh, dass Leben im Haus war. Sie lebte den überwiegenden Teil des Jahres allein im Haus und war froh, Gäste im Haus zu haben. Da sie nicht so gerne ausging und Unternehmungen kostspielig waren, langweilte sie sich sonst furchtbar. Jetzt saß sie oft auf der Veranda vor dem Haus, wenn sie nichts zu tun hatte und wartete ab, was geschah. Doch heute hatte sie sich bereits am Morgen schick heraus geputzt. Die Kenianer legten viel Wert auf das Äußere, gerade wenn es in die Stadt ging. Dann konnte man kaum erkennen, wer zu welcher sozialen Schicht gehörte. Lena verließ früh am Morgen das Grundstück. Vor dem Tor hörte man das Geräusch eines Motorrads. „Ich gehe jetzt noch mal alle Räume durch, ob alles gut aussieht", sagte Cornelia. Mit Mühe hatten die Eichhorns die letzten Tage versucht, das Haus sauber zu bekommen. Mit den einfachen Hilfsmitteln, die Lena zur Verfügung hatte, war das kaum möglich. Für die Reinigung der Teppiche verwendete sie einen aus Reisig zusammengebundenen Handbesen. Einen Staubsauger gab es nicht. Dementsprechend sah das Ergebnis aus. Sie besaß genau einen Lappen für die Küche und einen Lappen zum Bodenflächen wischen. Damit wischte sie ebenfalls die Außenterrasse, wo Jack, der Hofhund sich aufhielt. So wie der sich kratzte, war er komplett verfloht. Hin und wieder lag eine vollgesogene Zecke auf der Terrasse. Flöhe oder Zecken wollten sie keinesfalls in der Wohnung haben. So hatten Cornelia und Andreas erst einmal einen Großeinkauf von Reinigungsutensilien gestartet und Lena reichlich ausgestattet. „Man kann putzen, wie man will", sagte Cornelia, „es sieht trotzdem dreckig aus", und bearbeitete das

Waschbecken im Bad. „Früher habe ich mich immer über diese Doku-Soaps amüsiert, wo die erst einmal alles putzen und dachte: Oh, wie peinlich sind die Deutschen mit ihrem Putzfimmel“, stellte Andreas fest. „Und jetzt putzen wir selbst, was das Zeug hält. Aber das Material ist so spröde, dass es trotz des Putzens nicht sauber wirkt.“ Cornelia war beim Spiegel angelangt: „Ich denke, wir machen das hier ohnehin nicht für unseren Hausbesuch. Vermutlich ist es nur für uns wichtig, dass alles blitzt und glänzt.“ Für den Besuch hatten die beiden Arno komplett ausquartiert. Sie wollten nicht riskieren, dass Alice es unmöglich fände, einen Hund mit in der Wohnung zu haben. Deshalb musste Arno für den Nachmittag in ein Nebenzimmer, das außerhalb der Wohnung war. Offenbar war dieses Zimmer das eigentliche Dienstzimmer der Hausangestellten. Es war durch einen Innenhof an das Haus angegliedert und zugleich durch den Hof, wo Lena die Wäsche aufhing, getrennt.

Während Cornelia einen letzten Kontrollgang durch die Wohnung machte, ging Andreas durch den Vorgarten zum Tor und öffnete es. Er hatte Alice die Telefonnummer des neuen Taxifahrers mitgeteilt. Nach den Irrungen und Wirrungen mit Peter und seinen Freunden sowie seiner naiven Ehrlichkeit kam er für sie als Fahrer nicht mehr in Frage. In den letzten Wochen hatten sie viele Taxifahrer ausprobiert und nicht alle waren zuverlässig. Manche Taxifahrer nahmen horrende Summen für ihre Dienste, weil die Muzungus, die Weißen, als reich galten. Andere waren unpünktlich. In manchen Taxis gab es gar keine Anschnallgurte oder der Kofferraum ließ sich nicht öffnen. Wieder andere waren dermaßen defekt, dass man den Eindruck hatte, die Abgase würden direkt ins Fahrzeuginnere geleitet. Die Eichhorns hatten vom Vermieter einige Taxifahrer benannt bekommen und Humphrey einbestellt. Er sollte sie ins nächste Einkaufszentrum fahren. Auf der Fahrt redete er ohne Punkt und Komma. Er erklärte, dass der katastrophale Zustand seines

Autos reinste Tarnung sei, damit seine Muzungus nicht überfallen werden. Mit diesem besonderen Eskortservice begründete er vermutlich auch den horrenden Taxipreis. Gleich danach erzählte er von seiner Familie, seinen Safariangeboten und von allem, was ihm in den Sinn kam. Angestrengt kamen die Eichhorns von ihrem Einkaufstrip zurück. Als er vom Hof fuhr und Lena die Einkäufe in die Küche brachte, sagte sie: „Humphrey ist nicht gut. Passt auf." Mittlerweile hatten die Eichhorns zehn verschiedene Taxifahrer in Anspruch genommen. Stanley, Anthony und Eddie waren diejenigen, wo es sich zeigen würde, wer vertrauenswürdig sei. Die Taxifahrer hatten sich ihre Vornamen selbst ausgewählt. Wie sie wirklich hießen, war ihr gut gehütetes Geheimnis.
Andreas trat in die Einfahrt und schaute die Straße herunter. In diesem Moment fuhr Stanley um die Kurve. Ob er auf Alice einen guten Eindruck gemacht hatte? Allzu viel würde er von den Eichhorns nicht erzählt haben können, er hatte mit ihnen bisher kaum Touren unternommen. Andreas schaute auf die Uhr. Es war halb vier. Das Auto fuhr in den Hof. „Karibu!", hieß Andreas Alice willkommen. Dieses Mal schien sie wesentlich besser aufgelegt und freute sich über die Begrüßung auf Kisuaheli. Cornelia und Faith warteten an der Tür. Alice begrüßte die beiden kurz. „Wollen Sie Platz nehmen oder sich unsere Bleibe ansehen?", fragte Andreas. Alice entschied sich, einen Rundgang zu machen. Zunächst ging es in die Küche, dann in die restlichen Räume. Das Bad, das für deutsche Verhältnisse sehr schäbig wirkte, war für Alice kein Problem. Nach kenianischen Maßstäben schien das keine Rolle zu spielen. Sie blieb einen Moment am Spiegel stehen. „Das ist ja praktisch." Sie zeigte auf den Zahnbürstenhalter, der mit Saugnäpfen befestigt war. Sie ging weiter und ließ sich die Gästezimmer zeigen. „Bald kommen uns meine Eltern besuchen, da haben wir für sie viel Platz", kommentierte Andreas. Alice wirkte zufrieden, als sie sich an den Esstisch im

Wohnzimmer setzten. Cornelia bot Kuchen und Getränke an. Faith saß in ihrem Hochstuhl. Während Cornelia ihr eine Banane fütterte, schaute sie neugierig zu Alice herüber. Sie hatte die letzte Begegnung mit Alice nicht übel genommen baute sichtbar Kontakt auf. Bei Alice war das nicht der Fall. „Ich rede lieber nicht mit ihr, sonst schreit sie wieder“, sagte sie gekränkt. Alice stellte wenige Fragen. Sie wirkte unvorbereitet. Cornelia und Andreas hielten das Gespräch am Laufen. Ihr Handy klingelte. Sofort, fast dankbar, holte Alice es hervor und begann lebhaft zu telefonieren. Faith hatte das Interesse an Alice verloren. Sie nahm sich das bereitgelegte Spielzeug vor. Um nicht das gesamte Gespräch zu belauschen, begannen die beiden Eltern sich zu unterhalten. Jetzt war Alice fertig. „Wo kaufen Sie eigentlich ihr Gemüse?“ „Als wir in Donholm waren, beim Gemüsestand. Und jetzt auf dem Markt oder im Supermarkt.“ Alice griff erneut in ihre Handtasche. Das Handy klingelte. Ein langes Gespräch folgte. „Das war meine Schwester. Sie arbeitet in Tansania. Wenn Sie Arbeit haben oder wissen, sagen sie´s mir. Dann kommt sie.“ Sie lächelte verlegen und nahm einen Schluck von ihrer Limonade. „Wo waren wir stehen geblieben? – Beim Gemüse, genau! Ich kann Ihnen auch gerne den nächsten Gemüsemarkt zeigen, der ist in Langatta.“ Schon längst hatten die Eichhorns ihre Bezugsquelle von Gemüse und Obst geklärt, wie sonst hätten sie die Küche so füllen können. Andreas sagte gequält: „Ach ja?“ Schon wieder klingelte Alices Telefon. Dieses Mal war es ein kurzer Dialog. Sie legte auf. „Wissen Sie was, wir können da ja mal gemeinsam hin fahren. Neben dem Gemüsemarkt ist noch Tusky´s, ein Supermarkt. Da gibt es alles!“ Ihre Augen glänzten. „Da müssen wir Stanley fragen, ob er noch Zeit hat, uns dort hin zu fahren“, wandte Cornelia ein. Alice winkte ab: „Ach, ganz sicher kein Problem!“ Alice hatte sich tatsächlich in den Kopf gesetzt, mit den Eichhorns nach Langatta zu fahren. Sie riefen Stanley an, der nach wenigen Minuten ankam, so dass Alice ihr viertes Telefonat vorzeitig beendete. Alice stieg zu Stanley, während sich die Eichhorns auf den Hintersitz quetschten. Eigentlich wäre jetzt Schlafenszeit für Faith gewesen, doch daran war jetzt nicht zu denken. Faith hielt sich müde an Cornelia fest. Nach einer halben Stunde erreichten sie verschwitzt den Markt. Glücklicherweise lag Tusky´s direkt daneben. „Ich schaue mal, ob ich ein Modem für´s Internet bekomme", sagte Andreas und blieb im Untergeschoss des Warenmarktes. Seit Wochen jagte er einem zügigen Internetanschluss hinterher, doch überall schienen die Modems ausverkauft zu sein. Währenddessen gab Alice eine Einführung in die Gemüse- und Obsttheke. Schließlich ging sie mit Cornelia und Faith ins Obergeschoss, in dem es Kinderkleidung und Haushaltsartikel gab. „Moment, bin bleich wieder da", sagte Alice. Sie verschwand einen Moment zwischen den Regalen und tauchte dann mit einem frustrierten Gesichtsausdruck wieder auf. Sie kehrten zum Taxi zurück. Andreas war bei seiner Modemjagd erfolglos geblieben. Alice setzte sich mit Schwung auf den Beifahrersitz neben Stanley: „Um jetzt nach Hause zu kommen, brauche ich ein Matatu. Da müssen wir jetzt nach Karen, dort ist die nächste Matatu-Station nach Nairobi." Stanley drehte wortlos den Schlüssel im Zündschloss herum und ließ das Fahrzeug an. Nach einer weiteren halben Stunde erreichten sie den anderen Stadtteil. Hier waren die Eichhorns mehrfach zum Einkaufen gewesen. „Bevor ich jetzt in mein Matatu steige, zeige ich euch noch den Nakumatt-Supermarkt. Der Besitzer ist Inder." Viele Menschen indischer Vorfahren gehörten in Kenia zur wohlhabenden Schicht. Sie waren im Rahmen des Eisenbahnbaus nach Kenia gekommen und dort heimisch geworden. Es war ihnen im Laufe der Jahre gelungen, zu einer starken wirtschaftlichen Kraft aufzusteigen und eine eigene Infrastruktur zu leisten. Dazu gehörte auch das Aga-Khan-Hospital mit seiner angegliederten Universität. Sie traten in das angenehm klimatisierte Warenhaus. Im Eingang begrüßte sie ein menschengroßer Elefant, das Markenzeichen von Nakumatt. War der nun ein Indischer oder Afrikanischer Elefant? Andreas blieb kurz stehen und dachte nach. Indisch. Dann holte er den Einkaufswagen. Alice führte erneut Cornelia durch das Warensortiment, während Andreas einige Lebensmittel besorgte. Wieder verschwand sie für einen Moment zwischen den Regalen. An der Kasse angekommen, legte sie mit einem zufriedenen Gesichtsausdruck einen Zahnbürstenhalter sowie eine Flasche Limonade auf das Band. Schließlich traten sie wieder in die Hitze der Abendsonne. Es war spät geworden. „Dann werde ich jetzt mal zur Matatu-Station gehen. Wir sehen uns dann in vier Wochen zum nächsten Besuch wieder." Sie verabschiedete sich, tippte Faith ganz vorsichtig mit dem Zeigefinger an und verschwand im Getummel der Matatu-Station. „So was habe ich noch nie erlebt", staunte Andreas. „Das war völlig unvorhersehbar." Erschöpft, aber mit einem guten Gefühl, kehrten die Eichhorns in ihr Domizil zurück. Im Gespräch hatte Alice deutlich gemacht, dass sie das Adoptionsverfahren gut und zügig organisieren wollten. Die Eichhorns waren schließlich die ersten internationalen Adoptionsbewerber bei FAC – und da sollte es keine Fehler oder Verzögerungen geben.

Einige Tage später reiste Cornelia nach Deutschland, um ihre mündliche Prüfung abzulegen. Mittlerweile konnte man mit geübtem Auge erkennen, dass sich ihre Bauchform änderte. „Das Baby wächst und gedeiht ganz wunderbar." Mit geübter Hand ließ die Frauenärztin das Ultraschallgerät über die Gelschicht gleiten. „Lassen Sie mal sehen." Sie kniff die Augen zu und änderte langsam die Position des Gerätes. „Nein, beim besten Willen kann ich Ihnen nicht sagen, ob es ein Junge oder Mädchen wird. Da müssen Sie noch ein bisschen warten. – Haben Sie denn in Kenia bereits eine Ärztin?" Sie wischte das

Gel von Cornelias Bauch. „Wir sind noch auf der Suche“, antwortete sie und knöpfte ihr Hemd zu. „Na, dann wünsche ich Ihnen alles Gute für die Geburt und die Prüfung morgen“, sagte die Ärztin und nahm Cornelia in den Arm. Erfreut über die Anteilnahme und Zuwendung verließ Cornelia die Praxis. Sie beeilte sich. Zuhause lag noch ein dicker Aktenstapel, der viele Telefonate notwendig machte. Obwohl die Eichhorns vor ihrer Abreise alle Anträge gestellt hatten, war Einiges schief gelaufen. Die Hundesteuer wurde trotz Abmeldung weiter eingezogen, der Kindergeldantrag für Faith abgelehnt, für das Elterngeld wurde eine Arbeitgeberbescheinigung verlangt und ein Krankenkassenwechsel von Cornelia falsch datiert. Nach diesen Telefonaten musste sie erneut ihren Koffer packen, denn gleich nach der Prüfung würde sie wieder in den Flieger nach Kenia steigen. Gut, dass Oma Maarifa nichts mitbekommen hatte. Zwar hatte sie einige SMS an Andreas geschrieben, doch er konnte sie hinhalten.

Faith war über die Rückkehr von ihrer Mama ganz aus dem Häuschen. Sie hatte es ihrer Mutter nicht übelgenommen, dass sie nicht da war. Immerhin war ihr Vater rund um die Uhr da und hatte mit ihr das Krabbeln geübt. Stundenlang war er auf dem Teppich und legte interessante Gegenstände außer Reichweite, um sie zum Krabbeln zu bewegen. Andreas rümpfte die Nase: „Ich glaube, die Windel muss gewechselt werden.“ Er hielt ihr seine beiden Finger hin. Ihre Hände ergriffen sie und sie zog sich hoch. „Alle Achtung, ihr habt eine Menge geübt“, staunte Cornelia. Andreas verschwand mit Faith in Richtung Kinderzimmer. Seine Stimme hallte durch den Flur: „Ich hab´ auch ein paar Videoaufnahmen, die zeige ich dir nachher.“ Das Handy klingelte. Cornelia drehte sich um und ging zum Tisch. „Ja, Hallo?“ „Hier ist Frau Mayer von Hope for Africa.“ Cornelia trat durch die Terrassentür nach draußen. Sorgsam schloss sie die Tür hinter sich, damit Arno drinnen blieb. „So, jetzt ist sie wieder frisch“, schallte es im Flurgang. Andreas kam zurück. Neugierig schauten er und Faith in den Garten. Sie sahen, wie Cornelia telefonierte. Sie blieb am Baum stehen und fuhr sich durch die Haare. Dann ging sie weiter. Jetzt war das Telefonat beendet, sie ging zügig zurück. „Wer war das?“, fragte Andreas, als sie die Tür öffnete. „Frau Mayer. Sie hat gesagt, dass Hope for Africa sich verbittet, dass wir Maarifa als Guardian nehmen.“ Andreas blickte ungläubig. Maarifa selbst hatte ihnen doch gesagt, dass Hope sie empfiehlt. Cornelia schien seine Gedanken zu erahnen: „Es gab wohl erhebliche Probleme zwischen Maarifa und Hope for Africa. Mehr konnte Frau Mayer nicht dazu sagen.“ Faith zappelte. Sie wollte auf die Fensterbank. Andreas ließ sie gewähren. „Das ist ein echter Knaller. Dann hat sie uns belogen.“ Er schüttelte mit dem Kopf: „Jetzt weiß ich wirklich nicht mehr, wem wir hier trauen sollen. Ich werde sie anrufen und damit konfrontieren.“ Cornelia setzte sich an den Tisch: „Wenn sowohl FAC als auch Hope for Africa Bedenken haben, sollten wir auf jeden Fall einen anderen Guardian nehmen.“ Sie legte ihren Kopf in ihre Hände. Was hatte sie alles die letzten Tage, Wochen und Monate ausgehalten und geleistet. Wann würden Sie endlich zur Ruhe kommen? Andreas hob Faith vom Fenster weg und trat zu ihr. Er legte seine Hand auf ihren Rücken. Sie spürte die wohlige Wärme, die von ihm aus ging: „Es wird schon werden. Am Sonntag gehen wir erst einmal schön essen. Das hast du, das haben wir uns alle verdient.“

Am folgenden Tag bemühte sich Andreas, Cornelia wieder aufzumöbeln. Nach einem erholsamen Mittagsschläfchen hatten sie sich mit Faith an den Terrassentisch gesetzt. Andreas servierte duftenden Kaffee, Orangensaft und Kuchen. „Auch Kaffee?“, fragte Andreas und deutete auf die leere Tasse. „Nein, lieber Orangensaft.“ Andreas öffnete das Tetra-Pak und schenkte ein. „Was hat denn Maarifa nun zu Hope for Africa gesagt?" – „Nichts, sie hat die Vorwürfe nicht entkräftet. Vielmehr hat sie akzeptiert, dass sie nicht der Guardian sein wird." Andreas nahm einen Schluck Kaffee. „Sie hat sich gar nicht bemüht, die Sache aufzuklären. Schließlich wollte sie wissen, ob wir uns bald mal wieder treffen könnten." Cornelia reichte Faith ein Stück Zwieback. „Das muss erst einmal sacken, bevor wir uns wieder treffen. Mir ist das Ganze momentan too much." Sie wechselten das Thema. „Ich freue mich schon auf Karen´s Coffee Garden. Der Reiseführer schwärmt ja davon. Ich hole ihn uns mal." Endlich war die Zeit gekommen, sich den schönen Dingen Kenias zuzuwenden. Gemeinsam schmökerten die beiden und machten Eselsohren ins Buch, wo sehenswerte Dinge standen. Faith trug auch zu einigen Eselsohren bei. Plötzlich schienen die Probleme gar nicht mehr so schwer zu sein. „Ich wünsche mir jetzt nur noch eine schöne Liege und einen Blumenstrauß, dann ist alles perfekt." Die Strapazen der letzten Wochen konnte man Cornelia noch ansehen. „Immerhin sind es bis zum nächsten Hausbesuch noch einige Wochen, die wir genießen können." Arno schien der neue Ort gut zu tun, vor allem die vielen Spaziergänge und der Garten, in dem er sich austoben konnte. Lena hatte den Wachhund angeleint, so dass Arno ungehindert spielen konnte, ohne in eine Beißerei zu gelangen. Er stand nun auf und stupste Cornelia am Bein. Es war Zeit für einen ausgiebigen Spaziergang.

Gegen sechs Uhr kehrten sie in ihr Haus zum Abendessen zurück. Es setzte die Dämmerung ein. „Das Klima ist wirklich sehr angenehm. Aber dass es das ganze Jahr nur von sechs bis sechs hell ist, finde ich schade. Die Abende sind doch recht lang", fand Cornelia. Sie setzte sich an den Tisch. Faith wartete auf ihr Butterbrot. Das Abendessen hatte sich zu einem kleinen Trauerspiel entwickelt, weil die kenianische Produktpalette doch erheblich weniger Abwechslung bot als

die deutsche. „Ich bin froh, wenn wir morgen mal bekocht werden und ein bisschen Abwechslung geboten kriegen", sagte Andreas und ließ lustlos eine Brotscheibe auf den Teller gleiten. Nachdem sie Faith ins Bett gelegt hatten, guckten die beiden die Tagesschau über Internet. Dann surften sie noch ein wenig im Internet, stellten einige Bilder und Texte in den Blog und gingen ins Bett. Andreas spürte den wachsenden Bauch seiner Frau. Kuschelte sie sich an ihn, merkte er kleine Stöße. Dem kleinen Baby im Bauch seiner Frau ging es gut, das konnte er spüren. Eine wohltuende Ruhe und Entspannung durchfuhr ihn. Arno atmete ruhig und tief. Offenbar übertrug sich diese Ruhe auch auf den Hund, oder war es umgekehrt? Andreas konnte es nicht mit Sicherheit sagen. Er fiel in einen tiefen Schlaf.
Nach einigen Stunden wachte er auf. Etwas stimmte nicht. Er war schweißgebadet. Irgendetwas stimmte nicht. Ihm war furchtbar übel. Leise hob er das Moskitonetz an, das sorgsam unter der Matratze eingeklemmt war, um ungebetene Gäste fern zu halten. Cornelia wachte auf: „Was ist?" Schlaftrunken torkelte er den Gang ins Bad. Die Wand hielt ihn aufrecht und hinderte ihn, zur Seite zu kippen. Benommen kniete er sich vor die Toilette und fiel und fiel und fiel… „Andreas, wach auf, was ist mit dir los!?" Cornelia schüttelte ihren Mann, der zuckend vor ihr lag. Panik und Angst stieg in ihr auf. Was war mit ihm los? Woher sollten sie Hilfe bekommen, mitten in der Nacht, mitten im Wochenende, mitten in Kenia? Der Krankentransport würde Stunden brauchen, bis er hier wäre. Und in welches Krankenhaus sollten sie ihn bringen? „Andreas!" Noch immer lag er benommen auf den kalten Badezimmerfliesen. Sie hielt ihre Hand vor seine Nase. Er atmete noch. Sie griff zum Waschlappen und hielt ihn unter kaltes Wasser. Dann kühlte sie seinen heißen Kopf. Langsam öffnete er seine Augen: „Wo bin ich?" Er stützte sich mit seinen Armen auf und erhob seinen Körper. „Mir ist speiübel."

Cornelia schluckte. Sie führte ihn zur Toilette, in die er sich übergab. „Du jagst mir Angst ein. Was machst du denn?“ Sie spülte und führte ihn vorsichtig ins Schlafzimmer zurück. Sie legte ihn ins Bett und holte Kissen, um seine Füße hoch zu legen. „Ich bin so müde“, faselte er. Einen Moment starrte er die Decke an. „Ich muss schon wieder brechen.“ Es war keine Zeit, ins Bad zu gehen. Cornelia holte einen Mülleimer. „Hier hinein.“ Sie öffnete den Schrank und holte die Reiseapotheke hervor. Hektisch durchwühlte sie die Medikamente, die sie vorsorglich für Kenia eingepackt hatten. Andreas hörte, wie Cornelia die knisternde Packungsbeilage auffaltete. „Nimm die hier, Kohletabletten“. Sie reichte sie ihm mit einem Glas Wasser. Mit Mühe schluckte er sie. Sofort brach er alles wieder heraus. Der Müllbeutel verfärbte sich tiefschwarz. Andreas ließ den Kopf zur Seite fallen: „Ich bin so müde. Ich will nur noch schlafen.“ Er hörte ein Klimpern in der Ferne und eine Stimme, weit weg: „Nein, das kannst du jetzt nicht.“ Cornelia rührte eine Kochsalzlösung an und hielt sie an seinen Mund. Andreas nahm sie in kleinen Schlucken zu sich. Er war vollkommen erschöpft. Was war nur mit ihm los? Er richtete sich schwach auf: „Ich muss aufs Klo.“ Cornelia zog seine Beine auf den Boden, nahm ihn am Arm und führte ihn dorthin. Er setzte sich auf die Toilette. Jetzt waren alle Schleusen geöffnet. Er brach zugleich in den Mülleimer. „Wir müssen den Wasserverlust ausgleichen“, stellte Cornelia fest, als sie ins Schlafzimmer zurückkehrten. Andreas war zu gar nichts zumute. Regungslos lag er auf dem Bett. Wieder hörte er ein Knistern, dann einige Schritte, ein Quietschen und ein sattes Plumpsen. Cornelia hatte den Müllbeutel auf die Terrasse transportiert. Mit einem weiteren Glas voller Kochsalzlösung kehrte sie ins Zimmer zurück und verabreichte ihrem Mann eine neue Portion. Durch das offene Fenster tönten ziehende Geräusche, dann ein Schmatzen. Affen hatten sich über die Müllbeutel hergemacht.

„Was für eine furchtbare Nacht“, waren die ersten Worte, die Andreas am Morgen von sich gab. Sie waren nur wenige Stunden zum Schlafen gekommen, weil sein Körper die ganze Nacht alles ausgestoßen hatte, was er an Flüssigkeit in sich hatte. „Wie geht es dir?“, fragte Cornelia, die mit einer munteren Faith auf dem Arm ins Schlafzimmer getreten war. „So schlapp. Ein bisschen weniger übel. – Was immer es war: Gut dass es nicht euch getroffen hat. So ein Baby wie Faith ist da schnell an der Grenze, wenn es so viel brechen muss. Und du hättest als Schwangere gar keine Medikamente nehmen dürfen.“ Er fasste sich an den Kopf. Bei dem Gedanken verstärkte sich wieder seine Übelkeit. „Das wird heute nichts mit dem Essengehen“, stellte er traurig fest. Cornelia blickte ihn mitleidig an: „Das ist doch klar. Dann machen wir das eben nächste Woche.“

Im Laufe des Tages und der Woche stabilisierte sich Andreas Gesundheit wieder. Um seinen Magen schonend wieder auf zu bauen, gab es nun Suppe und Toastbrot. Nach und nach kam er wieder auf die Beine. Für den Donnerstag hatten sie ihr Taxi umbestellt, um das verpasste Essengehen nachzuholen. Als der Tag anrückte, verschlechterte sich Andreas Zustand so sehr, dass sie zum Karen Hospital fuhren. Der Arzt veranlasste eine Blutuntersuchung und diagnostizierte eine Lebensmittelvergiftung. „Was bist du so schweigsam?“, fragte Andreas auf der Rückfahrt vom Krankenhaus. „Ich grüble, was der Auslöser für die Vergiftung war. Was hast du gegessen, was wir nicht gegessen haben?“ Cornelia blickte suchend aus dem Autofenster. Am Straßenrand boten Kenianer allerhand zum Verkauf an: Ein Mann rollte sorgsam geröstete Erdnüsse in kleine Tüten ein. Jemand schob einen kleinen Handwagen umher, in dem hinter Plexiglas kleine Würstchen und Eier lagen. Jetzt fuhren sie an einem Stand mit Gemüse vorbei. Ein Mann stand hinter den Gemüsebergen. Neben ihm stand eine

Schubkarre, in der, eingehüllt in einer Decke, ein Säugling lag. Er hielt eine Tasse, aus der es dampfte und wärmte seine Hände daran. „Ich hab´s“, sagte Cornelia. „Nur du hast vom Kaffee getrunken.“ Andreas schüttelte den Kopf: „Nee, das kann nicht sein, davon muss man doch nicht brechen.“ „Es sei denn, dass das Wasser nicht abgekocht war.“ Sie setzte sich auf: „Erinnerst du dich nicht an die Stromausfälle der letzten Tage? Vermutlich hat sich der Wasserkocher beim Aufheizen abgeschaltet.“ Das klang plausibel. Immer wieder gab es unangekündigte Stromausfälle, die bis zu 8 Stunden dauerten. Schon oft hatten sie um ihre eingefrorenen Sachen gebangt und hin und wieder Einiges weg werfen müssen. „Von jetzt an müssen wir besser aufpassen mit der Hygiene. Wenn so etwas Faith oder unserem Baby Nr. 2 widerfahren würde, wäre das lebensbedrohlich!“ Andreas seufzte. Cornelia hatte Recht. Sie waren mal wieder mit einem blauen Auge davon gekommen. Sie beschlossen, von nun an nur noch gekauftes Wasser für die Lebensmittelzubereitung zu verwenden. Lena bekam den Auftrag, nur noch mit heißem Wasser das Geschirr zu waschen. Bisher hatte sie nur kaltes Wasser dazu benutzt. Selbst der Salat musste nun durch heißes Wasser geschwenkt werden, um gefährliche Keime abzutöten und ein weiteres Desaster zu verhindern. Es sollte noch vier Wochen dauern, bis der Magen von Andreas wieder generiert war – das wollten sie mit ihrer Tochter keinesfalls erleben.
Einige Tage später fuhren sie zu einem deutschsprachigen Arzt, den sie vom Kinderheim empfohlen bekommen hatten. Es waren noch einige Impfungen für Faith notwendig. Bei der Gelegenheit wollte sich Andreas nochmals checken lassen, da er noch immer mit der Übelkeit kämpfte. Außerdem ließ sich Cornelia für die womöglich anstehende Geburt in Kenia einige Frauenärztinnen empfehlen. Der Arzt, Dr. Spener, sah das vollkommen unkompliziert: „Wissen Sie, Schwangerschaft und Geburt sind ja per se keine Krankheiten, sondern ganz normale

Vorgänge. Darauf sind die Ärzte hier in Kenia auch vorbereitet. Sie können hier durchaus westlichen Standard antreffen – wenn auch mit Einschränkungen." Der freundliche und zugleich hektisch wirkende Doktor hatte unter anderen auch ein Projekt im größten Slum Nairobis, Kibera, an dem die junge Familie auf dem Weg in die Innenstadt regelmäßig vorbei fuhr. „Faith hat wirklich enormes Glück. Wissen Sie, ich bin regelmäßig im Slum unterwegs und es ist so hoffnungslos, so perspektivlos. Mit 6 sind sie Waisen und für ihre kleinen Geschwister zuständig. Mit 12 sind sie schwanger. Mit 16 sind sie HIV positiv." Er bereitete die Spritze vor. Faith hatte das ganze Geschehen von Anfang an mit Misstrauen beobachtet. Jetzt begriff sie, dass sie gepiekst werden würde und begann aus vollem Hals zu schreien. „Ja, du warst schon oft beim Arzt", kommentierte der Doktor tröstend das Geschehen. „Die ersten vier Wochen, bevor sie ins Kinderheim kam, war sie im Krankenhaus. Das war bestimmt sehr schwer für sie." Dr. Spener nickte und sprach gegen das Geschrei an: „Ganz sicher. Es gibt da ganz furchtbare Fälle, weil sich niemand die Zeit für die Kinder nimmt und sie nebenher laufen. Gerade in einem Lebensabschnitt, wo sie so viel Zuwendung brauchen, wie es nur geht."

Am nächsten Tag reisten die Eichhorns erneut zu FAC, um ihre Entscheidung gegen Maarifa als Guardian bekannt zu geben. Die Direktorin machte deutlich, dass Maarifa ein rotes Tuch bei Gericht sei und sie aus diesem Grund die Entscheidung begrüße. Sie wirkte erleichtert. Zugleich kündigte sie an, dass sie persönlich den zweiten Hausbesuch machen würde.

Es wurde Mai. In den letzten Wochen hatte die Regenzeit eingesetzt. Tagelang regnete es. Die Natur schien alles sofort wie ein Schwamm aufzusaugen und spross in den schönsten Farben. „Das ist ein seltenes Bild“, sagte Stanley. „Wenn es lange trocken ist, ist die Stadt nur noch voller Staub und Abgase.“ Die Fahrten mit dem Taxi durch die Stadt gestalteten sich schwieriger als zuvor. Zum einen waren die Kenianer so starken Regen nicht gewöhnt. Zum anderen gab es keine Kanalisation, so dass das Regenwasser bis zu dreißig Zentimeter hoch stand. Teilweise waren kleine Dörfer auf dem Land von einer Schlammlawine ergriffen worden und hatten Menschen unter sich begraben. Als sich das Wasser im Untergeschoss durch den Boden drückte, konnten sie Lena kaum beruhigen. „Das Haus steht unter einem bösen Fluch“, sagte sie und blickte gehetzt um sich herum. Trotz aller beruhigenden Worten der Muzungus war Lena höchst alarmiert. Sie holte die Bibel hervor und suchte nach einer Lösung. Von nun an sollte dieses Buch ihr Begleiter werden. Pünktlich zum Beginn der Regenzeit waren Andreas Eltern zu Besuch angereist. Sie durften nach Rücksprache mit dem Vermieter in dessen Räumlichkeiten übernachten. Die letzten Monate hatten sie das Ergehen der jungen Familie genauestens und besorgt mit verfolgt. Umso überraschter waren sie über den kleinen runden Bauch, den Cornelia vor sich trug. „Wir haben die Schwangerschaft geheim gehalten, weil wir zunächst für Faith die Herzen frei haben wollten. Außerdem kann die ersten drei Monate immer noch Einiges schief gehen. Ab heute informieren wir alle Verwandte und Freunde.“ Nun waren sie selbst vor Ort. „Manche Dinge kann man erst verstehen, wenn man hier angekommen ist. Sie klingen teilweise so absurd, dass man ihnen kaum Glauben schenken kann“, sagte Andreas Vater. Ohne furchtbar viele Unternehmungen auf sich zu nehmen, zog sie der Alltag so in Bann, dass sie abends erschöpft ins Bett fielen. Sie reisten miteinander in das

Kinderheim und in die Region, wo Faith gefunden wurde. Sie bauten zu Faith auf behutsame Weise einen herzlichen, guten Kontakt auf. Als sie schließlich abgereist waren, saß Faith mit großen Augen am Frühstückstisch. Sie staunte, dass diese netten Menschen auf einmal nicht mehr da waren.

Zuvor durften sie Zeugen eines besonderen Spektakels werden. „Immer explodiert alles, wenn wir einen Termin haben", sagte Cornelia am Abend resigniert. Eigentlich hatten sie alles wie gehabt vorbereitet. Der Kühlschrank war randvoll mit Lebensmitteln, das Früchte- und Gemüseregal gut bestückt. Gegen vier Uhr Nachmittags hatte sich die Direktorin für den Hausbesuch angekündigt. Am Morgen jedoch fand Cornelia einen beschriebenen Papierfetzen in der Küche vor. „Mein Bruder hatte einen Unfall. Muss zu ihm hin", las sie Andreas vor, der gerade Faith wickelte. „Oh je, die arme Lena. – Dann müssen wir wohl das ganze Haus noch putzen." Cornelia steckte den Zettel in ihre Hosentasche. „Na Super, mit Faith zusammen putzen. Wir müssen uns echt beeilen! – Außerdem ist das Klo oben kaputt, da wollte sie noch jemanden organisieren, der sich darum kümmert." Die frisch gewickelte Faith zog sich strahlend an Andreas Händen hoch, bis sie auf den eigenen Beinen stand. „Sie macht sich wirklich gut. Sie will nur noch stehen. Bald wird sie laufen können." Cornelia nahm Faith auf den Arm zum Frühstück. Sie betrat das Esszimmer und begrüßte den Opa, der interessiert aus dem Fenster schaute. „Schaut mal, was Jack heute Nacht angestellt hat. Jetzt wissen wir, warum es so laut war." Cornelia setzte Faith an ihren Platz und ging zu Walter und blickte durch die vergitterten Fenster. Jack hatte die ganze Nacht gebellt und sich Schlachten mit anderen Hunden aus der Nachbarschaft geliefert. Es ging um den Müllberg, den Lena regelmäßig im Garten verbrennen musste. Der Vermieter hielt es nicht für notwendig, den Müll bei der Müllabfuhr zu entsorgen. Er hatte

Lena angewiesen, ihn zu verbrennen. Beißende Wolken aus Plastik, Papier und Windeln stiegen regelmäßig in die Luft. Diesen Müllberg hatte Jack über Nacht anscheinend verteidigt, doch nicht allzu erfolgreich. Vielmehr war der gesamte Garten von Müllresten übersät. „Jetzt haben wir neben der Hausreinigung, dem Toilettenproblem auch noch ein MVA-Problem“, kommentierte Andreas, der hinzugetreten war. Alle mussten mit anpacken, um rechtzeitig bis zum Besuch der Direktorin alles auf Vordermann zu bringen. Mit Ächzen und Würgen gelang es ihnen, eine halbe Stunde vor dem Termin fertig zu sein.
Pünktlich um vier Uhr fuhr ein großes Auto in die Einfahrt. Mrs. Kamili besaß ein eigenes Fahrzeug und stieg elegant aus. „Guten Tag, Dr. Eichhorn, Frau Eichhorn und die kleine Faith.“ Erneut machte sie eine Bewegung, Faith auf den Arm zu nehmen. Als sie bemerkte, dass sie sich misstrauisch an ihrer Mutter festhielt, nahm sie von diesem Vorhaben Abstand. „Ich habe eine Überraschung für Sie!“ Sie machte eine kleine Pause, bevor sie weiter redete. „Ich werde Ihnen heute Ihren Guardian vorstellen, Latifahh. Doch bin ich ein wenig verärgert, weil sie eigentlich mit mir fahren wollte, aber nicht pünktlich erschienen ist. Darum bin ich so gefahren. Unpünktlichkeit lasse ich mir nicht bieten!“ Sie war noch sichtlich darüber empört. „Sie wird dann eben ein Taxi nehmen müssen.“ Sie trat in das Wohnzimmer des Hauses. Ihr Gesicht hellte sich auf: „Sind Sie die Großeltern von Faith?“ Sie nickten. „Das ist ja wundervoll! Da freue ich mich ja so sehr, dass Sie zu Besuch sind in diesem wunderbaren Land. Wie war denn Ihr Flug?“ Sie setzte sich zu den Großeltern und begann ein angeregtes Gespräch mit ihnen zu führen. Spätestens jetzt war das Eis gebrochen. Als Hausherr führte Andreas sie anschließend durch das Haus. In der Küche öffnete sie die Kühlschranktür. Sie freute sich über den üppigen Inhalt. Als sie ihren Rundgang beendet hatten, kehrten sie ins Obergeschoss zurück. Lena

stand plötzlich im Gang. „Darf ich vorstellen? Das ist Lena, unsere Haushaltshilfe.“ Mrs. Kamili schaute sie abschätzig an. „Sie machen also hier den Abwasch und die Wäsche.“ Lena sagte leise „Guten Tag“, dann öffnete sie die Tür zu ihrem Zimmer. Bevor sie die Tür schloss, warf ihr die Direktorin ein „Putzen, das ist Ihre Aufgabe“, hinterher. Sie kehrten ins Esszimmer zurück und setzten sich zum Kaffeetrinken. Einige Minuten später, es war fünf Uhr, fuhr ein Taxi in den Hof. Andreas ging einer jungen Frau in einem violetten Rock entgegen. Freundlich reichte sie ihre Hand und stellte sich als Latifah vor. Sie setzte sich zum Esstisch. Mrs. Kamili schien ihr die Verspätung nachzutragen und grüßte nur kurz. Latifah winkte Faith, die am Tisch das Geschehen genau beobachtete, zu. Faith lächelte mit einem charmanten Grinsen zurück. Offenbar war ihr Latifah sympathisch. „Welchen Namen haben Sie denn für die Kleine ausgewählt?“, fragte sie Cornelia. „Wir haben ihren Namen beibehalten.“ Mrs. Kamili blickte irritiert: „Warum das denn?“ Cornelia holte aus: „Sie war doch schon sieben Monate alt, als sie im Heim war. Jeder hat sie Faith gerufen. Warum sollten wir das denn ändern?“ Jetzt schaute auch Latifah irritiert. „Wir finden, dass das Kinderheim Teil ihrer Geschichte und Identität ist. Warum sollten wir das verleugnen?“, ergänzte Andreas. Nun schauten sich Mrs. Kamili und Latifah irritiert an. „Und außerdem hieß die Frau eines Präsidenten von Kenia auch so“, legte Cornelia nach. Doch auch das half nichts. Mrs. Kamili nahm ihre Handtasche und wandte sich Latifah zu: „Ich lasse Sie jetzt alleine und Sie können sich kennen lernen“. Sie erklärte das Kaffeetrinken als beendet. Latifah nahm ein dickes Notizbuch hervor. Zurück gelassen mit dem Überraschungsgast starteten die Eichhorns eine weitere Führung durch ihr Domizil. Beeindruckt von der Geräumigkeit und der Gestaltung des Hauses, fragte sie: „Haben Sie die Räume auch selbst gestrichen und bemalt?“ Andreas runzelte die Stirn. Wie hätten sie denn das noch bewerkstelligen sollen? Latifah fing an, von sich selbst zu erzählen. Sie war selbst Mutter von zwei Kindern im Alter von drei und fünf Jahren. Beruflich war sie Ernährungsberaterin im Krankenhaus. Sie gingen wieder ins Obergeschoss. Faith war mittlerweile von dem Besuchsmarathon vollkommen ermüdet. Cornelia brachte sie ins Bett, es war halb sieben. „Dann werde ich jetzt mal ein Taxi rufen", entschied Latifah. Sie holte ihr Handy hervor und tippte. Sie beschrieb dem Taxifahrer den Weg. In dem Moment war den Eichhorns alles klar. Das würde noch ein langer Abend werden. Viel Schweigen… Reden… Handygetippse. Anderthalb Stunden lang. Als sich die Tür schloss, waren alle fix und fertig. Ins dicke Notizbuch hatte Latifah kein einziges Wort geschrieben.

"Das ist eigentlich lustig", sagte Andreas, als der Taxifahrer Stanley die Einkaufstaschen im Kofferraum verstaute. Sie hatten größere Kleidungsstücke besorgt, weil Cornelias Bauch in den letzten Wochen sichtbar gewachsen war. „Dich müssen wir jetzt so anziehen, dass du dünner aussiehst und die Schwangerschaft nicht sichtbar ist. Und Faith müssen wir so anziehen, dass sie pummelig aussieht und kenianischen Vorstellungen entspricht. – Verkehrte Welt." Cornelia nickte. Ihre Gedanken wanderten zurück. Sie hatten eine indische Ärztin ausfindig im Aga Khan Hospital ausfindig gemacht, die ihren Vorstellungen entsprach. Im Gegensatz zum deutschen Gesundheitswesen gab es keine Standarduntersuchungen, die die Krankenkasse automatisch übernahm. Aus diesem Grund kam Dr. Ashavari auch nicht auf die Idee, bestimmte Untersuchungen vorzuschlagen. Mittels eines dicken Schwangerschaftsratgebers hatten sich die Eichhorns informiert, was nun nach deutschem Standard für Untersuchungen notwendig war. Dr. Ashavari waren die Untersuchungsmethoden bekannt. Bereitwillig nahm sie einen Zettel aus ihrer Schublade und schrieb für die jeweilige

Abteilung des Krankenhauses eine Überweisung. Sie waren gespannt gewesen, ob hier tatsächlich ein westeuropäischer Standard herrschte, wie Dr. Spener vorausgesagt hatte. „Nein, das ist kein alter Atari“, bemerkte Andreas zufrieden, als sie im Behandlungszimmer saßen, „es ist ein modernes Ultraschallgerät von Siemens.“ Eine junge schwangere Frau betrat den Raum. „So Faith, gleich kannst du dein kleines Geschwisterchen sehen. Vielleicht erfahren wir heute, ob es ein Bruder oder eine Schwester wird.“ Die Ärztin begrüßte die drei und fügte hinzu: „Übrigens habe ich auch ein Jahr in Aachen studiert.“ Sie setzte sich auf den Stuhl. Mit einem schmatzenden Geräusch drückte sie die fast leere Gelpackung aus. Einige Sekunden später waren die ersten Bilder auf dem Monitor zu sehen. Andreas kniff die Augen eng zusammen und brachte all seine Phantasie auf, um die Schatten zu deuten. Man konnte schon viel sehen, die Wirbelsäule, die Zehen, Hände, Augenhöhlen, Nase und Arme. Die Ärztin drückte einen Schalter. Faith merkte auf. „Das sind die Herzschläge deines kleinen Geschwisterchens“, kommentierte Cornelia. Faith schaute interessiert auf den Bildschirm. Die Ärztin schaltete den Ton wieder aus und maß die Längen, Breiten und Durchmesser des Kindes, so wie es auch im schlauen Buch beschrieben war. „Es wiegt jetzt 517 Gramm. Das ist ein gutes Gewicht… ganz schön groß für sein Alter. – Da, Moment.“ Sie hielt die Hand mit dem Messgerät still. Mit der anderen tippte sie auf den Cursorball und machte ein Standbild. „Hier können Sie es sehen.“ Sie drehte den Monitor zur Seite, so dass Cornelia es im Liegen auch sehen konnte. „Es wird ein Junge“, teilte die Ärztin voller Stolz mit. „Siehst du Faith, du bekommst einen kleinen Bruder. Ist das nicht schön?“ Faith verstand die Bedeutung dieses Wortes »Bruder« nicht. Doch wie sie an kleinen Kindern interessiert war, ließ die Eltern hoffen, dass die Ankunft ihres Bruders in etwa vier Monaten auch für sie etwas Schönes sein würde. „Stanley, bitte fahre uns zu unserem Anwalt“, sagte Andreas und riss Cornelia aus ihren Gedanken um ihre Schwangerschaft. Mr. Keya hatte die beiden in die Kanzlei nahe der Innenstadt von Nairobi bestellt. Das Büro lag in einem neuen Geschäftshauskomplex, das von weitem schon durch seine verspiegelten Fenster auffiel. Es stand in einem deutlichen Gegensatz zu den Verhältnissen, in denen die durchschnittlichen Menschen ihren Geschäften nachgingen. Deshalb trennten auch hier ein hoher Zaun und Security verschiedene Lebenswelten voneinander. Mit einem gläsernen Fahrstuhl ging es in den siebten Stock des Gebäudes. Vom Fahrstuhl aus konnte man viele Firmen sehen, die sich gerade ihre Büros einrichteten. Im Innenhof des Komplexes sah man eine Bar, in der einige Personen um einen Springbrunnen herum saßen und Kaffee tranken. Oben angelangt, betraten sie einen kleinen Empfangsraum. Am Tresen saß eine korpulente Frau im schwarzen Kostüm mit Rastazöpfen. Über ihr schwebte ein Fernseher, auf Citizen-TV lief die mittägliche Seifenoper. Die gesamte Handlung war von einem Klangteppich unterlegt. Obwohl Cornelia und Andreas keinen Fernseher hatten, war ihnen dieser Sender bereits bekannt. Fast überall, wo ein Fernseher stand, war dieser Sender eingeschaltet. „Hallo, Familie Eichhorn“. Mr. Keya kam um die Ecke. „Und da ist ja auch die kleine Faith.“ Er reichte ihr die Hand. „Kommen Sie in mein Büro.“ Die Eichhorns folgten ihm durch einen schmalen Gang. Links und rechts standen ein Kopierer und einige Schreibtische. Sie traten in einen abgeteilten Raum. „Sie sind umgezogen, habe ich gehört. Ich hoffe, Sie fühlen sich jetzt wohl.“ Es hatte sich anscheinend herum gesprochen. „Ja, jetzt ist alles in Ordnung.“ Mr. Keya zeigte auf die Stühle. „Bitte nehmen Sie doch Platz.“ Er hatte bereits einen dicken Ordner bereit gelegt und öffnete ihn. „In wenigen Wochen, nach dem letzten Hausbesuch, kann der Gerichtsprozess beginnen. Damit ich den ersten Termin beantragen kann, müssen alle Dokumente vorliegen. Ich habe bereits mit Alice gesprochen und ihr gesagt, dass sie schnellstens ihren Sozialbericht fertig stellt. Ansonsten geht es nicht weiter. Außerdem habe ich diese Tage mit der Guardian Latifah gesprochen und ihr ebenso verdeutlicht, dass ich in drei Wochen ihren Bericht für den zweiten Gerichtstermin haben möchte. Die drei Monate Inobhutnahme enden ja an einem Donnerstag und ich werde gleich am Freitag zu Gericht gehen und einen Termin ankündigen. Ich plane jedenfalls“, er zwinkerte Faith zu, „dass Sie die Woche darauf zum ersten Gerichtstermin können.“ Mr. Keya hielt seinen Kugelschreiber vor Faith, die interessiert nach ihm griff. „Wenn wir noch etwas tun können, lassen Sie es uns wissen.“ Mr. Keya holte einen zweiten Kugelschreiber aus seinem Anzug hervor. „Kein Problem, Sie müssen erst einmal nichts machen. Wenn Sie Fragen haben, dann schicken Sie mir eine SMS.“ Er erläuterte kurz die Bedeutung des Schreibens, das sie unterzeichneten. „So, da müssen Sie unterschreiben. – Das war´s schon“, sagte er gut gelaunt. Seine Stimmung und Ausstrahlung war ganz anders, als sie ihn damals mit Maarifa trafen. Jetzt wirkte er so locker und zuversichtlich. „Warte mal ab, Faith, schon bald wirst du in den Flieger steigen und nach Hause kommen“, raunte er ihr zu und nahm ihr geschickt den Kugelschreiber aus der Hand. Sie protestierte nicht.

Als sie wieder im Fahrstuhl standen, überkam die Eichhorns eine Hoffnungswelle. „Hast du das auch gehört? Vielleicht kommen wir schon früher nach Hause als im November. Ich hätte nichts dagegen, wenn unser Baby Nummer zwei in Deutschland zur Welt käme“, sagte Andreas. „Nach dem, was wir hinter uns haben, wagt man es gar nicht zu glauben“, fügte er hinzu. Der Fahrstuhl setzte sich in Bewegung. „Und dass Latifahh sich diese Tage gemeldet hat, dass wir uns heute ihren Bericht noch einmal treffen, war sicherlich auch kein Zufall.“ Die Eichhorns verließen das Gebäude und nannten ihrem

Taxifahrer das Westgate-Einkaufszentrum als nächstes Ziel. Es war das neueste seiner Art und strahlte eine Luftigkeit und Moderne aus, die ihnen gefiel. Sie hatten sich dort mit Latifahh verabredet. Es war wie immer viel auf den Straßen los. Im Speckmantel des Einkaufszentrums tummelten sich Händler, die an der Straße kleine Hunde verkauften. Andere liefen mit aufgepumpten Teletubbie-Schwimmreifen, Getränken oder Zeitschriften herum. Einige bettelten die Autofahrer bei ihrem Stop and Go an. Jetzt lief eine kleine Gruppe von Jungen an der Straße entlang. Ein Auto hielt kurz an und ein Mann warf ihnen Apfelsinen entgegen. Sie fingen sie und verschwanden hinter den Hecken, wo sie ihr Lager auf der Verkehrsinsel hatten. „Die haben auch keine Familie mehr", kommentierte Stanley kurz. Er bremste abrupt. Ein mit Holz schwer beladener Karren, den ein Mann mit seiner Körperkraft gezogen hatte, war umgekippt. Es ging nichts mehr. „Ich muss sofort wenden. Hier gibt es am helllichten Tage Überfälle, sobald der Verkehr stockt." Als er wendete, hupten einige Fahrzeuge. Unbeeindruckt und routiniert fuhr er seinen Weg. Als sie im Westgate ankamen, entluden sie den Kinderwagen und schleppten ihn die Stufen herauf. Sie waren früher als Latifah da, so dass sie einen für sich guten Platz auswählten. Cornelia setzte sich so an den Tisch, dass ihr wachsender Bauch verdeckt war. Wenn Latifahh da wäre, hätte sie ohnehin Faith die ganze Zeit – wie es eine gute Mutter tut – auf dem Schoß. Schließlich tauchte Latifah auf. Sie hatte dieses Mal nicht nur ihr Notizbuch dabei, sondern machte sich Notizen zu ihrem Gespräch. Routiniert erzählten die Eichhorns zum x-ten Mal ihre Biographie, die Motivation zur Adoption und berichteten von Faiths Entwicklungsfortschritten. „Faith hat seit unserem letzten Treffen zwei Kilos zugelegt", prahlte Andreas. Entgegen seinen Erwartungen wirkte Latifah gar nicht begeistert: „Naja, ernährungsphysiologisch ist das aber etwas viel." Er hatte vergessen, dass sie als

Ernährungswissenschaftlerin ganz andere Vorstellungen hatte als die anderen Kenianer, die sie bisher getroffen hatten. Nach knapp zwei Stunden war das Gespräch beendet. Latifah verabschiedete sich: „Ich melde mich, wenn ich noch etwas wissen möchte." Sie nahm ihre Tasche, bedankte sich für das Erfrischungsgetränk und zog ihres Weges. Andreas nahm die Speisekarte: „Jetzt brauchen wir eine Belohnung." Cornelia hob Faith hoch und gab sie Andreas: „Die Zwei-Kilo-Story kam nicht so gut an, aber es war dann doch kein großes Thema. Weißt du, was mir an Latifah gefällt?" Andreas blickte fragend von der Speisekarte auf, deren Seiten Faith hin und her blätterte. „Dass wir sie nicht so schnell wiedersehen. Sie hat selbst kleine Kinder und wird uns nicht wie Oma Maarifa belagern. Sie wird einfach ihren Job machen, den Bericht erstellen und das war´s." Andreas bot Faith ein Spielzeug an, das sie mitgebracht hatten, so dass er nun die Speisekarte an seine Frau weiter reichte. „Genau heute in einer Woche haben wir es geschafft. Dann endet die Adoptionsprobezeit. Jetzt müssen wir nur noch den letzten Besuch von Alice überstehen." Cornelia schaute nur kurz auf die Karte. Sie wusste schon, was sie nehmen wollte. „Komisch, dass wir noch keinen Termin von FAC bekommen haben. Mrs. Kamili hat doch gesagt, dass der Besuch immer vor dem Ende des jeweiligen Monats stattfinden muss. Wir müssen da mal nachhaken."

Als sie wieder daheim in Karen waren, riefen sie bei FAC an. Wie gewohnt war Jala am Telefon, die keine terminliche Zusage machen konnte, aber zurückrufen wollte. Als nichts geschah, riefen sie am folgenden Tag erneut an und bekamen den Montag genannt. Ganz routiniert fuhren die Eichhorns am Sonntag einkaufen, um mit frischem Gemüse und Obst den guten Eindruck aufrecht zu erhalten. Am Montagmorgen wurde die Wohnung von Hundespuren befreit und Arno ausquartiert. Als sie Faith schlafen gelegt hatten, um sie fit für den Besuch zu haben, klingelte das Handy: „Hallo, hier ist Jala. Alice kann nicht kommen.“ Andreas war überrumpelt: „Ja, aber wir sind doch vorbereitet, dass sie heute kommt.“ Jala wiederholte sich: „Sie kann heute nicht. Sie kommt dafür am Donnerstag um zwei Uhr.“ Andreas unterdrückte seine Enttäuschung. Er hatte sich so auf das Gefühl gefreut, dass sich einstellen würde, wenn dieser Besuch abgehakt sein würde. Außerdem bedeutete ein späterer Termin, dass Alice für den Bericht länger brauchen würde. „Also gut, am Donnerstag, zwei Uhr.“ Er legte zähneknirschend auf. „Naja“, tröstete ihn Cornelia. „Die Früchte halten sich bis dahin.“

„Herzlichen Glückwunsch!“ Andreas stand mit einem Glas Orangensaft am Bett und weckte seine Frau. „Heute ist unsere Adoptionsprobezeit vorüber.“ Mit müdem Blick rollte sich Cornelia aus dem Bett. Sie hatte eine recht interessant aussehende Technik entwickelt, mit ihrem Bauch aus dem Bett zu kommen. Andreas reichte ihr lächelnd das Glas: „Komischerweise gab es keinen Sekt im Haus.“ Nebenan meldete sich Faith. Die Wände waren derartig hellhörig, dass jedes Geräusch hörbar war. Faith schlief in einem eigenen Zimmer erheblich besser und ruhiger als bei ihren Eltern. Sie war eine energische und lebhafte Persönlichkeit, die keinen Moment verpassen wollte, wenn es Action gab oder jemand redete – wie in diesem Moment. Die beiden Eltern stießen an, dann holten sie Faith und bereiteten das Frühstück vor. Anschließend gingen sie mit Arno gemeinsam spazieren. Weit kamen sie nicht. Es klingelte das Handy. „Hallo, hier ist Jala. Ich muss den Termin von Alice absagen. Sie kommt nicht.“ Andreas blieb stehen und ließ den Hund neben sich setzen. „Das kann nicht Ihr Ernst sein.“ „Das tut mir fürchterlich leid, aber es geht nicht.“ Andreas drückte seine Augenbrauen herunter. Cornelia kannte diesen Gesichtsausdruck, der den Ärger in ihm sichtbar machte. „Das können Sie nicht machen.

Sie haben uns bereits am Montag versetzt.“ Jala ging darauf nicht ein: „Alice kann morgen kommen.“ „Da können wir aber nicht, da haben wir bereits einen Termin zur Impfung von Faith“ entgegnete Andreas. Jala schien die Strategie zu ändern: „Wenn Alice heute kommen würde, wäre das gegen die Regeln. Sie darf erst nach Ablauf des dritten Monats zu Ihnen kommen. Wenn es bei Ihnen am Freitag nicht geht, dann kommt sie eben am Montag.“ Andreas riss sich zusammen, um im freundlichen Ton weiter zu sprechen. „Das stimmt nicht, Jala. Sie muss vor Ablauf des dritten Monats kommen, das hat uns Mrs. Kamili selbst gesagt. – Bitte stellen Sie mich zu ihr durch.“ Das saß. Es trat ein Moment Stille ein, dann fand Jala wieder zu Worten: „Mrs. Kamili ist nicht da. Ich schaue mal, was man machen kann und rufe Sie in ein paar Minuten zurück.“ Andreas steckte zufrieden das Telefon wieder ein. „Jaja, wenn die Katze aus dem Hause ist. Mal schauen, was jetzt passiert.“ Cornelia schaute skeptisch: „Ich bin noch nicht mal sicher, dass die Katze wirklich weg ist. Du hast doch die Privatnummer von ihr bekommen. Falls wir jetzt nicht weiter kommen, rufen wir sie an. Wir dürfen jetzt keine Verzögerung mit dem Hausbesuch von Alice riskieren, weil sich sonst der Bericht und damit der Gerichtsprozess…“ Das Handy klingelte erneut. Andreas nahm siegesgewiss ab: „Ja, Eichhorn am Apparat? – Ja, natürlich… klar. Wunderbar. Bis nachher dann.“ Er wandte sich Faith im Kinderwagen zu: „Na geht doch, man muss sich nur durchzusetzen wissen und hartnäckig bleiben, stimmt´s?“ Faith antwortete mit einem resoluten Ton. Andreas richtete sich wieder auf, ließ Arno aufstehen und sagte: „So, es bleibt bei zwei Uhr, da kommt Alice. Jetzt können wir weiter spazieren.“ Um halb drei stand Alice vor der Tür. Diese halbe Stunde lag im absolut tolerablen Bereich. Cornelia und Andreas hatten mit einigen Taxifahrern und ihrer Pünktlichkeit negative Erfahrungen gemacht. Zu allem Überfluss brachten sie phantasievolle Begründungen in der Annahme, die Muzungus würden das ihnen abnehmen. Die kenianischen Uhren tickten bei manchen, nicht allen, doch etwas anders, so dass aus „ich bin in etwa vier Minuten da“ auch locker zwei Stunden werden konnten. Das war mit einem Kind, das irgendwann müde oder hungrig wurde, schwer zu akzeptieren. Einmal kam ein Taxifahrer geschlagene zweieinhalb Stunden zu spät. Die Einkaufstour war nach dreihundert Metern beendet, weil das Auto einen Schaden hatte. Der Taxifahrer wollte weiterfahren, doch die Eichhorns entschieden sich, mit ihren leeren Wassergalonen, die sie in den Kofferraum gepackt hatten, wieder nach Hause zu gehen. Alice setzte sich an den Esszimmertisch und holte eine Liste hervor. „Ich brauche für meinen Bericht jetzt ganz viele Daten. Und es ist äußerst wichtig, dass diese Daten alle korrekt sind. Der heutige Hausbesuch ist nicht der letzte“, kündigte sie an. Andreas Gesichtszüge entgleisten. Nicht der letzte Besuch? Alice redete weiter: „Es kommt ja noch vom Jugendamt jemand, der sich einen Eindruck verschafft, wie Sie leben und er wird ebenso wie ich Daten erheben. Diese dürfen sich nicht widersprechen, auf keinen Fall!“ Sie machte eine bedeutungsvolle Pause und trank einen Schluck Limo. „So, dann machen wir uns mal an die Arbeit.“ Faiths Versuche, doch noch eine gute Beziehung zu Alice aufzubauen, scheiterten jämmerlich. Sie winkte ihr zu, was das Zeug hielt, doch schließlich zeigte sie Alice auch nur noch die kalte Schulter. Das war gelaufen. Nicht nur sie, sondern auch die Eichhorns waren erleichtert, als sie die Tür schlossen und Alice wieder ihres Weges ging. „Es hat alles geklappt!“ Mr. Keya hatte, so berichtete Alice, ihr ein Ultimatum gesetzt, innerhalb einer Woche den Bericht für das Gericht fertig gestellt haben zu müssen. Das war eine gute Nachricht. „Weißt du was das Schönste ist?“, fragte Andreas und umarmte seine Frau. „Nein, was?“ „Na, heute ist der Termin nicht explodiert, es ist nichts Unerwartetes geschehen! Das muss gefeiert werden.“ Er holte einen Zettel hervor: „Jetzt gibt es Pizzataxi.“ Die letzten Tage hatten sie beobachtet, wie in ihrem Viertel ein Motorradfahrer Pizzen auslieferte und sich die Nummer notiert. „Ich bin nur gespannt, in welchem Zustand die Pizza kommt: Also warm oder kalt, trocken oder matschig, durcheinander oder sortiert“, lachte er. Zur Überraschung kam die Pizza zehn Minuten früher als angekündigt, sie war weder zur Calzone zusammen geklappt, noch kalt und sie schmeckte wunderbar. „Das müssen wir jetzt öfter machen, das schmeckt richtig gut“, schwärmte Cornelia. Endlich gab es einen Weg, sich auch mal etwas ins Haus zu bestellen, anstatt eine mindestens einstündige Fahrt auf sich zu nehmen. Die Freude darüber hielt nicht lange an. Mitten in der Nacht waren die beiden Eltern mit Magenkoliken und Brechreiz aufgewacht. Offenbar waren die Pizzen kontaminiert. „Wusste ich doch, dass wieder was explodiert – man weiß nur nicht wo, und das ist so tückisch.“ Cornelia hatte Recht behalten.

20 Prozess

Solange wir leben, liegt vieles vor uns, was wir erreichen können. (Yoruba)

„Da kommt unsere kleine Prinzessin.“ Cornelia führte Faith durch den Flur. Sie hielt sich an den Händen ihrer Mutter fest. Faith juchzte vor Vergnügen und genoss es, auf eigenen Beinen zu stehen. „Ich finde, sie sieht eher wie ein Knallbonbon aus“, meinte Andreas. Bereits in den ersten Tagen nach ihrer Ankunft hatten sie den Rat von Denise befolgt, für den Gerichtstermin Faith mit einem Kleidchen auszustatten. „Die Kenianer haben ihren eigenen Stil, darum schaut einfach mal im Supermarkt um die Ecke, da gibt es eine enorme Auswahl“, hatte sie ihnen gesagt. Die zur Auswahl stehenden Kleidchen waren allesamt für den Geschmack von Andreas und Cornelia kitschig. Doch es ging ja nicht um deren Geschmack, sondern um den des Richters. Andreas schaute auf das Etikett: „Das nennen ich mal Qualität: 100 Prozent Viskose. Na dann greifen wir mal zu.“ Sie entschieden sich für ein weit aufgebauschtes weißes Kleid mit roten Rosen für knapp acht Euro. Jetzt war Faith in ihrem neuen Kleidchen bei Andreas angelangt. Er nahm sie auf den Arm. „Heute ist dein großer Auftritt, Faith. Wir fahren zum Gericht.“ Sie hatten mehrere Wecker auf 4.30 Uhr eingestellt, um den Gerichtstermin keinesfalls zu verschlafen. Natürlich waren sie bereits vorher aufgewacht, weil sie aufgeregt waren. Cornelia öffnete die Terrassentür und trat einen Moment ins Freie. Durch das Zirpen der Zikaden drang der Ruf des Muezzin. Nachts, vor allem am Wochenende, war draußen viel los. Selbst bei geschlossenen Fenstern hörten die beiden Musik. Aus einigen Kilometern entfernten Bars schallte fröhliche kenianische Tanzmusik. Man konnte manchmal denken, dass der Ruf des Muezzin im Widerstreit mit den nächtlichen Eskapaden lag. Oft gesellte sich inmitten der Nacht noch

Hundegebell dazu. Der Hofhund Jack hatte eine Menge zu tun, sein Territorium frei zu halten und gegen andere Hunde zu verteidigen. Gelegentlich sah man die Spuren des Kampfes, wenn er am Folgetag an einem vorbei humpelte. Eigentlich hatte ein Gesetz gegen „Noise Pollution“ die nächtliche Lärmbelästigung verbieten wollen. Bald wurde das Gesetz ausgehöhlt, indem man sich für 5000 Kenianische Schilling die Lizenz zum Krach holen konnte. Bald war wieder alles beim Alten und die Behörden um Einiges reicher. Nachdem Cornelia frische Luft geschnappt hatte, zog sie sich ihren üppig geschnitten Blazer an. Sie sollten sich um 8.30 Uhr vor Gericht einfinden und hatten den Taxifahrer Stanley für 6.45 Uhr einbestellt. Man konnte nie wissen, wie die Straßenlage war. Sie waren froh, einen Taxifahrer gefunden zu haben, der pünktlich erschien. Ebenso schien Stanley froh zu sein, Kunden und damit ein sicheres Einkommen auf längere Zeit zu haben, so dass er ihnen mit angemessenen Festpreisen entgegen kam. Auf der Fahrt knisterte es vor Spannung, wie der erste Gerichtstermin ablaufen würde. Selbst Faith schien etwas davon zu spüren. „Sag mal, brauchen wir eigentlich unsere Reisepässe, um uns auszuweisen?“, fragte Andreas plötzlich. Cornelia blickte ihn erstaunt an. „Mr. Keya hat uns nichts davon gesagt.“ Andreas holte sein Handy heraus. „Ich muss Mr. Keya fragen.“ Nervös suchte er die Nummer in seinem Handy, dann tippte er eine SMS. Angespannt schaute er aus dem Fenster. Eine Frau warf gerade Plastikmüll in ein kleines Feuer, das sie sich gemacht hatte und wärmte ihre Hände an ihm. Was zunächst wie eine aufgerollte Decke aussah, war ihr Sohn, mit dem sie am Straßenrand über Nacht kampiert hatte. Nun kam er aus der Decke heraus und rieb sich die Augen. Es klopfte am Fenster. Ein Verkäufer hielt große Helium-Luftballons in seiner Hand und pries sie zum Verkauf an. Es war erstaunlich, woran die Straßenverkäufer so alles heran kamen. Andreas tat so, als hätte er ihn nicht gesehen. Nun kam der nächste Verkäufer mit Erfrischungsgetränken und Keniaflaggen ans Fenster. Ihm folgte ein Zeitungsverkäufer der Daily Nation. Endlich vibrierte das Handy. Andreas zeigte die SMS wortlos seiner Frau. Auf dem Display stand deutlich und klar: „Ja, ihr braucht Reisepässe. Sonst kommt ihr nicht rein." Cornelia fasste sich an die Stirn. Zum Umkehren war es jetzt zu spät. Sie würden es nie und nimmer schaffen, rechtzeitig beim Gericht zu sein. „Hast du unsere beiden Geldbeutel eingesteckt?" Cornelia nickte. Andreas griff nach dem Handy und hielt es ans Ohr. Fragend schaute sie ihn an. „Hallo, Mr. Keya. Wie geht es Ihnen? – Ja, danke. Wir haben keine Reisepässe dabei – reichen auch unsere Personalausweise?" Jetzt begriff Cornelia. Sie hatten ja noch die Personalausweise in ihren Geldbeuteln. Sie öffnete ihren Beutel und kontrollierte, ob sie sich noch an ihrem Ort befanden. Andreas hatte das Gespräch beendet: „Es geht darum, dass wir uns am Eingang ausweisen. Dazu reichen auch unsere Persos." Cornelia hatte inzwischen ihre Suche beendet und hielt die beiden Ausweise triumphierend in die Luft.

Sie erreichten rechtzeitig den Haupteingang des High Courts. Vor ihm waren bereits etwa hundert Personen versammelt, die auf den Einlass warteten. Sie schienen aus unterschiedlichen Gründen hier zu stehen. Jeder hatte sich so gut wie es ging, herausgeputzt. Eine gewisse Herkunft konnte jedoch nicht immer verborgen bleiben, wenn der Anzug zu groß, die Hose nicht zum Oberteil passte oder zerknittert war. Eine Massai stand in Begleitung ihrer Anwältin in ihrer traditionellen Kleidung da. Auch einige Weiße waren mit ihren Adoptivkindern vor Gericht geladen. Plötzlich tauchte Alice auf und begrüßte die drei und lotste sie durch die Security. Wie am Flughafen passierten sie eine Sicherheitsschleuse, die die gesamte Zeit wie wild piepste. Niemand schien sich an diesem Geräusch zu stören. Dann trugen sie sich mit ihren

Personalausweisen in eine Liste ein und passierten. Andreas Handy vibrierte. Mr. Keya teilte ihnen den Raum mit, den sie aufsuchen sollten. Sie stiegen mit Faith in die zweite Etage des Gebäudes. Entgegen allen Erwartungen an ein High Court wimmelte das Gebäude wie ein Bienenstock. Überall liefen Menschen umher, ein Stimmengewirr und Chaos erfüllte die Gänge. Als Andreas ein Stoßgebet gen Himmel schickte, sah er, wie der Regen durch das Dach geregnet haben musste, so dass die Deckenfarbe nun abblätterte. Auf der Etage befanden sich auch Adoptivkinder mit kenianischen Adoptiveltern. Einige von ihnen waren in Schneeanzüge eingepackt. Auch wenn es für die Eichhorns noch immer Sommer war, war für die Kenianer bei Temperaturen von 18 bis 22 Grad kalter Winter. Irgendwann waren sie an der Reihe, in den Verhandlungsraum einzutreten. Mr. Keya, der sich in der Nähe des Einganges aufhielt, winkte ihnen zu, zügig in den Raum zu treten. Sie waren nicht die einzigen, sondern mit ihnen traten 30 weitere Personen ein. Zwei riesige, gegenüber gestellte Tische füllten den sechs mal sechs Meter großen Raum. Am Rand standen einige Stühle. Nun kehrte tatsächlich Stille in den Raum ein während die Tür offen blieb. Gegenüber vom Richter nahmen die Rechtsanwälte, mit ihren Akten vor sich gelegt, Platz. Nun wurden die einzelnen Fälle zur Prozesseröffnung abgefragt. Der Richter blickte ernst und streng die Anwälte an und befragte sie. War jemand fertig, verließ er den Raum durch die geöffnete Tür. Faith war zu Beginn der Verhandlung noch ruhig gewesen. Sie beschäftigte sich mit dem Schnuller, den sie bekommen hatte. Als sie das Interesse daran verlor, holte Cornelia schnell die Rassel hervor, die sie am Vortag gekauft hatten. Faith griff begeistert nach ihr und rasselte, was das Zeug hielt. Der Richter blickte vom Geräusch gestört auf und suchte nach dem Verursacher des Lärms. Schnellstens tauschte Cornelia das Spielzeug gegen einen Zwieback aus. Sie schaute sich erstaunt um. Sie hatte es schon öfter beobachtet. Wie

schafften die Kenianer es nur, ihre Kinder so ruhig zu bekommen? Sie saßen einfach nur da, ohne Hilfsmittel und Spielzeug und schwiegen. Wieder verließ eine Gruppe den Gerichtssaal. Cornelia setzte sich auf den frei gewordenen Platz. Sie hatte Faith in eine Decke gehüllt auf ihren Bauch platziert. Neben ihr saß ein anderes Kind, das etwa so alt wie sie war. Faith reichte ihm die Hand, als ob sie sagen wollte: „Das stehen wir gemeinsam durch.“ „Fall Nummer Acht“, rief der Richter. Mr. Keya meldete sich. „Mögen sich die Antragsteller erheben“, rief der Richter und blickte suchend im Saal herum. Cornelia und Andreas erhoben sich mit Faith. „Wo ist der Guardian und die Sozialarbeiterin?“ Latifah und Alice standen auf und gaben ihre Personalien an. Der Richter schaute Faith genau an: „Wie alt soll das Kind sein?“ Cornelia antwortete „Zehn Monate.“ Der Richter runzelte seine Stirn: „Und wie lange soll das Kind bereits in Obhut sein?“ „Seit dem 10. März.“ Der Richter hielt einen Moment inne. Kinder konnten erst dann zur Adoption frei gegeben werden, wenn die Polizei ein halbes Jahr lang erfolglos die Eltern gesucht hatte. Hinzu kamen dann drei Monate Inobhutnahme durch die Eltern, bevor das Gerichtsverfahren eröffnet werden konnte. Faith war bei ihrer Inobhutnahme gerade mal ein halbes Jahr alt. Das ging zeitlich also gerade so auf. Der Richter schrieb einige Worte auf seinen Zettel und verlas die Daten, die er aufgenommen hatte. Alice nickte den Eltern in Richtung Tür zu. Sie waren fertig und durften die Räumlichkeiten wieder verlassen. Sie verließen das Gericht.
„So, jetzt belohnen wir uns erst einmal mit einem Kaffee“, resümierte Andreas zufrieden den problemfreien Verlauf des ersten Gerichtstermins. Sie hatten nur einen Moment die Luft anhalten müssen, dann war doch noch alles gut gelaufen. Sie gingen zum Parkplatz, um Stanley Bescheid zu geben, auf sie zu warten. Als sie den Parkplatz wieder verließen, kam ihnen Mr. Keya entgegen: „Ach, gut dass ich Sie treffe. Ich bin

gerade auf dem Weg zum Children´s Department. Ich möchte dort gleich einen Termin für den Hausbesuch vereinbaren. Fahren Sie die nächsten Wochen nicht weg. Wir brauchen den Bericht des Jugendamtes so schnell wie möglich. Nur dann können wir den zweiten Gerichtstermin beantragen. Vielleicht klappt es noch vor den Gerichtsferien, ihn durch zu führen.“ Wieder setzte Mr. Keya sein Lächeln ein, um Faith zu unterhalten. „Wann beginnen denn die Gerichtsferien?“ Mr. Keya war noch immer mit Faith beschäftigt, die zu ihm interessiert herüberschaute: „Am 1. August und es geht bis zum 15. September, zuzüglich zwei Wochen, in denen erst einmal alles anläuft und gar nichts passiert.“ Mr. Keya schüttelte Faith die Hand zum Abschied, „Ich melde mich also“, und eilte weiter. Cornelia und Andreas setzten ihren Weg fort. „Könnte es sein, dass wir es tatsächlich schaffen, vor dem 1.August mit dem Prozess durch zu sein?“ Es war mehr als eine Frage, es war eine Hoffnung. „Wenn nicht, dann wird die Geburt von unserem zweiten Kind definitiv in Kenia sein“, stellte Cornelia fest. „Es sei denn, nur ich reise nach Deutschland und du bleibst mit Faith hier.“ Andreas zog die Stirn kraus: „Das ist ein echtes Dilemma. In Deutschland sind die Bedingungen optimal, aber dann wärst du für mindestens zwei Monate fort. Wir würden nichts mitbekommen von der Geburt, geschweige denn könnten dich unterstützen. Faith würde dich furchtbar vermissen und ich sowieso.“ Er fasste sich an die Stirn. „Jetzt ist es Mitte Juni und wenn es tatsächlich nächste Woche mit dem Hausbesuch klappt und wenn der Bericht schnell geht…“ Er unterbrach sich und winkte ab: „Wenn…wenn…wenn – wir werden abwarten, beten und sehen.“

„Hörst du das auch?“ Erschrocken saß Andreas kerzengerade im Bett. Es war mitten in der Nacht. Er stieß seine schlafende Frau leicht an. Nur langsam kam sie zu sich. Andreas schaute auf die Uhr: „Zwölf Uhr. Was ist das?“ Über ihnen rumpelte es laut und vehement. Sie hörten Stimmen. Andreas Gesicht entspannte sich: „Ach, das ist unser Vermieter.“ Wie angekündigt, wollte er zwei Wochen lang im Domizil seiner Mieter wohnen und auf Safari gehen. „Wir können also beruhigt weiter schlafen“, sagte Andreas und legte sich wieder hin. Doch der Schlaf kam lange nicht. Das Ruckeln und Räumen nahm kein Ende. Als sie am nächsten Morgen das Obergeschoss betraten, konnten sie das Ergebnis bestaunen. Der Vermieter hatte die Möbel umgestellt, einige Teppichvorleger in Fransenoptik ausgelegt und die Bücher in den Regalen neu angeordnet. Es sollte anscheinend wohnlicher aussehen, tat es aber nicht. Über die Stuhllehne hatte er einen Safarihut hingehängt, so wie ihn durchgeknallte Touristen gerne trugen. Lena hatte die Eichhorns bereits im Vorfeld von Branco erzählt. Sie berichtete, der passionierte Tierpfleger habe bei seinem letzten Aufenthalt die Hunde der gesamten Nachbarschaft in den Garten gelockt, indem er Futter ausgelegt hatte. Angesichts des anstehenden Besuches vom Children´s Department fanden das die Eichhorns nicht wirklich lustig. Sie hielten sich an der Aussage des Vermieters fest, er sei auf Safari und daher meistens abwesend. Wenn er nur nicht dieses Wort meistens verwendet hätte, wäre ihnen wohler gewesen. Der Hut über der Lehne hielt jedoch die Hoffnung aufrecht. „Hallo, ich bin der Branco.“ Andreas wusste nicht, wie er auf einmal in der Küche gekommen war und dort stand, mit seinem Safarihut. Passend dazu trug er eine beigefarbene Safarihose mit offenen Sandalen. „Das hier ist der Silvio.“ Er verwies auf den Mann, der grinsend hinter ihm auftauchte. „Tagchen auch“, warf er über die Brancos Schulter ein. „Ja, Hallo“, sagte Andreas mit der Schüssel voll warmem Babybrei in der Hand, noch immer verdutzt über den plötzlichen Auftritt. „Wo ist denn die Kleene?“, informierte sich Branco. „Sie müsste gleich kommen, der Brei ist ja schon bereit“, antwortete Andreas. In diesem Moment öffnete sich die Tür. Cornelia grüßte kurz:

„Hallo! Bringst du den Brei ins Wohnzimmer!?“, und ging mit Faith vorüber. Andreas verließ die Küche und die beiden Männer folgten. Cornelia hatte sich mittlerweile an den Tisch gesetzt. Faith erwartete gespannt ihr Frühstück. „Die ist ja süß, die Kleene“, sagte Silvio. „Ich habe einen Sohn der ist ungefähr so alt wie diese hier.“ Er setzte sich zu ihnen. Während Andreas sich fragte, was er denn hier ohne seinen Sohn machte, gab Silvio schon selbst die Antwort: „Der ist jetzt bei der Kindsmutter.“ Branco setzte sich an den Kopf des Tisches und legte wie ein pubertierender Junge seine Füße hoch. „Schon gut eingelebt?“ Andreas überlegte, ob er was dazu sagen sollte. Dann besann er sich, das Wesentliche abzufragen: „Ja, danke. – Und wie sehen Ihre Pläne aus? Meine Frau hat berichtet, dass Sie auf Safari gehen wollen.“ Ollie fasste sich an den Hosengurt. „Humphrey geht mit uns auf Safari, den habe ich euch doch empfohlen.“ Andreas erinnerte sich gut an den Taxifahrer mit Logorrhoe, der ohne Punkt und Komma sprach. Er grinste innerlich über die Story von der Schrottkarre, die er als Tarnung darstellte. „Er kommt heute vorbei, und dann wollen wir die Safari planen. Aber heute Vormittag kommt der Rasenmähermann. Das wird ein Spaß!“ Silvio versuchte Faith mit Spielzeug zu unterhalten. Er griff nach ihrer Hand und lächelte. „Na, Kleene?“ Cornelia wandte sich ihm zu: „Bist du zum ersten Mal in Kenia?“ Silvio nickte und zeigte auf Branco. „Er hat mir so viel erzählt, da bin ich neugierig geworden und mal mitgekommen.“ Branco stand am Fenster: „Der Rasenmähermann ist da! Das muss du sehen.“ Draußen schob ein Mann in Gummistiefeln den Rasenmäher vor. Er brauchte mehrere Versuche, den Motor zu starten. Als er ihn zum Laufen gebracht hatte, schob er den Mäher ohne erkennbares System über das Gelände. „Schau mal, wie blöd der sich anstellt“, feixte Branco, der sich mit verschränkten Armen auf die Veranda gestellt hatte. Zum Unglück des Gärtners und zur Freude der beiden brach der Lenker ab. „Das

muss man gesehen haben“, jubelte Silvio. Er hatte mittlerweile seine Kamera herausgeholt. Er hielt sie unverhohlen in die Richtung des Gärtners, der nun in gebückter Haltung den Mäher weiterschob. „Peinlicher und kolonialer kann man sich kaum verhalten“, sagte Cornelia kopfschüttelnd und räumte den Frühstückstisch ab. „Mit denen werden wir noch was erleben.“ Sie ging in die Küche. Lena war mit dem Abwasch beschäftigt. „Humphrey kommt“, sagte sie. Mit dunkler Miene schaute sie auf: „Das ist kein guter Mann.“ Für die Haushaltshilfe hatten harte Zeiten begonnen: Wegen Brancos Begleiter musste sie aus ihrem Zimmer ausziehen und mit dem kleinen Nebengebäude Vorlieb nehmen. Morgens sah es im Wohnzimmer wie in einer Junggesellen-WG aus. Der Tisch war voller Bierflaschen. Schokoladenreste und angetrocknetes Ketchup zeugten von geselligen Abenden. Cornelia und Andreas hatten sich mit Faith ins Untergeschoss zurückgezogen. Humphrey war ihnen nicht nur durch die Äußerung Lenas suspekt geworden. Sie hatten beide kein gutes Gefühl und diesem Gefühl zu folgen hatten sie im Laufe der Jahre gelernt. Etwas stimmte bei ihm nicht.
Einige Stunden später kam Bewegung ins Haus. Als Andreas ins Obergeschoss kam und in die Küche ging, kam aus dem Wohnzimmer eine bekannte Stimme: „Ich bin euer Freund, euer großer Freund“, tönte es. Bevor Andreas um die Ecke bog, sah er Humphrey mit geöffneten Armen auf Branco zugehen. Er öffnete den Kühlschrank, um die Zutaten für das Mittagessen zu nehmen. Das Ketchup war fast aufgebraucht. Er schaute weiter, in der Butter fanden sich Marmeladenspuren. Er stieg wieder ins Untergeschoss. „Nicht nur, dass sie uns von oben vertrieben haben – jetzt gehen sie noch an unser Essen ran. Es war ja okay, dass sie am ersten Tag von unseren Nudeln und Ketchup haben durften. Aber jetzt benehmen sie sich wie bei Hotel Mama. Sie haben nichts nachgekauft und machen sich an alles andere noch ran. Bin ich froh, wenn die auf ihrer

Safari sind“, beschwerte er sich bei Cornelia. „Mit Humphrey wird sie bestimmt ein paar Tage länger dauern“, antwortete sie und lächelte verschmitzt. Ihr Gesicht wurde wieder ernster: „Hoffentlich fahren sie bald, damit beim Besuch des Jugendamtes keine Irritationen auftreten.“

Das kenianische Jugendamt befand sich im sechsten Stock des Electricity House inmitten der Innenstadt Nairobis. Das Gebäude strahlte nur wenig Charme aus. Es erinnerte an die Bauweise der sechziger Jahre. Faith hatte noch im Auto eine Banane gefüttert bekommen, damit sie das anstehende Gespräch mit dem Sozialarbeiter Steve gut überstand. „Ich geh mal auf die Hepatitisfalle“, gab Cornelia kund und verschwand auf der Toilette. Die Toiletten ließen meistens zu wünschen übrig. Es war ein Glücksfall, wenn es Toilettenpapier gab. Andreas blickte mit Faith aus dem gekippten Fenster und betrachtete viele andere Hochhäuser, die von weitem das Bild Nairobis prägten. Vom Nationalpark vor der Haustür Nairobis konnte man die Giraffen vor der Skyline Nairobis laufen sehen. Die drei meldeten sich im Großraumbüro des Jugendamtes an, das auf einer Etage untergebracht war. Eine junge Dame führte sie in einen Besprechungsraum. Ein dicker Ordner lag auf dem Tisch. Cornelia erkannte gleich, dass das ihre Bewerbungsakte war. „Steve kommt gleich.“ Die junge Frau verschwand sofort, um dann mit zwei Zetteln und Stiften zurück zu kehren. „Moment“, sagte sie und kritzelte etwas auf die Zettel. Sie legte sie vor Cornelia und Andreas auf den Tisch. „So, jetzt können Sie schon einmal damit beginnen, ihren Lebenslauf aufzuschreiben: Die Schullaufbahn, ihre Berufskarriere und ihre familiären Hintergründe.“ Sie verschwand wieder. „Was geht denn hier ab?“, fragte Cornelia. „Das haben wir doch schon alles schriftlich samt Übersetzung in unserer Akte, die hier auf dem Schreibtisch liegt, stehen.“ Andreas nahm den Stift in die Hand und fing an, die ersten Daten zu sammeln.

Nach einigen Minuten kam Steve durch die Tür. Unter seinem rechten Arm trug er einen Laptop: „Guten Tag, ich bin Steve.“ Irritiert schaute er auf Faith: „Was macht denn das Kind hier? Das sollte doch zu Hause bleiben. Hat sie keinen Babysitter?“ Cornelia biss sich auf die Lippe. Das hatte ihnen niemand gesagt. Und wenn auch. Sie hatten im Kinderheim unterschreiben müssen, dass ihre Tochter maximal zwei Stunden am Tag fremd betreut wird. Das wäre doch gar nicht machbar, denn so lange war man allein auf Nairobis Straßen unterwegs. Und wenn auch, Faith hätte da lauten Protest erhoben. „Davon wussten wir nicht“, antwortete sie freundlich. Steve setzte sich an seinen Tisch. Er legte seinen Computer auf den Tisch und klappte ihn sorgsam auf. Dann steckte er einen Memorystick vorsichtig wie einen Schatz in den Laptop und schaltete ein. „Gut, dann müssen wir eben mit ihr aushalten.“ Cornelia zog den Rucksack hervor und holte Zwieback hervor, ohne ihre Aufmerksamkeit von Steve abzuwenden. „Ich werde Sie heute interviewen. Wir werden sehen, ob wir an diesem Termin alles schaffen. Sonst werde ich Sie eben ein zweites oder drittes Mal zu mir einbestellen. Je nachdem wie es läuft.“ „Na das kann ja heiter werden“, dachte Andreas bei sich. Steve tippte sein Passwort in den Computer. Dann wandte er sich ihnen wieder zu. „Vergessen Sie alles, was Sie bisher in den vorangegangenen Gesprächen beredet haben.“ Er setzte einen bedeutungsvollen Blick auf: „Ich werde Ihnen heute Fragen stellen, die Ihnen vermutlich noch niemand gestellt hat.“ Cornelia ließ ihren Blick auf die Akte, aus der die gesammelten Dokumente hervor quollen. Was wollte er wissen, was nicht in der Akte stand? Die Farbe der Unterwäsche? Oder die Schuhgröße?

„Wo sind Sie geboren, Mr. Eichhorn?“ Ein Knuspergeräusch kam von der Seite. Faith biss in ihren ersten Zwieback. Andreas riss sich zusammen. Für sie taten sie sich das an. „In Hannover.“ Steve zog den Kopf nach hinten: „Können Sie mir das hier mal aufschreiben?“ Andreas nahm den Zettel und schrieb geduldig den Stadtnamen auf. Es würde nicht das letzte Wort sein, das er ihm die nächsten drei Stunden aufschreiben würde. Es war nicht der letzte Zwieback, der von Faith geknuspert würde. Jedes Mal nahm Steve den Zettel zu sich und schrieb ihn in den Lückentext, den er vor sich hatte. Offenbar erstellte er den Sozialbericht live. Irgendwann hatte Faith den Zwieback satt, was noch nie vorgekommen war. Sie konnte vom Essen eigentlich nie genug bekommen. Doch nun reichte es selbst ihr einmal. Sie wurde unruhig. Cornelia ging mit ihr vor die Tür. Dumpfes Geschrei tönte durch die verschlossene Tür, Faith war hundemüde und erschöpft. Nach einer Weile kam sie mit einer schlafenden Faith zurück. Sie setzte sich wieder vor den Schreibtisch. „Es fehlen in Ihrer Akte übrigens einige Dokumente“, warf Steve ein, während er weiter an seinem Sozialbericht tippte. „Welche?“ Andreas war alarmiert. Wenn jetzt was fehlen würde und aus Deutschland besorgt werden müsste und zwar via Botschaftslegalisation, dann würden sie in einigen Monaten hier noch sitzen. „Ihre Personalausweiskopien fehlen.“ Er öffnete die Akte und blätterte darin herum. „Nein, das kann nicht sein“, beschwichtigte Cornelia. Steve blätterte weiter, doch so ungeschickt und unsystematisch, dass er sie übersehen haben musste. Er schien nicht zu verstehen, nach welchem System die Akte aufgebaut war. „Außerdem“, Steve hielt inne, „fehlt nicht nur das, sondern ihre Vermögensnachweise sind vollkommen veraltet. Sie sind ja über 2 Jahre alt.“ Das stimmte. Wie konnten die Vermögensnachweise jüngeren Datums sein, wenn es vom Einreichen der Dokumente bis zur Einreise über ein Jahr gedauert hatte? Wie sollten sie auf eine solche unmögliche Forderung reagieren? „Wir können Ihnen gerne eine Kopie unserer Pässe geben, wenn Sie uns besuchen“, lenkte Andreas ab. Steve stieg darauf ein: „Ich würde gerne morgen zum Hausbesuch kommen. Können Sie mir den Weg beschreiben?

Ich komme morgen um drei Uhr zu Ihnen. Wir haben nämlich den gesamten Sozialbericht heute geschafft." Zufrieden klappte er den Laptop zusammen. Er nahm die Wegbeschreibung, die Andreas auf den Zettel geschrieben hatte, an sich und verabschiedete sich von den Eichhorns: „Bis morgen!"

„Das ist ja ein ganz besonderer Besuch zu deinem Geburtstag morgen", sagte Andreas, als sie in den Fahrstuhl stiegen. „Naja, Geburtstag wird es erst dann sein, wenn wir das Tor hinter Steve wieder zu machen", wandte Cornelia ein. Vor dem Electricity House trafen sie einen alten Bekannten. „Sie schickt der Himmel", begrüßte Andreas Mr. Keya. „Wir sind gerade mit dem Gespräch beim Jugendamt fertig geworden. Steve meint, es läge in der Akte kein Personalausweis vor. Ebenso seien unsere Vermögensnachweise viel zu alt." Mr. Keya gab ihnen die Hand und winkte Faith fröhlich zu: „Keine Sorge, liebe Eichhorns. Ich kenne die Akte in- und auswendig. Ganz sicher sind da auch Ihre Personalausweise drin. Ich gehe mal gleich zu Steve hin, der kommt bestimmt mit der Akte nicht zurecht." Er verabschiedete sich kurz und verschwand in der Eingangshalle.

Als sie nach einer langen Rückfahrt durch die Straßen Nairobis wieder in ihrem Heim ankamen, trafen sie auf einen niedergeschlagenen Silvio. Er lag auf der Couch und wirkte frustriert. „Was ist mit dir denn los?", fragte Andreas. „Das ist heute schon der vierte Tag, an dem uns Humphrey total versetzt. Wir haben ihn für elf Uhr bestellt und jetzt", er schaute auf die Uhr, „ist es viertel nach drei! Wir wollten Essen gehen und jetzt hängt mein Magen sonst wo." Andreas stellte den Rucksack auf den Tisch. „Also unser Taxifahrer ist immer pünktlich. Warum nehmt ihr nicht den?" Andreas nahm sein Portemonnaie aus dem Rucksack, um Stanley zu bezahlen. „Das machen wir", sagte Silvio voller Tatendrang. Er wollte nicht mehr warten. Er holte Branco aus dem Schlafzimmer und die beiden fuhren mit Stanley los. „Was die sich bieten lassen“, kommentierte Cornelia das Geschehen und ging mit Faith in das Untergeschoss. Von unten bellte und jaulte es fröhlich. Arno begrüßte die beiden überschwänglich. Andreas zog den Reißverschluss des Rucksacks und folgte ihnen. „Und jetzt einen Kaffee“, sagte er, als sie Faith ins Bett gebracht hatten. „Den mache ich und du führst Arno kurz aus. Einverstanden?“, schlug Cornelia vor. Sie reichte Andreas die Hundeleine. „Ja gut“, erwiderte er und ging über die Terrasse nach draußen. Als er zum Tor kam, sah er ein Auto im Hof stehen. Ein aufgeregter Humphrey schimpfte und zeterte laut herum, dass er umsonst gekommen sei. Das ginge so nicht. Er rannte im Garten herum und ließ seiner Wut freien Lauf. Mit Kaffeedurst kehrte Andreas ins Haus zurück und stieg ins Obergeschoss. Feiner Kaffeeduft erfüllte die Küche. „Hast du schon gesehen?“, fragte Cornelia. „Humphrey macht sich jetzt in unserem Wohnzimmer breit. Du hättest mal hören sollen, wie der getobt und Lena übelst angemacht hat.“ Andreas nahm eine Tasse aus dem Schrank und schenkte sich ein. „Ich habe einen Teil mit bekommen.“ Er nahm ein Glas und schenkte Cornelia Mangosaft ein. „Ich schmeiße den jetzt raus, der soll woanders warten. Ich bin sicher, der ist kriminell.“ Cornelia nahm ihren Mut zusammen und verwies ihn des Hauses. Humphrey verließ beleidigt das Haus und setzte sich in sein Taxi. „Lena?“ Cornelia rief durch das Küchenfenster, das zum Innenhof geöffnet war. Lena hing dort die Wäsche auf. „Ja?“ Lena schaute über ein weißes Bettlaken, das – wie jede Wäsche – nach einmal Durchziehen durch die Waschlauge triefnass aufgehängt wurde. „Wenn du um 7 Uhr das Tor zumachst und Humphrey noch da ist, soll er in seinem Taxi vor dem Tor warten“, wies sie an. „Ja, gerne“, antwortete sie und verschwand mit einem leichten Lächeln wieder hinter dem Bettlaken.

„Today is your special day, that day is your birthday, so it´s the perfect time to say you´re always thought of in a very special way…" Weiter kam Andreas mit seinem Geburtstagsgedicht nicht, viel zu sehr waren sie in den letzten Wochen psychisch und physisch in Anspruch genommen. Seine Stimme wollte ihn einfach nicht weiter folgen, so dass er abbrach. Er nahm seine Frau in den Arm, der Tränen über die Wange flossen. Wer hatte geahnt, dass ihr Aufenthalt in Kenia so wenig Erholung und so viel Anspannung mit sich bringen würde. „Manchmal denke ich, dass wir erst, wenn wir wieder auf deutschem Boden sind, aufatmen können", hatte Cornelia eines Abends gesagt. Andreas sagte nichts darauf, denn er wusste, dass sie damit Recht hatte. „Immerhin sind unsere Mitbewohner heute auf Safari gegangen – ganz nach Plan. Anscheinend hat sich Humphrey wieder beruhigt", tröstete er sie. Erneut hatten sie Lena aus der Schusslinie gebracht, indem sie ihr frei und ein wenig Ausflugsgeld gegeben hatten. Mit der Verspätung eines akademischen Viertels kam Steve zum Hausbesuch. Er wirkte viel entspannter und freundlicher als am Vortag. Die Eichhorns ließen ihr Standardprogramm ablaufen. Dieses Mal begannen sie mit Kaffeetrinken. Faith saß auf Andreas Schoß neben Steve und ließ sich Papas Kuchen schmecken. Als der Kuchen alle war, ließ sie sich, durch den Kuchen von Steve angelockt, auf den Schoß von Steve setzen. Steve war begeistert und strahlte über sein ganzes Gesicht. „So, wollen Sie unser Haus mal sehen?", fragte Cornelia und wusste bereits die Antwort. Sie gingen ins Untergeschoss. Auf dem Schreibtisch lagen die Kopien der Pässe, die sie Steve aushändigten. Wieder im Obergeschoss angelangt, nahm Steve eine Mappe aus seiner Tasche und öffnete sie. „Übrigens brauche ich noch eine Bescheinigung. Die Deutsche Botschaft in Nairobi muss mir bescheinigen, dass Faith bei Adoption die deutsche Staatsangehörigkeit bekommt." Wieder eine Nachforderung!

„Sicherlich werden wir uns darum bemühen, eine solche Bescheinigung zu bekommen, aber wir sind nicht sicher, ob die Botschaft eine solche ausstellen darf“, deutete Andreas vorsichtig seine Skepsis an. Steve schwieg einen Moment und versuchte das zu verstehen. „Also ich habe mit Mr. Keya diesen morgen darüber telefoniert. Er sagte, das sei kein Problem.“ Andreas entspannte nur wenig. War das wieder einer der kenianischen Forderungen nach Dokumenten, die man gar nicht bekommen könnte? „Und ich habe noch eine Frage an Sie, Frau Eichhorn.“ Steve schaute zu Cornelia herüber, die Faith während ihrer Balanceübungen auf dem Sofa hielt. „Ich weiß, dass das eine sehr persönliche Frage ist…“ Steve blickte verlegen nach unten. „Kann es sein, dass Sie einen weiteren Grund zur Freude haben?“ Cornelia schaute irritiert: „Wie bitte?“ Ein seltsames und beängstigendes Blitzen lag in seinen Augen. „Sind Sie schwanger?“ Hilflos schaute Cornelia zu Andreas. „Jambo, Jambo bwana“, erklang es plötzlich. Irritiert schaute Andreas nach unten. Steve errötete und griff in seine Aktentasche. Er holte sein Handy hervor und nahm ab. Er wechselte einige Worte, dann beendete er das Gespräch. „Ich muss jetzt wieder los. Wie komme ich jetzt wieder nach Nairobi?“ Andreas beschrieb erneut den Weg aus dem Wohngebiet. Steve verabschiedete sich von Cornelia und Faith. Er ging mit Andreas vor die Tür: „Also am Tor jetzt, links oder rechts?“ Er befand sich in einer Sackgasse. „Es geht nur links.“ Andreas schloss das Tor. Er kehrte zu Cornelia zurück. „Das war knapp.“ „Ja, jetzt ist er weg. Aber eine Entspannung ist noch immer nicht eingetreten“, sagte eine sichtlich erschöpfte Cornelia. „Irgendwie ist wieder mal alles explodiert. Und wieder wollen sie ein zusätzliches Dokument.“ Andreas holte sein Handy hervor: „Mr. Keya? Sie rufen zurück? Okay, bis gleich dann.“ Als er sich nicht meldete, versuchte es Andreas am Abend nochmals. Er wusste, dass nur donnerstags und dienstags Dokumente bei der Botschaft eingeholt werden konnten. Morgen war die letzte Chance für diese Woche. Am Handy erklärte Mr. Keya schließlich, dass er das geforderte Dokument bereits in der italienischen Botschaft bekommen habe. Deshalb würde er den Eichhorns eine Kopie mitgeben, damit die Botschaft wisse, was gefordert sei. „Nun muss die Deutsche Botschaft nur noch das genauso sehen wie die Italienische", gab Cornelia zu bedenken. „Wir werden sehen", stellte Andreas fest. Mehr dazu konnte er nicht sagen.

Am folgenden Tag machten sie sich auf den Weg zum Riverside Drive. Dort befand sich die Deutsche Botschaft. Vorher hatten sie Mr. Keya getroffen, der ihnen das Dokument mitgab. Bevor sie an der langen Schlange der Kenianer, die vor der Pforte anstanden, vorbeigingen, um als deutsche Staatsangehörige bevorzugt durchgelassen zu werden, stand der Kampf mit der Security an. Jedes Mal hatte die Security den Taxifahrer übel beschimpft, weil sie nicht wollten, dass er auf den Parkplatz vor der Botschaft fuhr. Nach anderthalb Stunden hielten sie endlich das erwünschte Dokument in ihren Händen. Eine halbe Stunde später überreichten sie es Mr. Keya, der schon wieder Neuigkeiten parat hatte: „Steve wird heute noch den Bericht fertigstellen und dann muss das Dokument noch durch verschiedene Stellen gestempelt werden. Wir kommen gut voran!"

„Wem gehören denn jetzt diese Schuhe?" Andreas wäre mit seiner Müslischale am Frühstückstisch beinahe darüber gestolpert. „Die Schuhe von Silvio kenne ich ja mittlerweile, aber die anderen? Das sind doch Damenschuhe." Andreas verbot sich, an dieser Stelle weiter zu denken. Am Vorabend des Sonntags waren Branco und Silvio von ihrer Safari – mit einem Tag Verspätung – Heim gekommen. Sie hatten den Müllhaufen, der unter anderen Faiths Windeln enthielt, zu einem romantischen Feuer angeheizt. Neben Branco, Silvio und Humphrey war auch eine leicht bekleidete Dame zu Besuch gewesen. „Oh, da ist es wohl etwas später geworden“, kommentierte Cornelia bissig. „Jetzt haben wir auch noch Prostitution in unserem Haus.“ Andreas schob die Müslischale von sich weg. „Musst du immer so direkt sein?“ Cornelia nahm sie sich und redete mit vollem Mund weiter: „Mmmh, irgendwo muss das ja auch passieren. Nur gut, dass unser Hausbesuch schon war.“ Im Hintergrund hörte sie, wie jemand in der Toilette am Gange war. „Wenn die so weiter machen, werden sie mit drei Buchstaben nach Hause kommen: HIV. So was Menschenverachtendes. Die Frauen hoffen sicherlich, dass sich jemand in sie verliebt und sie mit nach Europa nimmt.“ Andreas konnte sich nicht mehr beruhigen: „Die benehmen sich wie die Kolonialisten. Den Silvio lass ich nicht mehr an Faith heran. Nix mehr mit »Na, Kleenes!«“ Lena kam aus der Küche und blickte auf den Wohnzimmertisch, der wie gewohnt voller Bierflaschen und Junkfoodresten war. „Nein, nein, ich fass das nicht!“, nuschelte sie leise. „Das pack ich einfach nicht“, sagte sie und sammelte die erste Ladung Flaschen ein. „Gut, dass sie Freitag wieder abreisen.“ Je näher der Abreisetag kam, umso exzessiver feierten und fühlten sich die beiden Sachsen. „Die kommen sich furchtbar männlich vor“, stellte Cornelia entsetzt fest. Jeden Morgen erschien ein anderes weibliches Wesen und setzte sich wie selbstverständlich an den Frühstückstisch.

„Das ist zu viel. Das ist zu viel. Jetzt ist auch noch das Klo ständig verstopft“, murmelte Lena verzweifelt in der Küche. Cornelia kam hinzu: „Ist ja nicht mehr lange. Sie reisen ja heute Abend ab. So viel kann da nicht mehr passieren, oder, Lena?“ Lena stoppte mit dem Abspülen: „Wer sagt denn heute? Sie reisen erst Montag ab.“ Andreas kam mit Faith auf dem Arm in die Küche. „Wir haben eine Mail bekommen. Frau Mayer von Hope for Africa hat nach der Geburtsurkunde von Faith gefragt. Weißt du was davon?“ Faith schaute interessiert, was Mama da machte. „Nein, keine Ahnung. – Schau mal Faith, ich mache hier Brei für dich. Gleich bekommst du was.“ Faith klatschte in die Hände: „Ja, Bitte!“, rief sie mit Begeisterung und lehnte sich zur Mama herüber. „Dann werde ich mal wieder telefonieren. Es wird nie langweilig“, sagte Andreas und griff nach dem Handy. Er rief im Kinderheim an: „Hallo, Makena? Hier ist Papa Faith. Wir brauchen eine Geburtsurkunde für Faith. Habt ihr eine?“ Makena war die Sozialarbeiterin. Sie war die Vertraute von der Kinderheimleitung und vertrat diese, wenn Elfriede nach Deutschland zur Spendentour reiste. „Eine Geburtsurkunde muss vom Distrikt ausgestellt werden, in dem Faith geboren wurde. Ich werde mich darum Anfang nächster Woche kümmern.“ Cornelia hatte mittlerweile Faith gefüttert und war mit ihr auf dem Spielteppich zu Gange. „Wir müssen mal wieder abwarten. Aber bei Makena habe ich ein gutes Gefühl.“

Nachdem die Junggesellen tatsächlich am Montagmorgen das Haus verlassen hatten und die Prostituierte, die über Nacht da war, einige Stunden später das Weite gesucht hatte, kehrte im Obergeschoss neues Leben ein. Lena war gerade mit den Zimmern beschäftigt, sie gründlich zu reinigen. Sie hatte sich eine Maske über den Mund gespannt. Sie glaubte, DIE KRANKHEIT – niemand sprach in Kenia offen die Buchstaben HIV oder das Wort Aids aus – sei über die Bettlaken übertragbar. „Jetzt haben wir unser Haus wieder zurück und können wieder hier oben frühstücken“, freute sich Andreas und setzte sich zufrieden an den Esszimmertisch. Lena hatte in stillem Protest und aus Furcht um den guten Zustand die Tischsets, die die Eichhorns gekauft hatten, versteckt. Nun lagen sie wieder wie gewohnt auf dem Esszimmertisch. Sie trug die Bettwäsche mit weit von sich gestreckten Armen durchs Wohnzimmer. Sie sah erschöpft aus. Einige Minuten später kam sie zurück. „Lena, jetzt sind sie ja weg. Jetzt beginnen bessere Zeiten." Lena nickte stumm. „Lena, was ist?" Sie zögerte einen Moment, sie blieb stehen: „Branco hat mein Monatsgehalt nicht gezahlt. Letzte Woche habe ich es ihm gesagt. Er hat behauptet, dass ich es heute bekomme. Und dann war er weg." Cornelia blickte sie betroffen an: „Das kann ja nicht sein. Wir bezahlen ihm immer rechtzeitig die Miete samt deinem Gehalt. Du musst ihn anrufen. Ist das schon öfter passiert?" Lena nickte schüchtern. Andreas schüttelte den Kopf. Wie konnte man sich als Gast in Kenia nur so benehmen? Ganz sicher hatten die beiden Muzungus viel Geld im Land gelassen, nicht zuletzt bei Humphrey und den Prostituierten. Die Hausangestellte so sitzen zu lassen, war brutal. Mit Schaudern dachte er an die immer spärlicher werdenden Mahlzeiten gegen Ende des Monats, weil das Geld kaum reichte. Immer wieder hatten sie von ihrem Essen Lena etwas abgegeben, weil sie merkten, wie dankbar und froh sie darüber war, etwas zu essen zu haben. Es wäre besser gewesen, das Monatsgehalt Lena persönlich zu geben, als es mit der Miete an Branco zu zahlen. Diese Erkenntnis kam zu spät. „Wir leihen dir was, bis du dein Gehalt bekommen hast", tröstete Cornelia sie.

Die Eichhorns wurden über Makenas Bemühungen um Faiths Geburtsurkunde per SMS informiert. Am Dienstagmorgen hatte Andreas eine Anfrage gesandt, wie weit Makena gekommen war. „Habe für morgen einen Termin", antwortete sie kurz. „Sie hat viel um die Ohren und so viel Verantwortung für die Kinder", sagte Cornelia ehrfurchtsvoll. Am nächsten Vormittag vibrierte Andreas Handy erneut. „Hi, denke gerade, dass es gut gewesen wäre, wenn ihr mit gekommen wäret und gesehen hättet, was ich hier mitmache. Seit acht Uhr bin ich hier und habe noch immer kein Dokument. Viele Leute und viel Bürokratie." Um vier Uhr nachmittags kam die nächste Nachricht: „Ihr werdet´s nicht glauben. Bin noch immer in der

Behörde. War noch nicht mal essen. Haben mich ins Krankenhaus geschickt für Eintrag ins Register. Fanden es sogar. Bin wieder zurück in der Verwaltung. Warte auf Termin, wann ich die Urkunde bekomme." Andreas las die Nachricht Cornelia vor. „Und ob wir´s glauben. Weiß du noch die Aktenstapel im Krankenhaus Karen?" Andreas nickte. Als sie mit seiner Lebensmittelvergiftung dort waren, konnten sie einen Blick in die Buchhaltung werfen. Bis zur Decke waren Akten als lose Blättersammlungen gestapelt. Sie hatten sich gefragt, wie man es schaffte, dass sie nicht umkippten. Aber wer hatte eigentlich gesagt, dass das nicht hin und wieder geschah? Es grenzte an ein Wunder, dass Makena im Krankenhaus den Registereintrag über Faiths Geburt gefunden hatte. Zwei Tage und viele SMS-Nachrichten später hielt Makena die Geburtsurkunde ich ihren Händen.

Andreas schaute aus dem Autofenster und verfolgte, wie die Flugzeuge über dem Jomo Kenyatta Airport ihre Runden drehten. In nur wenigen Metern Abstand zog gerade ein Flugzeug über das Auto hinweg, um in einigen Sekunden zu landen. Da musste Georg, sein Bruder drin sitzen. Bestimmt war er sehr aufgeregt. Schließlich war es sein erster Interkontinentalflug. Stanley steuerte den Parkplatz an und Andreas machte sich auf den Weg, seinen Bruder in Empfang zu nehmen. Wie er seinen älteren Bruder einschätzte, würde dieser sich ganz gesittet und höflich am Visumschalter anstellen. Dementsprechend würde es dauern, bis er ihn in der Ankunftshalle abholte. Er war froh, dass Georg sie besuchen würde. Zum einen war ein Besuch die perfekte Ablenkung von dem komplizierten Adoptionsprozess. Zum anderen war es äußerst schwierig, die Erlebnisse in Kenia anderen zu vermitteln. Sehen ist halt etwas anderes, als erzählt zu bekommen, dachte Andreas und stellte sich in die Menschentraube, die an den Arrivals sich gebildet hatte. Durch eine Abtrennung wurden die Wartenden von den Ankommenden separiert. Taxifahrer, Hotelangestellte, Safarileiter sowie Geistliche und Nonnen warteten auf ihre Ankömmlinge. Es war interessant, schon am Äußeren konnte man bei den Anreisenden erkennen, ob sie Abenteurer, Geschäftsleute oder Naivlinge waren, die keine Ahnung hatten, was auf sie zukommen würde. Die Zeit verstrich, von Andreas Bruder keine Spur. Andreas blickte nervös auf seine Uhr, mittlerweile wartete er über eine Stunde. „Hallo Andreas, hier bin ich." Verwundert blickte Andreas zur Seite. Er hatte seinen Bruder im Gewimmel übersehen und umgekehrt. „Ich habe schon gedacht, du wärst wieder gegangen oder irgendwas wäre passiert. Zumindest dachte ich das nach euren Schilderungen über Kenia." Georg umarmte seinen Bruder. Er lachte erleichtert: „Habe mir schon überlegt, an wen ich mich wenden sollte und dachte an die Gruppe Nonnen da vorne." Andreas nahm ihm einen Koffer ab und sie gingen zum Taxi. „Der ist schwer! Habt ihr alles mit bekommen?" Stanley lud das Gepäck in seinen Kofferraum ein. „Nein, die Frau am Schalter war sehr pingelig. Die Erdbeermarmelade haben wir in Deutschland lassen müssen. Aber das Hundefutter ist dabei." Wie bereits bei der Einreise von Andreas Eltern hatten die Eichhorns viele Bestellungen der Dinge aufgegeben, die sie in Kenia nicht oder nur zum dreifachen Preis bekamen. Dazu gehörte auch die Babymilch. „Gibt es hier kein Hundefutter?", fragte Georg. „Doch, es gibt welches, aber das sind gepresste Holzspäne. Es riecht fürchterlich und Arno hat dadurch furchtbar abgenommen." Angesichts des Hungers, der in Dürrejahren auch das vergleichsweise prosperierende Kenia erreichte, war das zu verstehen. „Heute kannst du dich noch ausruhen und morgen geht es rund", bereitete er seinen Bruder vor. „Wir haben gestern noch aus dem Kinderheim die Geburtsurkunde von Faith geholt. Und morgen steht der zweite Gerichtstermin an, da müssen wir um 5.30 Uhr morgens raus."

Vor dem High Court Nairobi stand wieder die riesige Menschenschlange, die geduldig auf ihren Einlass wartete. „Adoptieren Sie auch?“, sprach eine junge Frau die Eichhorns an. „Ich bin heute mit meiner Tochter zum dritten Gerichtstermin. Hoffentlich klappt alles und wir können bald ausreisen, zurück nach Finnland.“ Ein kleines Mädchen stieg am Zaun, der den High Court umgab, herum. „Da hinten ist meine Tochter. Sie ist drei Jahre alt.“ Sie kam zu ihr herüber. Sie hatte eine faszinierende Ähnlichkeit in ihren Gesichtszügen zu ihrer Adoptivmutter. „Eine andere Familie, die wir kennen, ist bereits nach dem zweiten Gerichtstermin ausgereist. Wir hoffen, bald nach zu reisen.“ Das hatten die Eichhorns schon beim ersten Gerichtstermin von einigen Eltern gehört. Damals sagte Alice, das hätte daran gelegen, dass es sich um das zweite Adoptivkind gehandelt habe. „Wie ist das möglich?“, forschte Andreas nach. „Es gibt einen Richter und eine Richterin. Die Richterin spricht bereits beim zweiten Termin das Urteil. Dafür ist sie sehr genau und fragt viel nach. Der Richter hingegen spricht das Urteil erst beim dritten Termin und handelt dafür die Leute gruppenweise ab.“ Die Finnin machte ein trauriges Gesicht. „Bei uns lief alles gut, bis die Richterin krank wurde und der Richter übernahm. Darum müssen wir nun drei Termine wahrnehmen.“ Ihre Tochter drückte sich an die Beine der Frau. Sie legte ihre Hände auf den Rücken des Mädchens und drückte sie an sich. „Aber heute haben wir es ja geschafft, nicht wahr?“ Die Kleine schaute heraus und nickte, als ob sie verstanden hätte. Es kam Bewegung in die Menge, das Tor wurde geöffnet. Vor dem Gerichtsraum erwartete sie Mr. Keya mit einer Frau. „Darf ich euch meine Kollegin vorstellen? Sie wird euch heute durch den Termin führen, ich habe noch woanders zu tun. Sie macht das perfekt, da könnt ihr sicher sein! Also nehmt Platz und wartet ab.“ Mr. Keya verschwand im Gang. Cornelia setzte sich in die Ecke. Sie hatte eine warme Decke mitgenommen. Nicht nur, weil es in den

Sommermonaten die Temperaturen um die 20 Grad lagen und sich das für kenianische Verhältnisse wie Winter anfühlte. Sondern auch, weil sie damit ihren wachsenden Schwangerschaftsbauch verbergen konnte. Niemand konnte ihnen sagen, wie die Behörden auf ihre Schwangerschaft reagieren würden. Steve tauchte am Ende des Ganges mit Mr. Keya auf. Beide unterhielten sich angeregt mit einigen anderen Männern. „Mr. Keya hat wirklich ein gutes Netzwerk, muss man sagen. Und doch sollten wir uns von Steve fern halten", meinte Andreas. Mr. Keya löste sich von seinem Gesprächspartner und kam auf sie zu: „Heute befindet übrigens der Richter über die Adoption. Und Faith, du wirst sehr bald nach Hause fliegen können." Mr. Keya lachte Faith an. Bevor Cornelia nachhaken konnte, was er mit »sehr bald« meinte, klingelte sein Handy. Er entfernte sich mit ihm. Jetzt tauchten Alice und Latifah auf und begrüßten die Eichhorns. Nachdem sie einige Worte ausgetauscht hatten, trat die Kollegin von Mr. Keya hinzu und sprach Alice an: „Sag mal, hast du jetzt die Geburtsurkunde dabei?" Alice blickte sie ungerührt an. „Nein, wieso?" „Die brauche ich heute für den Richter." „Moment", Andreas griff in seine Tasche, „ich habe die Urkunde gestern noch aus dem Kinderheim geholt. Hier ist sie." Am Morgen noch hatte er aus einem unbestimmten Gefühl die Urkunde eingesteckt und es war eine gute Entscheidung. Die Kollegin atmete auf und steckte die Geburtsurkunde in ihre Akte. Die Sekretärin des Richters trat in den Flur mit einer Liste. Verschiedene Rechtsanwälte belagerten sie und deuteten wild auf der Liste herum. Anscheinend versuchten sie die Position ihrer Mandanten auf der Liste zu beeinflussen. Die Sekretärin schien dieses Schauspiel zu genießen, ohne darauf einzugehen. Sie verlas die Namen der Adoptionsbewerber. „Wir sind nicht dabei!", entglitt es Andreas. Er blickte zur Anwältin herüber. War der Termin geplatzt? Sie wirkte gelassen und blickte hin und wieder in ihre Akte. „Hoffentlich kennt sie die Akte so gut wie Mr. Keya“, sagte Cornelia. „Immerhin hat Mr. Keya uns bisher nicht enttäuscht. Denk doch mal an die Visa unserer Reisepässe, die er im Immigration Office verlängern musste“, versuchte er Cornelia zu beruhigen. Einige Minuten später kam die Finnin aus dem Gerichtsraum. Sie hob ihren Daumen nach oben und winkte zum Abschied den Eichhorns. Ja, sie hatte es geschafft. Wieder einige Minuten später kam ein Ehepaar mit ihrem Sohn heraus. Der Mann hatte die Frau in den Arm genommen, die tief aus ihrem Innersten schluchzte. „Da ist wohl etwas schief gegangen“, merkte Andreas angerührt an. Jetzt trat die Sekretärin wieder nach draußen und rief die nächsten Adoptiveltern auf. Die Eichhorns waren noch immer nicht darunter. Andreas warf einen erneuten Blick zur Anwältin herüber, die jetzt in einem Roman »The Devil´s Advocate« angefangen hatte zu lesen. Er konnte sich ein Schmunzeln nicht verbergen. Alice war in ein Gespräch mit einer ihm unbekannten Person verwickelt, während Lena mit einem Mantel über ihre verschränkten Arme reserviert in der Ecke stand. Die beiden verstanden sich nicht wirklich gut. Georg saß im Auto und wartete nun schon lange. Erneut verließen einige glücklich wirkende Eltern den Gerichtssaal. Vielleicht wurden zuerst die Eltern mit dem dritten Gerichtstermin eingelassen und dann die Eltern mit dem zweiten Termin verhandelt, versuchte sich Andreas zurecht zu legen. Er konnte es sich nicht eingestehen, es überhaupt nicht zu wissen. Die Sekretärin trat erneut auf den Plan. Sie blickte auf ihre Liste und verlas die nächsten Namen. „Jetzt geht es los“, atmete Cornelia auf. Sie wickelte Faith in die Decke ein und folgte Andreas in den Gerichtsraum.

Gegen halb elf erreichten die Eichhorns erschöpft das Taxi, in dem Georg sie erwartete. Als er sie sah, stieg er aus und ging ihnen entgegen. Andreas hatte seinen Arm um Cornelia gelegt. Sie hatte Tränen in den Augen. Einen Moment blieben sie stehen und umarmten sich, Faith in der Mitte. Dann wandten sie sich Georg zu, der mittlerweile vor ihnen stand. „Wir haben es geschafft!“ Der Richter hatte Alice, Steve, Latifah und die Rechtsanwältin ausführlich nach der Adoptionseignung befragt, nachdem er die Eichhorns darum gebeten hatte, vorzutreten. „Er hat uns dieses Mal gar nichts gefragt und“, Cornelia machte eine Atempause, „er hat uns zur Urteilsverkündigung am 30.Juli eingeladen.“ Georg lächelte: „Das ist ja prima! Dann könnt ihr noch im August nach Hause reisen.“ „Naja“, wandte Andreas ein, „mit kenianischer Wahrscheinlichkeit – aber wir haben eine Chance.“ Faith wackelte mit ihren Beinen, sie wollte herunter gelassen werden. „Es reicht ihr jetzt, sie musste lange genug still halten,“ sagte Andreas und nahm Faith. Er stellte sie auf den Boden und ließ sie an seinen Händen langsam zum Taxi tapsen. „Dann werdet ihr euer zweites Kind doch in Deutschland kriegen“, sagte Georg zu Cornelia, die den beiden folgten. „Es sieht so aus. Wir müssen uns beeilen, bis Ende August auszureisen. Ab der 36.Schwangerschaftswoche nimmt uns kein Flieger mehr mit.“ Sie stiegen ins Taxi. „Und was macht ihr mit Arno?“, fragte Georg. „Wir hatten bei der Einreise ein Riesentheater mit ihm. Er wäre beinahe drauf gegangen“, berichtete Cornelia. „Am besten wäre es doch, wenn er schon vorher ausreisen würde, bevor ihr mit Faith das Land verlasst“, meinte Georg. „Da hast du eigentlich Recht“, stimmte Andreas zu. „Ich habe Anfang August einen Termin mit meinem Arbeitgeber vereinbart. Da kann ich Arno ja gleich mitnehmen, sofern der dritte Gerichtstermin geklappt hat. Dann haben wir das Problem schon einmal gelöst. Und wenn es nicht klappt, haben wir einen zweiten Versuch.“ Andreas wandte sich an Cornelia: „Vielleicht nimmt ja dein Vater Arno für die zwei Wochen auf, die wir benötigen, um unsere Ausreise vorzubereiten.“ „Bestimmt tut er das für uns. Ist ja nur für zwei Wochen.“ Georg fiel etwas ein. „Ach, übrigens: Ihr habt ja gesagt, dass es in Kenia schon um sechs Uhr dunkel wird. Damit die Abende nicht so lang werden, habe ich mir Arbeit mitgenommen." Andreas seufzte: „Was haben wir uns alles für Kenia vorgenommen. Aber abends waren wir oft so fix und fertig, dass wir nichts mehr sehen und hören wollten." Georg schaute etwas irritiert. Nach drei Tagen wusste er, was Andreas meinte.

„So, Georg wir müssen Arno zum Tierarzt bringen. Kommst du mit?" Georg stand im Wohnzimmer am Buchregal und studierte einen Handwerkerratgeber mit dem Titel „Das kann ich selbst". „Selbstverständlich", erwiderte er und legte es ins Regal zurück. Die Eichhorns hatten von Stanley einen Tierarzt in Karen empfohlen bekommen. Es stellte sich heraus, dass der Inhaber der Praxis Deutscher war. Er war an der Universität in Nairobi Dozent und betrieb nach seinem Ruhestand nun eine Tierpraxis. Cornelia und Andreas waren während ihres Aufenthaltes mit den Wehwehchen ihres Hundes mehrfach bei ihm gewesen. Arno hatte trotz einiger Mittel mit dem Ungeziefer zu kämpfen. Der Tierarzt hatte ihnen erklärt, dass das Ungeziefer in Kenia einfach robuster und hartnäckiger sei und daher öfter bekämpft werden müsste. Nach einer halben Stunde Fahrt erreichten sie die Praxis. Ein fremder Mann stellte sich den beiden vor: „Hallo, mein Name ist Mr. Prabhati. Ich bin die Vertretung über den Sommer. Worum geht´s?" Mr. Prabhati gehörte zu den Kenianern, die indische Vorfahren hatten, das war deutlich zu erkennen. „Wir benötigen für unsere Ausreise aus Kenia ein Gesundheitszeugnis. Ihr Kollege sagte, er könne ein solches ausstellen." Mr. Prabhati lächelte vertrauenerweckend: „Das kann ich Ihnen auch ausstellen. Wann reisen Sie denn aus?" „Geplant haben wir nächste Woche Sonntag." Der Tierarzt schaute auf den Kalender. „Das Gesundheitszeugnis darf nicht älter als drei Tage sein. Dann müssten Sie nächste Woche nochmal vorbei kommen. Anschließend fahren Sie zum Lifestock-Office, wo Sie noch einen Stempel bekommen. Das kostet Sie umgerechnet fünf Euro. Dann können Sie Ihren Hund zum Cargo bringen, wo er verladen wird.“ Andreas korrigierte Mr. Prabhati: „Als wir hier einreisten, kam er über den Cargo raus. Da haben wir aber üble Erinnerungen dran. Darum haben wir uns erkundigt und festgestellt, dass es eine einzige Möglichkeit gibt, den Cargo zu umgehen. Man muss nicht nur bei KLM buchen, sondern auch mit der niederländischen Maschine fliegen – also nicht Kenya Airways im Auftrag von KLM.“ Ein Tierpfleger kam herein und wechselte einige Worte mit Mr. Prabhati. Beeindruckend, wie er fließend Kisuaheli mit ihm sprach. Andreas nahm den Gesprächsfaden wieder auf. „Gut, dann fahren wir jetzt zum Lifestock-Office und klären, ob der keine Einwände hat.“ Mr. Prabhati ging mit zum Taxi und erklärte erneut auf fließend Kisuaheli einem sichtlich beeindruckten Stanley den Weg. Eine halbe Stunde später betraten Georg und Andreas das Gebäude vom Lifestock-Office. Am Schalter trafen sie sofort auf den zuständigen Mann. Er faltete gerade einen großen Papierbogen zusammen. Er überreichte ihn an seine Sekretärin: „Bitte kopieren“. Währenddessen holte Andreas seine Dokumente aus der Tasche. Der Mann signalisierte, dass er nun bereit sei, sich den Besuchern zuzuwenden. Andreas legte die Dokumente auf den Tresen: „Wir wollen nächste Woche Sonntag aus Kenia mit unserem Hund reisen. Sind diese Dokumente vollständig und richtig, dass Sie diese unterzeichnen und stempeln können?“ Der Mann nahm die Dokumente und warf einen Blick auf sie. „Hier in diesem Feld darf nicht der zuständige Tierarzt unterzeichnen, sondern ich. Und da kommt auch mein Stempel hin.“ Andreas, der das Dokument ausführlich studiert hatte, wusste, dass das vollkommen falsch war. In jedem Feld stand ausdrücklich geschrieben, wer wo unterschreiben musste. Mr. Prabhati hatte an der richtigen Stelle unterschrieben. „Und dann bekomme ich von Ihnen“, er schaute die beiden Geschwister an, „40 Dollar“. „Gut, dann wissen wir Bescheid.

Vielen Dank für die Information“, sagte Andreas. „Wieso hast du denn nichts gesagt?“, fragte Georg überrascht, als sie zum Parkplatz zurückkehrten. „Da war doch was faul. Mr. Prabhati sprach doch von 5 Euro.“ Andreas nickte: „Stimmt. Ich habe gelernt, dass es keinen Sinn hat, die Behörden als Privatperson anzugehen. Das muss man anders angehen.“ Sie stiegen ins Taxi. „Hast du übrigens gesehen, dass die großen Papierbögen Baupläne waren und sein Name als Bauherr oben stand?“, fragte Georg. „Das erhärtet meinen Verdacht. Stanley, wir müssen nochmal zum Tierarzt.“

„Das wäre aber sehr seltsam, wenn die Kosten für die Stempel derart explodiert sind.“ Mr. Prabhati machte sich eine Notiz auf seinem Block. „Da werde ich die Tage anrufen und mal ganz nett fragen, was da nicht stimmt.“ Er zwinkerte mit den Augen. „Und was, wenn er darauf besteht und uns den Stempel nicht geben will?“ „Ganz einfach: Zahlen Sie und lassen Sie sich eine Quittung ausstellen“, antwortete er. „Kommen Sie, wie abgesprochen, nächste Woche für das Gesundheitszeugnis zu mir und die Sache ist geklärt. Alles wird gut, seien Sie sicher.“ Tatsächlich hatte Mr. Prabhati mit dem Lifestock-Office gesprochen und bestätigt bekommen, dass nur 5 Euro zu entrichten waren. Darüber hinaus hatte das Büro zugesagt, dass Unterschrift und Stempel kein Problem seien, man solle am Freitag vor dem Abflug ins Büro kommen. „Nur, dass da der dritte Gerichtstermin ist“, gab Andreas zu bedenken. Sie beschlossen, sich am Freitag aufzuteilen. Cornelia sollte mit Faith zum Lifestock-Officer fahren. Andreas sollte zum letzten Gerichtstermin erscheinen. Am Vorabend hatten sie Georg zum Flughafen gefahren und verabschiedet. „Ich denke an euch und bete für euch, dass morgen alles gut läuft“, sagte er, bevor er durch die Passkontrolle ging.

Es war Freitag, der Tag der Entscheidung gekommen. Heute, am letzten Gerichtstag vor den Gerichtsferien, die bis Mitte September dauerten, sollte in letzter Minute das Gerichtsurteil verkündet werden. Cornelia und Andreas hatten zwei Taxis einbestellt, um parallel ihren Plänen nachzugehen. Zuerst reiste Andreas am frühen Morgen los. Er war froh, dass Eddie so pünktlich war. Er war ein Bekannter von Stanley, der gelegentlich für ihn einsprang. Heute waren sie beide für die Eichhorns im Einsatz. Er hatte eine Tageszeitung bei sich, die er Andreas zum Lesen anbot. Er lehnte dankend ab. Er war viel zu aufgewühlt und konnte sich nicht konzentrieren. Eigentlich war sein Part einfach. Er musste gar nichts tun, sondern wollte nur live dabei sein, wenn Faith endlich den Eichhorns zugesprochen wurde. Anderthalb Stunden später, als Andreas auf den Einlass vor dem High Court wartete, kam das zweite Taxi. Cornelia und Faith stiegen in Stanleys Auto und fuhren in Richtung des Livestock-Offices. Andreas saß indessen unruhig auf dem Stuhl vor dem Gerichtssaal und wartete. Weitere Adoptionsbewerber betraten den Flur, teils alleine, teils zu zweit oder zu dritt. Sie redeten in aufgeregtem Ton miteinander und versuchten mit Banalitäten sich gegenseitig abzulenken, was die Situation nicht wesentlich änderte. Nun tauchte auch Mr. Keya auf und grüßte jeden Einzelnen. Wieder versprühte er gute Laune. Trotzdem konnte Andreas nicht diese Zuversicht spüren, die sonst von dem Anwalt auf ihn übersprang. Stimmte etwas nicht oder waren seine Nerven jetzt komplett am Ende? Nach einer halben Stunde erschien endlich der Richter. Erleichtert, dass der Termin nicht platzte, schickte Andreas eine SMS an Cornelia.

„Richter ist endlich da. Hoffentlich geht es bald los“, las sie auf ihrem Handy. „Hoffentlich geht es bei uns auch bald los“, dachte sie. Sie saß vor dem Tresen im Büro des Lifestock-Offices und wartete auf den zuständigen Herrn. Sie hatte die Sekretärin angesprochen, die vor einem Computer saß und

etwas hilflos wirkte. „Nein, keine Ahnung wo er ist. Aber er wird bestimmt gleich kommen. Wissen Sie, ich bin noch nicht so lange hier“, war ihre Auskunft. Es war schon eine erhebliche Erschwernis gewesen, Arno mit nach Kenia zu nehmen. Sie hatten das erheblich unterschätzt. Andererseits war es auch keine Alternative gewesen, ihn über ein halbes Jahr woanders einzuquartieren. Er war ein Rudeltier und hätte diese Trennung nur schwer verkraftet. Außerdem war er die zuverlässigste Security, die sie je haben konnte und er hatte gute Dienste geleistet. Manchmal war er auch ein Seelentröster gewesen. Faith saß auf Cornelias Schoß. Sie hatte keine Lust mehr, nur noch herum zu sitzen. Sie schrie, was das Zeug hielt. „Was ist denn hier los?“, fragte ein Mann, der aus einem angrenzenden Raum ins Büro trat. Cornelias Handy surrte. Eine SMS: „Es geht jetzt los“, stand auf dem Display.
Andreas steckte sein Handy eilig weg. Sein Puls stieg in die Höhe. Die Sekretärin des Richters bat Mr. Keya und die anderen Anwälte in den Gerichtssaal. „Das hat nichts Gutes zu bedeuten“, raunte der Niederländer, der mit seinem Handy die ganze Zeit nervös herum gespielt hatte. Nach einigen Minuten kam Mr. Keya aus der Tür. Er trat zu den Adoptiveltern, die er betreute: „Es ist so, dass das Urteil nicht gesprochen werden kann.“ Die Kinnladen der Eltern gingen herunter. „Die Sekretärin des Richters hat noch nicht alle Urteile getippt. Darum kann der Richter nicht unterschreiben. Bitte kommen Sie um drei Uhr wieder hier hin.“
In zwanzig Kilometern Luftlinie Entfernung erklärte die Sekretärin dem Chef des Lifestock-Offices Cornelias Anliegen. „Da ist doch Mr. Githurai zuständig. Wo ist er denn hin?“ Er war sichtlich aufgebracht. Sie zuckte ängstlich mit den Schultern. „Das weiß ich nicht. Ich habe ihn heute noch gar nicht gesehen.“ „Muss man denn hier alles selber machen? Zeigen Sie her“, sagte der Chef mit säuerlicher Miene. Cornelia gab ihm die vorbereiteten Dokumente. „Also das

Export-Permit“, fing er an, „ist in Ordnung, aber unvollständig ausgefüllt. Außerdem ist die Tollwutimpfung nicht aktuell.“ Das konnte gar nicht sein, Mr. Prabhati hatte sie sogar noch erneuert, um jeglichen Einspruch zu verhindern. Er warf die Dokumente auf den Tresen. „Sicherlich ist die Impfung gültig. Dazu haben wir ja sogar die Laborwerte, in denen der Titer aufgeführt ist“, sagte Cornelia. „Nein, das stimmt nicht.“ „Doch, das stimmt“, antwortete Cornelia ruhig und klar. „Ihr Untergebener hat mir zudem gesagt, dass er das Dokument selbst ausfüllen wollte.“ Der Chef kam wieder in Rage: „Ja, wo ist er denn?!“, und er verschwand wieder hinter seiner Bürotür. Das Handy klingelte. Eine SMS von Andreas. „Gerichtsurteil soll um drei Uhr gesprochen werden. Wir treffen uns im Westgate. Wie läuft´s bei euch?“ Cornelia rief Andreas an und schilderte ihre Lage. “Ich versuche, Mr. Prabhati zu erreichen, vielleicht kann der was tun“, versprach Andreas. Nach einigen vergeblichen Versuchen, Mr. Prabhati ans Telefon zu bekommen, gelang es schließlich doch. „Das sind wirklich Idioten“, entglitt es Dr. Prabhatis Mund. „Es gibt überhaupt keinen sachlichen Anhaltspunkt, die Tollwutimpfung anzuzweifeln. Ich werde sehen, was ich tun kann.“ Andreas legte das Handy beiseite. „Heute ist wieder so ein Tag, wo man nur noch verzweifeln kann“, sagte er zu sich. Einige Minuten saß er starr da. Er konnte nichts mehr denken. Er spürte nur noch diese Ausweglosigkeit, dieses Ausgeliefertsein. Das musste es sein, was hier so viele Menschen in eine lethargische und fatalistische Lebenshaltung trieb. Wie oft hatte er Lenas stundenlanges Sitzen vor der Veranda nicht verstanden. Nun wurde ihm schlagartig klar, dass das eine naheliegende Bewältigungsstrategie war, wenn man nichts bewegen konnte. „Die Europäer haben die Uhren, die Afrikaner haben Zeit“, formte sich wortlos auf seinen Lippen. Was so romantisch klang, war in Wirklichkeit eine aus der Not geborene Lebenshaltung, weil man sich als wirkungslos erlebte. Das

Handyklingeln riss ihn aus seinen Gedanken. Ein Schreien kam aus dem Hörer heraus. Es war Faith. Cornelias Stimme legte sich darüber: „Jetzt lässt er doch das Export-Permit von seiner Sekretärin ausstellen. Ich weiß nicht warum, vielleicht nervt in Faiths Geschrei. Ich melde mich, sobald das Permit fertig ist." Anderthalb Stunden und drei Latte Macchiato später meldete sich Cornelia erneut. Das Dokument war endlich fertig gestellt. Die Sekretärin war mit dem Ausfüllen des Dokuments deutlich überfordert und suchte nach jedem Buchstaben. Irgendwann war sie dann doch fertig geworden. Stanley fuhr Cornelia mit Faith zum Westgate-Center, wo Andreas sie erwartete. „Wir brauchen dich spätestens um zwei Uhr hier wieder. Schaffst du das?" Stanley wollte zwischenzeitlich seine Söhne von der Schule abholen. Er bejahte und fuhr seines Weges. „Faith, vermutlich hast du uns einen guten Dienst mit deinem Geschrei erwiesen", begrüßte Andreas seine Tochter und nahm sie auf seinen Arm. Sie bestellten etwas zu trinken und essen. Sie machten es sich gemütlich, soweit es ihre Aufregung zuließ. Stanley war um viertel nach zwei noch immer nicht da. „Stanley, wo bleibst du? Wir müssen zum Gericht." „Ja, ich bin noch im Stau. Bin gleich da. Nur einen Moment." „Na gut, wir warten." Andreas legte auf und blickte auf seine Uhr. Es war inzwischen halb drei. „Nein, wir warten lieber nicht – ihr bleibt hier und ich nehme ein Taxi", entschied er. Er verließ das Einkaufszentrum und rannte auf die gegenüberliegenden Parkplätze. Er nahm das erstbeste Taxi. „Ich muss zum High Court, schnellstens! Wie viel kostet das?" Andreas konnte nur die Augen des Taxifahrers sehen. Er nannte eine akzeptable Summe. „Gut, dann los!" Das Taxi setzte sich in Bewegung. „Warum fahren Sie denn jetzt links? Wir müssen doch rechts", fragte er den Fahrer.

„Stanley, wo bleibst du?" Cornelia hielt ihr Telefon zwischen Kopf und Schulter eingeklemmt. An ihren Armen hangelte sich

Faith herunter. „Ich wollte noch meine Kinder von der Schule abholen“, antwortete Stanley. Er war ein sehr emanzipierter Vater, der sich um seine beiden Söhne rührend kümmerte. Dazu gehörte auch, dass er sie täglich zur Schule brachte und von dort abholte. „Leider stehe ich im Stau und es dauert länger. Bin aber bald zurück“, erklärte er. Cornelia schaltete ihr Handy ab. „War doch absehbar, dass es Stau gibt“, sagte sie zu sich. „Aber der Papa macht das schon“, fügte sie hinzu, als Faith an ihr fragend herauf schaute. Sie seufzte innerlich. Wenn es doch nur an ihm allein läge und diese Odyssee ein Ende fände.

Andreas war unruhig geworden. Mit Karacho bretterte der Taxifahrer, den er noch nicht einmal von vorne gesehen hatte, durch die Straßen. Bis jetzt waren ihm die Straßen bekannt, doch bald würde er nicht mehr wissen, in welchem Teil Nairobis sie waren. Das Fahrzeug fuhr durch alle erdenklichen und unerdenklichen Straßen. Der Taxifahrer blickte in den Rückspiegel ihn an: „Na, Sie sehen doch den vielen Verkehr. Um diese Zeit ist auf der Strecke zu viel los.“ Andreas war sich nicht mehr sicher. Einen Moment dachte er, dass er jetzt entführt oder überfallen würde, so unbekannt kam ihm die Strecke vor. Dann aber kreuzten sie Straßen von denen er wusste, dass sie auf dem Weg lagen. Endlich näherten sie sich dem High Court von Nairobi. „Sie haben einen guten Job gemacht“, lobte Andreas den Taxifahrer, als sie rechtzeitig vor dem High Court hielten. „Den Rest können Sie behalten“, sagte er und sprang aus dem Auto. Oben angelangt, waren die Stühle noch leer. Er setzte sich und versuchte sich zu beruhigen. Es war ja noch alles gut gegangen. Die mittlerweile bekannten Gesichter der Adoptiveltern tauchten auf und versammelten sich. Schließlich betrat Mr. Keya den Gang. Die Tür des Gerichtssaales öffnete sich von neuem. Die Sekretärin bat die Anwälte herein zu kommen. Nur wenige Sekunden später kam Mr. Keya wieder heraus. „Wir müssen Montag wieder kommen. Die Sekretärin hat nur ein Dokument fertig gestellt. Der Richter meinte, er fände es nicht fair, nur für ein Paar das Urteil zu sprechen. Darum sollen am Montag alle hier wieder erscheinen. Um drei Uhr." Es entstand Unruhe bei den Adoptiveltern. Was hatte das zu bedeuten? War wirklich damit zu rechnen, dass Montag die Dokumente fertig wären? Andreas zog sich sein Innerstes zusammen. Wenn es am Montag nichts würde, könnten sie frühestens in zweieinhalb Monaten ausreisen. Er kehrte beklommen zum Parkplatz zurück, wo der verspätete Stanley mit Cornelia und Faith auf ihn wartete. „Dann müssen wir den Flug mit Arno auf Montagabend umbuchen. Er fährt nur mit, wenn das Gericht positiv entscheidet", resümierte Cornelia. „Gut, dann fahre ich morgen, wie geplant zum Flughafen", stimmte Andreas zu. Er wollte am Flughafen auf Nummer Sicher gehen, dass Arno wirklich mit fliegen würde. Dazu brauchten sie eine kleinere Hundebox, weil auf der Rückreise andere Maße als auf der Hinreise vorgeschrieben waren. Sie waren dazu vor Tagen ans andere Ende der Stadt gefahren und hatten bei einer knallharten Geschäftsfrau mit indischen Wurzeln einen horrenden Preis gezahlt. Sie hatte nicht mit sich verhandeln lassen und so hatten die Eichhorns eine Preissteigerung von 250 Prozent im Vergleich zu dem deutschen Preis zähneknirschend hinnehmen müssen. Der Herr beim Flughafen, der auch am Abreisetag Dienst hatte, versicherte, dass die Ausreisedokumente korrekt seien und Arno nicht über Cargo ausgeflogen werden würde.

Auch das längste Wochenende ging irgendwann zu Ende. Am Montagmittag luden Andreas und Stanley die Koffer samt Arno ein. Mit Cornelia und Faith fuhren sie auf Hoffnung und Verdacht zum Gericht. Falls der Termin platzen würde, müsste Andreas ohne Hund nach Deutschland reisen. Sie warteten auf ihn im Auto. „Ihr macht ganz schön was mit. Das ist schon bewundernswert", sagte Stanley zu Cornelia. „Wenn Faith mal älter ist und ihr hier wieder zu Besuch seid, dann werde ich ihr alle Plätze zeigen, wo ihr gewesen seid." Cornelia lächelte und freute sich über das Kompliment. Einige Minuten später kam Andreas an das Taxi. Cornelia hatte die Tür offen gelassen, um für frische Luft zu sorgen. „Wir sind fertig! Faith ist unsere Tochter!!!" Andreas jubelte und umarmte die beiden. „So, Arno, jetzt können wir zusammen fliegen! Jetzt wird alles gut".

21 Nachwehen

Lege das Ruder erst aus der Hand,
wenn das Boot an Land ist. (Gabun)

„Was habe ich euch vermisst", waren Andreas erste Worte, als er endlich wieder bei seiner Familic in Kenia angekommen war. Die drei Tage, die er in Deutschland verbracht hatte, waren wie im Fluge vergangen. In Vorbereitung auf die Rückkehr hatte er Kontakt mit dem Jugendamt und der Ausländerbehörde aufgenommen. Faith brauchte ein Visum für die Einreise nach Deutschland. Da sie noch Kenianerin war und bleiben würde, bis das deutsche Familiengericht die Adoption aus Kenia anerkannte, sollten die Eichhorns einen Antrag auf Familienzusammenführung stellen. An der Entscheidung über das Visum mussten wiederum die deutschen Behörden in Kenntnis gesetzt werden. Andreas hatte genossen, wie einfach und verlässlich die Kontakte mit der deutschen Bürokratie in Vergleich zu Kenia waren. „Wir haben dich auch vermisst", entgegnete Cornelia. Faith hielt Andreas ihre Arme entgegen, um von ihm auf den Arm genommen zu werden. „Jetzt dauert es nicht mehr lange, und wir reisen nach Hause zurück", sagte er euphorisch. „Wie war der Flug?" Sie traten ins Haus ein und setzten sich an den gedeckten Frühstückstisch. „Der Flug war kein Problem. Ich habe sowieso die ganze Nacht geschlafen. Aber als ich an den Einreiseschalter kam, ist mir was passiert." Andreas setzte Faith in ihren Stuhl und nahm einen Schluck Kaffee. „Na, und weiter?" „Der Mann am Schalter hieß mich mit einem netten „Karibu" willkommen. Verschlafen fragte ich, ob er 20 oder 25 Euro von mir für das Visum bekäme. Er sagte mir es seien 25 Euro. Ich gab sie ihm. Während er in meinen Reisepass das Visum eintrug, wurde mir allerdings klar, dass die Gebühr 25 Dollar war, nicht 25 Euro. Er hätte nur 20 Euro von mir verlangen dürfen. – Weißt du, was Dr. Prabhati uns geraten hatte, wenn wir den Verdacht haben, dass zu viel Geld verlangt wird?“ Cornelia nickte: „Eine Quittung verlangen.“ Andreas redete weiter: „Genau das habe ich gemacht. Der Mann holte einen Quittungsblock hervor, trug meinen Vornamen ein und gab ihn mir. Auf dem Zettel standen aber nur die 25 Dollar, sonst nichts. Daraufhin bat ich ihn, mir den Betrag in Euro zu quittieren. Er nahm den Zettel wieder zu sich und gab ihn mir wieder. Und was stand drauf?“ Er blickte Cornelia erwartungsvoll an. „20 Euro?“, riet sie. „Nein, er kritzelte etwas ganz Unleserliches drauf, so dass man nichts erkennen konnte. Ich sagte: Das kann ich nicht lesen. Er nahm den Zettel wieder zu sich und kritzelte nochmal darüber. Wieder konnte ich nichts lesen. Auf einmal tauchte sein Vorgesetzter auf und fragte, was los sei. Er wies ihn an, deutlicher zu schreiben und trat wieder einige Meter fort. In jenem Moment streckte ich meine Hand dem Mann am Schalter entgegen. Er gab mir die 5 Euro zurück und schrieb nun leserlich 20 Euro auf. Er zeigte mir die Quittung und fragte ob das so nun in Ordnung sei. Ich sagte, jetzt könne er seine Quittung behalten, das habe sich nun erledigt und ließ ihn auf seiner Quittung sitzen. – Und was gibt es Neues von Euch zu berichten?“ „Wir haben ein Fotoshooting in der nächsten Woche. Faith muss für ihren kenianischen Reisepass fotografiert werden. Bis dahin will Mr. Keya alle Dokumente eingesammelt und gestempelt haben, die dafür notwendig sind.“ Andreas ging zum Kalender im Regal herüber. „Das ist ein Donnerstag. Hat er auch gesagt, wann wir ausreisen können?“ „Er meinte, dass wir es bis zum 20. August schaffen könnten.“ Andreas zog mit dem Finger über anderthalb Zeilen. „Das wäre in neun Tagen – höchste Zeit. Was hat die Ärztin nochmal zu Deiner Schwangerschaft gesagt?“ Er schaute Cornelia an. Sie sah trotz der Strapazen gut aus. „Stichtag ist der 29. August. Von daher müssten wir eine realistische Chance haben. Aber jetzt frühstücken wir erst einmal."

Der Kinderwagen stand zusammengeklappt auf der Wiese. Daneben standen der Rucksack und Cornelias Handtasche. Andreas schaute auf seine Uhr: „Das ist uns noch nie passiert. Stanley ist schon seit zwanzig Minuten überfällig. Was ist, wenn wir zu spät sind und der Pass nicht ausgestellt werden kann?" Sorgenvoll schaute er Faith an, die sich so gar nicht bewusst war, worum es ging. Der Rechtsanwalt Mr. Keya hatte angekündigt, in der folgenden Woche auf Fortbildung nach Mombasa zu gehen. Bis dahin wollte er alle notwendigen Schritte in die Wege leiten, damit die Eichhorns rechtzeitig ausreisen konnten. Nie hatten sie offen über die Schwangerschaft und den damit verbundenen Zeitdruck gesprochen. Andreas hielt seinen Kopf still. Er hörte ein Rumpeln hinter der Hecke auf der Straße. Das Fahrzeug wurde langsamer. Es bog in den Hof ein. Stanley verließ sein Auto und öffnete die Heckklappe. „Stanley, du weiß, dass wir heute einen sehr wichtigen Termin haben", fing Andreas an. Stanley warf ihm einen wissenden Blick zu und verstaute mit ihm die Sachen im Kofferraum. Cornelia und Faith hatten sich derweil im Innenraum angeschnallt. Stanley setzte sich ans Steuer. „Ich nehme die kürzere Route. Es sind Ferien, da dürfte heute kein Stau sein." Er lag mit seiner Einschätzung falsch. Als sie auf die Zubringerstraße zur Langattaroad waren und eine Umkehr unmöglich war, bildete sich ein Rückstau. Mit einem Ruck riss Stanley das Lenkrad nach links. „Dann neben ich eben einen Shortcut", kommentierte er sein Manöver und bog in einen Seitenweg ein. Sie wurden hin und her geworfen. „Das ist ja die reinste Buckelpiste", bemerkte Cornelia entsetzt. „Du und der Kleine, ihr müsst ganz schön was aushalten", bemitleidete Andreas sie. Cornelia war stinksauer. Stanley hatte mittlerweile begriffen, dass es zeitlich knapp würde, wenn er nicht richtig

Gas geben und wilde Überholmanöver vermeiden würde. Sie erreichten wieder eine befestigte Straße. Jetzt gab Stanley noch einmal richtig Gas. Er ignorierte die rote Ampel und fuhr durch. „Äh, die Ampel war jetzt aber rot“, merkte Andreas an. „Das sind nur Empfehlungen“, murmelte Stanley und blickte in den Seitenspiegel. „Wenn frei ist, kann man trotzdem fahren.“ Gerade noch rechtzeitig erreichten sie die Innenstadt Nairobis. Am Nyayohaus trafen sich Faith und Andreas mit anderen Adoptiveltern, auch Mandanten von Mr. Keya. Sie kannten das Gebäude bereits von Postkarten. Dort war es in ein wunderbares Abendlicht getaucht und leuchtete golden. Von diesem Zauber ließ sich tagsüber im dichten und lebendigen Straßenverkehr nur wenig erahnen. Indessen wartete Cornelia, Faith und Stanley im Taxi auf seine Rückkehr. Sie wollte mit ihrer Schwangerschaft kein unnötiges Aufsehen hervorrufen. „Wir machen jetzt in diesem Haus ein Foto von dir, dann geht´s wieder nach Hause“, erklärte Andreas seiner kleinen Tochter. Er begrüßte die anderen Adoptiveltern, die er bereits vor Gericht getroffen hatte. Zwei Paare stammten aus den Niederlanden und ein Paar aus Italien. Von Andreas Arm aus verfolgte Faith, wie die drei- bis sechsjährigen Jungen und Mädchen umhersprangen. Faith war die Jüngste bei weitem. Er ließ sie herunter. Erwartungsvoll schaute sie den Jungen mit der außergewöhnlich coolen Sonnenbrille an. Da tauchte Mr. Keya in seiner gewohnt zuversichtlichen Stimmung auf. „Hallo, wie geht es Ihnen? – Wir können gleich ins Amt gehen. Ich muss noch kurz die Dokumente holen und dann können wir loslegen.“ Und schon war er wieder verschwunden. „Wie lang ist denn kurz?“, fragte Astrid, die Mutter des Jungen mit der Sonnenbrille. Amüsiert blickte Andreas sie an. „So lang, dass wir erst einmal einen Kaffee trinken können“, interpretierte ihr Mann Robert die Situation. Sie machten sich auf den Weg zum Java-Café um die Ecke. Es war eine gute Entscheidung. Als sie vom Kaffetrinken zum Nyayohaus zurückkehrten waren zwei

Stunden vergangen und keine Spur oder Nachricht von Mr. Keya. „Das dauert mal wieder länger als angenommen“, seufzte Astrid. Ihr Sohn hatte sich zwischenzeitlich auf den Boden gesetzt und spielte mit dem Iphone seines Vaters herum. „Wie lange seid ihr jetzt hier?“, fragte Andreas. „Seit Januar diesen Jahres. Wir planen nächsten Donnerstag auszureisen. Wir haben schon gebucht.“ „Ja, das Leben in Kenia ist nicht so einfach. Es wäre ganz schön hart, hier dauerhaft zu leben“, gab Andreas zu bedenken. „Wieso, ich finde es hier ganz schön“, sagte Astrid. „Wir haben schöne Tage im Resort in Mombasa gehabt.“ Daher hatte sie also ihre makellose Bräune. Die Eichhorns hatten auch einen Moment nachgedacht, an die Küste Kenias zu reisen. Sie hatten sich dagegen entschieden. Weil Nairobi so hoch lag, mussten sie hier keine Malaria befürchten. Faith und Cornelia hätten ohnehin keine Prophylaxe nehmen können. Faith wegen ihres Alters und Cornelia wegen ihrer Schwangerschaft. Außerdem galten Inlandsflüge von den nationalen Flughäfen als riskant. Mit Arno schloss sich eine Zugreise, die sicherlich auch abenteuerlich gewesen wäre, aus. Außerdem hätten sie erneut das Problem gehabt, für den Hund eine Unterkunft zu finden. Andreas blieb bei seiner Meinung: „Der Alltag ist aber sehr anstrengend.“ „Ach, wenn man das Personal hat, ist das ganz akzeptabel.“ „Naja“, wandte er ein, „es ist eine erhebliche Anstrengung, wenn man das Ganze mit westeuropäischen Vorstellungen angeht. – Und dann noch die Kämpfe mit den Behörden. Ich glaube, da hat man sehr große Reibungsverluste.“ Johann, der andere niederländische Adoptivvater schaltete sich ein. „Kommt darauf an. Wir haben in Mombasa unser Visum verlängert. Das erste Mal kostete es ganz normal 40 Euro.“ Er machte eine Pause. Andreas blickte irritiert. Es waren 20 Euro pro Visum zu zahlen, nicht 40 Euro. „Als wir über sechs Monate hinaus verlängern mussten, hatte man von mir 100 Euro haben wollen. Der Mann am Schalter meinte, dieses Visum sei schwerer auszustellen. Ich antwortete, dass ich nicht so viel Geld dabei hätte. Er fragte dann, wie viel ich im Geldbeutel denn hätte. Da behauptete ich, nur 50 Euro dabei zu haben. Er war auch damit zufrieden und ich bekam das Visum. So geht das!" Stolz beendete Peter seine Erzählung. Andreas sagte nichts. Wäre das heraus gekommen, hätte der Vater gleich im Flugzeug nach Hause gesessen. Mit seiner Frau und ohne Kind. Offenbar waren manche Adoptiveltern risikobereiter oder einfach naiv. Vielleicht lag es auch an der Euphorie endlich ein Kind zu haben, das einem auf leiblichem Wege verwehrt gewesen blieb. „Also wir haben uns einfach ein Auto gekauft und haben ganz tolle Ausflüge und Safaritouren unternommen", erklärte Astrid. Andreas schluckte. Sie hatten nur eine einzige Safari machen können. Gerne hätten sie noch mehr vom Land gesehen, doch sie würden ja eines Tages wieder nach Kenia kommen, um Faith alles zu zeigen. Astrid strich über den Kopf ihres Sohnes. „Es ist so eine Wonne mit dem Jungen. Wenn wir das gewusst hätten, hätten wir schon viel früher adoptiert." „Ihr habt also schon eine lange Geschichte hinter euch?" Astrid winkte ab: „Eine Geschichte? Eine Odyssee! Erst musste geklärt werden, woran unsere Kinderlosigkeit liegt. Dann hatten wir mehrere Versuche in der Kinderwunschklinik. Ich musste unendliche viele Medikamente schlucken und ständig zum Arzt. Immer dieses Warten auf die nächste fruchtbare Phase und dass Bangen, ob das Kind bleibt. Irgendwann waren mein Mann und ich physisch und psychisch total durch. Wir brauchten Monate, um uns davon zu erholen. Es dauerte seine Zeit, von dem Gedanken an das leibliche Kind Abschied zu nehmen. Das Geld, das wir in die Reproduktionsindustrie gesteckt haben, hätten wir lieber gleich nach Afrika spenden sollen." Also hat sich eure Sicht in Sachen Adoption geändert?", fragte Andreas weiter. „Definitiv. Wenn wir jetzt wieder vor der Entscheidung stünden, künstliche Befruchtung oder Adoption, würden wir uns gleich für die Adoption entscheiden. Natürlich kostet beides Geld und ist nervenaufreibend. Doch bei der Adoption ist einem Kind geholfen, das keine Eltern hat. Und es macht einen nicht so fertig wie bei einer künstlichen Befruchtung." Sie schwieg einen Moment. „Wenn ich von jetzt darauf blicke, denke ich, dass wir so ziemlich auf dem Egotrip waren. Wir brauchten ein Kind für uns, damit wir Familie werden – egal was es kostet. Bei jeder erfolglosen künstlichen Befruchtung haben wir ein Menschenleben verloren. Bei der Adoption haben wir ein Leben gerettet." Andreas blickte verlegen zur Seite. Mit so viel Offenheit hatte er nicht gerechnet. Sicherlich mochte es auch andere Sichtweisen geben, aber er war von diesem Bekenntnis zutiefst angerührt. Mr. Keya kam mit einigen Papieren in der Hand auf sie zu. „Unser Anwalt ist soweit, glaube ich", teilte er den anderen mit. Schnell packten sie ihre Sachen zusammen. „Jetzt geht´s in die Immigration Office", sagte er und ging ihnen voran. Sie betraten eine riesige Halle. „Hier geht es ja zu wie im Taubenschlag", beschrieb Astrid ihre Überraschung über die Menschenmengen, die sich hier herum trieben. „Ich komme gleich wieder, ich muss noch ein paar Kopien machen", sagte Mr. Keya und verschwand erneut. Die Adoptiveltern standen unschlüssig da, bis Astrid vorschlug, sich schon einmal in den Vorraum zu setzen, wo die Fotos gemacht wurden. Nach einigen Minuten wurden sie des Raumes verwiesen. Mr. Keya tauchte wieder auf: „Folgen Sie mir." Sie betraten ein Büro. Eine abweisend und mürrisch wirkende Frau hatte sich einen Moment zuvor an den Tisch gesetzt. Die Uniform schien sie in eine Person verwandelt zu haben, die sich ihrer Macht bewusst war. Vor dem Tisch stellten sich die Adoptiveltern in Reihe und Glied auf. Astrid setzte sich mit ihrem Sohn auf die zwei freien Stühle. „Worum geht´s?", fragte sie Mr. Keya und schaute die Fremden aus den Augenwinkeln an. „Es geht um die Ausstellung der Reisepässe für die Adoptivkinder." Sie schaute starr auf die Papiere, die ihr

Mr. Keya aushändigte. „Das werde ich nicht abstempeln. Es fehlt das Dokument vom Jugendamt, dass das autorisiert.“ Mr. Keya lächelte freundlich: „Dieses Dokument erhalte ich erst nach der Ausstellung der Reisepässe.“ „Das kann nicht sein.“ „Doch, das ist so“, beharrte der Rechtsanwalt. Die Frau starrte wieder auf die Papiere. Von den vor ihr stehenden Eltern und Kindern nahm sie weiterhin keinerlei Notiz. Das war gut so. Astrids Sohn streckte der Frau seine Zunge raus. Er drückte damit aus, was im Raum schwebte: Eine unglaubliche Empörung, nach einer Entscheidung des obersten Gerichts von Kenia wieder hingehalten zu werden. Andreas biss sich auf die Unterlippe, um nicht in Lachen auszubrechen. „Ich habe mehrere Jahre im Jugendamt gearbeitet und da war das nicht so.“ „Doch.“ „Nein.“ „Doch.“ „Nein.“ „Doch!“ Mr. Keya rückte von seinem Standpunkt nicht ab. Er wiederholte erneut die Verfahrensweise. Entnervt zog die Frau die Schreibtischschublade heraus und holte ein Stempelkissen hervor. Danach griff sie nach einem Stempel. „Ich muss die Kinder sehen“, sagte sie, ging Dokument für Dokument durch und stempelte sie ab. Mr. Keya instruierte die Eltern nun, an die Kasse zu gehen und dort die Gebühr für die Reisepässe zu entrichten. Einige Minuten später saßen sie wieder, jetzt mit einer Quittung und Wartenummer ausstaffiert, im Vorraum des Fotostudios. Andreas warf einen Blick auf die Uhr. Es waren nunmehr vier Stunden vergangen. Astrid holte ein Bilderbuch aus dem Rucksack und klappte es auf. Sie zeigte auf die Figuren und ihr Sohn benannte sie. Andreas schaute beeindruckt. Astrid bemerkte das: „Wir waren erstaunt, wie schnell er das Niederländisch erlernt. Er hat die Sprache förmlich aufgesaugt. Innerhalb weniger Monate sprach er schon die ersten Sätze. Bei Kindern geht das unglaublich schnell.“ Der Platz neben ihr wurde frei, sie rückte einen Stuhl in der Reihe weiter. Das würde noch dauern. Faith wurde unruhig, ihr war die Anstrengung und Müdigkeit anzusehen.

Sie, die sich nie freiwillig dem Schlaf ergab, war kurz vor dem Foto nach einem lauten Kampfgeschrei erlegen. Vorsichtig weckte Andreas sie wieder auf, um sie auf dem Fotostuhl zu positionieren.

„Faith wird auf ihrem Reisepass richtig verschlafen aussehen“, prophezeite Andreas, als er zum Taxi zurückkehrte. „Mr. Keya hat gesagt, dass wir am kommenden Dienstag oder Mittwoch den Pass bekommen.“ Cornelia nahm eine halb schlafende Faith entgegen. „Aber da ist er doch bereits in Mombasa zur Fortbildung. Müsst ihr da alleine durch?“ „Nein, er hat uns eine Frau namens Dora vorgestellt. Sie wird uns die Pässe aushändigen, damit wir in der Behörde nicht untergehen“, erzählte Andreas. „Und was ist dein Eindruck von ihr?“ Andreas zog die Schultern hoch: „Schwierig zu sagen. Sie schien nicht sehr beteiligt oder motiviert zu sein. Nichtsdestotrotz müssen wir jetzt nochmal einen Gang raufschalten, damit wir alles bis nächste Woche Mittwoch schaffen.“ Die nächsten Tage fuhren die Eichhorns mehrfach in die Deutsche Botschaft, um dort die ersten Dokumente vorzulegen und auf ihre Richtigkeit prüfen zu lassen. Wollten sie tatsächlich nach Erhalt des Reisepasses ausreisen, mussten sie den zuständigen Sachbearbeiter in der Botschaft sowie in der deutschen Ausländerbehörde gut zuarbeiten. Am Montagabend rief Mr. Keya an und teilte den Eichhorns mit, dass sie am Mittwochmorgen den Reisepass um 8 Uhr von Dora erhielten. Sie sollten kurz vorher anrufen, wenn alle Adoptiveltern da waren. „Und, was hat sie gesagt, Andreas?“ fragte Johann. „Wir sollen morgen um 8 Uhr wieder kommen“, sagte er enttäuscht. „Das kann doch wohl nicht wahr sein, wir wollen morgen fliegen!“ Astrid hielt ihre Hand entsetzt vor den Mund. „Ich habe ihr gesagt, dass sie uns das persönlich erklären soll“, ergänzte Andreas. „Gut so!“ Johann schlug ihm auf die Schulter. „Und jetzt rufen wir noch Mr. Keya an, ihn darüber zu informieren. Vielleicht kann er auch noch was tun.“

Johann holte sein Telefon hervor und ging einige Schritte von der Gruppe fort. Dora kam aus dem Haupteingang: „Kommen Sie um 11 Uhr wieder, und zwar als Gruppe und gehen Sie in die zweite Etage.“ Sie ließ die Adoptiveltern ratlos zurück. „Was soll jetzt das bedeuten? Mr. Keya hat gesagt, dass Dora genau das verhindern soll, dass wir in dieses Labyrinth hinein geraten“, sagte Aurelio, der italienische Adoptivvater. Johann kam zurück. Er hielt das Handy an sein Ohr: „Ich erreiche ihn nicht. Aber ich versuche es weiter.“ Nach einer Stunde erreichte er ihn endlich. „Er sagt, er kümmere sich darum. – Und was machen wir jetzt?“ „Na, warten und um 11 wieder hier sein, was sonst?“ Einige Stunden später standen sie erneut vor dem Gebäude. Da Dora nicht von selbst auftauchte, riefen sie sie erneut an. Eine halbe Stunde später erschien sie: „Kommen Sie morgen um 8 Uhr wieder.“ „Nein, Sie haben uns doch gesagt, dass wir den Reisepass heute bekommen!“, wandte Astrid ein. Dora zögerte, dann sagte sie: „Kommen Sie mit.“ Durch enge und weite Flure führte sie die Gruppe in den zweiten Stock. Sie blieb am Schalter eines Büros stehen und sprach eine Frau auf Kisuaheli an. „Warten Sie hier“, sagte sie kurz und verschwand im Nebenraum. Einen kleinen Moment später tauchte sie wieder auf: „Kommen Sie morgen wieder. Es ist nichts zu machen.“ Sie führte die Gruppe durch verwinkelte Gänge wieder nach draußen. Erstaunt kamen sie an einem anderen Teil des Gebäudes wieder heraus. „Ist das ein Einbahnstraßensystem oder was?“, entglitt es dem frustriert wirkenden Johann. „Ich rufe gleich wieder Mr. Keya an, um den Zwischenstand zu berichten.“ Andreas versuchte heraus zu bekommen, was Johann mit Mr. Keya besprach. Sein Gesichtsausdruck ließ nichts Gutes erahnen. Als er das Telefonat beendet hatte, ließ Johann sein Telefon wieder in die Hose gleiten: „Angeblich sind die Computer kaputt gegangen und daher gibt es keine Reisepässe.“ Astrid ballte die Faust: „Das ist doch alles Lüge! Haben die keine Lust zu arbeiten und erfinden Computerpannen? Wir wollen doch nur nach Hause! Was wollen die von uns?“ „Na, was wohl…“, fragte Johann. „Und was, wenn wir…“, deutete Aurelio an. „Auf keinen Fall!“, unterbrach ihn Andreas. Aurelio standen die Tränen in den Augen. Er wirkte so verzweifelt und verwirrt. Johann legte ihm seine Hand auf die Schulter: „Wenn das raus kommt, bist du in Teufels Küche.“ „Aber was sollen wir denn dann tun?“ „Nach Hause fahren und morgen wieder antanzen.“

Am nächsten Morgen standen sie wieder auf der Matte. Am Vorabend hatte sich Mr. Keya per SMS gemeldet. Er habe Dora auf ihrem Handy nicht erreichen können, werde aber am Morgen um 7 Uhr gleich anrufen. Johanns Handy klingelte. Alle schauten gebannt auf ihn. Johann nickte bedeutungsvoll und wechselte einige Sätze mit Mr. Keya. Er ließ sein Handy sinken: „Wir sollen heute um 14 Uhr nochmal kommen. Die Reisepässe sollen dann fertig sein. Dennoch hat er gesagt, dass wir Dora nochmals selbst anfragen sollen.“ „Ja los, mach das!“, ermutigte ihn seine Frau. Das Telefonat mit Dora war kurz. „Sie hat nur gesagt, dass sie gleich kommt.“ Nach einer dreiviertel Stunde erschien sie. Dieses Mal führte sie die Gruppe in die erste Etage. „Das hier sind Ihre Pässe“, erklärte sie und nahm sie von einem Schreibtisch. Sie öffnete einen. „Es fehlt nur noch die Unterschrift vom Chef.“ „Ja, und wann kommt er?“, fragte Johann. „Bald.“ „Heute?“, hakte Andreas nach. „Ja. Kommen Sie um 14 Uhr wieder.“ Johann bemühte sich um Freundlichkeit: „Ja, dann vielen Dank für Ihren großen Einsatz. Dann gehen wir jetzt.“ Andreas blieb stehen: „Ich möchte Sie beim Wort nehmen: Werden Sie uns heute die Pässe aushändigen?“ Er spürte, wie Johann ihn mit dem Arm bei Seite schob und ihn mit einer bedeutungsvollen Miene hieß, sich auch zu verabschieden. Dora schwieg.

Enttäuscht kehrte Andreas zum Taxi zurück. Cornelia und Faith warteten im Auto: „Wieder nichts. Jetzt sollen wir um 14 Uhr wieder kommen.“ Cornelia schaute ihn traurig an: „Wie lange soll das nur so weiter gehen? Es war ein Fehler, dass Mr. Keya weg gefahren ist. Nur deshalb können sie mit ihm so umgehen. – Gut, dann fahren wir jetzt ins Kinderheim, um uns zu verabschieden.“

„Na, das habe ich mir gedacht“, lachte Elfriede. „Wisst ihr, als ich euch im Mai mit Andreas Eltern, gesehen hatte, war es mir klar: Ihr seid immer für eine Überraschung gut. Wann ist es denn soweit?“ Die drei saßen in der Küche von Elfriede bei einer Tasse Tee. „Ich muss bis zum Ende des Monats ausreisen und der Termin liegt in der dritten Septemberwoche.“ Elfriede rührte ihre Tasse um. „Na, dann müsst ihr unbedingt ausreisen. Das kann ja wohl keiner wollen, dass ihr hier die Geburt habt.“ Sie schaute zu Faith herüber. „Sie hat sich ganz wunderbar gemacht.“ Faith hielt sich an einem Hocker fest und versuchte eine Schranktür zu öffnen. „Wir sind dir so dankbar, dass du dafür sorgst, dass es den Kindern – und natürlich auch Faith – so gut wie möglich geht“, sagte Andreas. „Gibt es irgendwas, was wir für dich tun können? Spenden oder so?“ Elfriede wurde nachdenklich. „Wisst ihr, das Wichtigste für mich ist das Gebet. Es gab schon so viele Situationen, wo ich am liebsten alles hin geschmissen hätte. Aber Gott hat mir weiter geholfen. Es ist gut zu wissen, wenn andere für einen beten. Manche Leute wollen gerne Spendenpakete schicken. Das kann man getrost vergessen. Am Zoll erheben sie Gebühren, die mindestens so hoch sind wie der Warenwert.“ Andreas nickte, das hatten sie leidvoll bei ihrer Einreise mit Arno erlebt. „Wenn jemand spenden will, kann er was in den Koffer packen oder Geld spenden. So kommt auch alles an und landet nicht in anderen Taschen.“

Pünktlich um 14 Uhr hatten sie sich wieder am Nyayohaus versammelt. Von Dora gab es keine Spur. „Ich habe von Mr. Keya eine SMS bekommen“, berichtete Aurelio. Er schreibt, dass er sich Sorgen macht und ziemlich ärgerlich ist, dass es nicht weiter geht.“ Das waren Gemütsäußerungen, die sie von Mr. Keya so nicht kannten. Es gab also erheblichen Grund zur Sorge. „Er hat jemanden ausfindig gemacht, der Dora unterstützt.“ Sie setzten sich wieder in den Warteraum. „Dora, wo bleiben Sie?“ Andreas hatte sie angerufen. „Bin unterwegs“, war die lapidare Antwort. Um kurz nach drei Uhr trat sie in die Eingangshalle. Sie nahm keinerlei Notiz von den Adoptiveltern. Sie hielt Umschläge in der Hand, die sie über den Ausgabetresen für Pässe reichte. Ohne überhaupt zu ihnen Kontakt aufzunehmen, verschwand sie ebenso wortlos, wie sie aufgetaucht war. Sie traten aufgeregt an den Tresen. „Ihre Ausweise bitte“, sagte der Mann hinter dem Tresen. Er öffnete die Umschläge. In ihnen waren die Reisepässe.

„Ich habe den Pass endlich, jetzt müssen wir sofort bei der Botschaft anrufen“, jubelte Andreas, als er in das Taxi zurückkehrte. Wie einen Schatz hielt er den Reisepass fest in seinen Händen. Er nahm das Telefon und rief in der Botschaft an. Die Sachbearbeiterin in der Botschaft ging ans Telefon: „Die Botschaft ist zwar zu, aber Sie können sich an der Pforte auf mich berufen. Dann werden Sie reingelassen. Ich kann für nichts garantieren. Aber es sieht gut aus, dass Sie morgen Ihr Visum bekommen. Schließlich haben Sie die anderen Unterlagen ja bereits vorgelegt.“

Am frühen Freitagmorgen rief Andreas bei der Botschaft an. Wenn der Pass wirklich fertig sein sollte, würden sie noch an demselben Abend im Flieger nach Deutschland sitzen. Im Flur lagen die gepackten Koffer. Nur einen Koffer hatten die Eichhorns offen gelassen, falls das Unternehmen platzte.

Angesichts der Schwangerschaft von Cornelia war es höchste Eisenbahn, das Land zu verlassen. Ansonsten müssten sie in die Verlängerung gehen und würden die Geburt ihres zweiten Kindes in Nairobi erleben. Und ihr Hund würde im fernen Deutschland die Welt nicht mehr verstehen, warum sein Rudel nicht mehr da war. Er würde sicher einen Knacks kriegen. Cornelia räumte nervös die letzten Gegenstände zusammen. Sie hörte Schritte im Gang und drehte sich um: „Und, was ist das Ergebnis?“ Mit einem betretenen Gesichtsausdruck kam Andreas ins Wohnzimmer. Er sah nicht glücklich aus. „Wir können packen.“ Cornelia schüttelte den Kopf. Ein kalter Schauer lief über ihren Rücken. Die Geburt in Nairobi würde kein Honigschlecken sein. Bis sie überhaupt an eine Heimreise denken konnten, wäre es frühestens November. „Dann müssen wir also“, sie schluckte, „hier bleiben.“ Sie setzte sich und stützte den Kopf mit ihren Händen. „Die ganze Eile umsonst.“ Andreas nahm Faith auf den Arm. „Siehst du das genauso, Faith?“ Er hielt ihren Mund gegen sein Ohr, dann wandte er sich wieder Cornelia zu. „Faith hat gesagt, dass sie in Deutschland laufen lernen will. Wir sollen packen und heim reisen. Das Visum für Faith ist fertig!“ Cornelia sprang auf und trat Andreas heftig auf den Fuß. „Verdammt, du kannst mich doch nicht so foppen!“ Andreas verzog seinen Mund vor Schmerz, doch es mischte sich mit einem breiten, erleichterten Grinsen: „Reg dich nicht so auf, denk doch ans Ungeborene!“ Sie hatten es fast geschafft! Die beiden fielen sich in die Arme. „So, und jetzt müssen wir unseren Flug auf heute Abend umbuchen und Stanley für den ganzen Tag bestellen.“

Es waren rund 120 Kilogramm Gepäck, mit denen die Eichhorns an den Kenyatta Airport ankamen. Es waren zwölf Gepäckstücke, die sie während ihres Langzeitaufenthaltes in Kenia angesammelt hatten. Stanley und seine beiden Söhne waren behilflich gewesen, die auf drei Wagen verteilten Habseligkeiten bis vor die Flughafenhalle zu bringen. Weil nur Ticketinhaber die Halle betreten durften, warteten sie geduldig, bis Andreas alle Gepäckstücke auf das Band gelegt hatte. Dann wurden sie durchleuchtet und er übergab sie an Cornelia, die mit Faith in der Halle wartete. Als sie einchecken wollten, fing sie das Flughafenpersonal ab. „Zuerst müssen Sie ihr Gepäck hier abwiegen.“ Das wollten sie eigentlich vermeiden. Zähneknirschend stellte Andreas den ersten Koffer auf die Waage. Er wusste, was jetzt kommen würde. „Wenn Ihr Gepäckstück mehr als 23 Kilo wiegt, zahlen Sie 100 US-Dollar pro Kilo drauf“, kündigte der Herr an der Waage an. Wie viel Steine würden sie ihnen noch in den Weg legen? „Nein, das machen wir nicht“, entgegnete Andreas. Mit kenianischer Beharrlichkeit bestand er darauf, nicht die Gebühr zahlen zu wollen. Bereits beim Rückflug nach Deutschland mit Arno hatte diese Methode geholfen, keinen Aufpreis zu zahlen. „Ach, wir kennen uns doch schon“, sagte der Herr, der seinem Druck das letzte Mal nachgegeben hatte. „Genau, wir kennen uns. Und Sie kennen meine Meinung“, entgegnete ihm Andreas. „Lassen Sie uns das am Schalter gleich besprechen“, schlug er vor, „ich muss noch mehr Gepäck holen.“ Zwanzig Minuten später war alles komplett. Sie ignorierten die Kofferwaage und traten direkt an den Check-In-Schalter. Auch dort war eine Waage. Die Frau am Schalter wog sämtliche Gepäckstücke. „Bei zwei Koffern müssen Sie Aufpreis zahlen“, sagte sie routiniert. „Nein, das werde ich nicht, das habe ich eben schon Ihrem Kollegen gesagt.“ Sie winkte ihn an den Schalter. „Wissen Sie, wir sind in Kenia gewesen, um einem elternlosen Mädchen eine Familie zu sein. Wir waren ein halbes Jahr hier, und das erforderte mehr Gepäck als bei normalen Touristen. Wir haben etwas für einen Menschen aus Kenia getan und wir bitten Sie: Tun Sie auch etwas für uns." Andreas zweifelte, ob er den richtigen Ton gefunden hatte. Ganz authentisch hatte er das vorgebracht. Doch das musste ja nicht automatisch zum Erfolg führen. Die Frau am Schalter blickte unsicher zu ihrem Kollegen. Er hatte bei ihr etwas angestoßen. Der Mann, der offenbar ihr vorgesetzt war, wirkte angerührt. Er zögerte einen Moment, dann sagte er zur Frau: „Das geht in Ordnung." „Vielen herzlichen Dank, das werden wir Ihnen nicht vergessen!", antwortet Andreas erleichtert. Die Frau am Schalter lächelte und ließ den ersten Koffer über das Band rollen. Sie neigte sich nach vorne: „Das finde ich ja ganz toll, was Sie gemacht haben. Das kleine Mädchen ist wirklich ein Glückspilz." Sie reichte Faith ihre Hand. „Ist sie gar nicht müde? Es ist doch schon nach acht." Faith ließ ihre Hand los. „Wenn was los ist, schläft sie nicht, das kommt dann später. Vielleicht im Flugzeug dann", antwortete Cornelia. Die Frau setzte sich auf ihren Stuhl zurück und wandte sich wieder dem Computer zu. Schließlich legte sie zwei Tickets auf das Pult: „So, hier sind Ihre Tickets für den Flug." Cornelia nahm sie in ihre Hand: „Wo ist denn das Ticket für unsere Tochter?" Die Frau lehnte sich über den Schalter und zeigte mit ihrem Kuli auf das Ticket. „Ihre Tochter ist hier eingetragen." Andreas wurde unruhig. „Wir haben für unsere Tochter doch auch einen Platz mitgebucht. Weshalb bekommt sie denn keinen eigenen Sitz? Wir haben doch unseren MaxiCosi mit angemeldet!" Die Frau tippte einige Tasten des Computers und blickte auf den Bildschirm. Dann wandte sie sich ihren Kunden wieder zu. „Da kann ich nichts finden. Da müssen Sie nachbuchen." Andreas lehnte sich angestrengt auf den Schaltertisch: „Das kann nicht sein. An der Hotline hieß es, das wäre inklusive. Wir haben doch ausdrücklich darüber gesprochen." Die Frau schüttelte den Kopf: „Ich kann da nichts machen. Ich weiß nur, dass Ihre

Tochter hier keinen Sitzplatz gebucht hat.“ Sie machte eine Pause. Sie zeigte schräg hinter sich: „Dann gehen Sie mal zu unserem Chef und sprechen Sie mit ihm.“ Andreas schaute zu Cornelia herüber. Konnten sie nicht einmal ohne Probleme ausreisen? Wie lange sollte das noch weiter gehen? „Nein, ich gehe nicht zu ihrem Chef, ich rufe erst mal bei der Hotline an, was die da gemacht haben.“ „Gut, machen Sie das“, antwortete die Frau am Schalter. Als Andreas den Schalter verließ, stieß er sich vor den Kopf. „Oh nein, jetzt habe ich doch gar kein Geld mehr auf dem Handy. Damit kann ich nie und nimmer nach Europa telefonieren.“ Cornelia schaute ihn mitleidig an. Dann hellte sich ihr Gesicht auf. „Dann rufe schnell Stanley an, vielleicht ist er noch auf dem Flughafengelände, dass er dir Guthaben für dein Handy besorgt.“ Andreas schaute auf die Uhr. „Das muss aber schnell gehen, viel Zeit bis zum Abflug haben wir jetzt nicht mehr.“ Zügig tippte er eine SMS an Stanley. Tatsächlich befand er sich noch auf dem Flughafengelände, um mit seinen beiden Söhnen einige Flugzeugstarts und Landungen zu verfolgen. Nach einigen Minuten stand er vor der Halle und übergab Andreas die Scratch-Cards zum Aufladen des Handys. Er kehrte in die Halle zurück, in der Cornelia einer sichtbar müden, aber kampfesbereiten Faith – was den Schlaf anging – eine Banane fütterte. Andreas tippte die Hotline-Nummer ins Handy. Nach einigen Sekunden landete er beim Berater. „Nein, Sie müssen für einen extra Sitzplatz für ihre Tochter zahlen“, erklärte die Stimme am anderen Ende der Leitung. „Aber das haben wir doch mit gebucht. Darauf habe ich doch heute Morgen besonders hingewiesen.“ Andreas hörte einige Tippgeräusche. „Das habe ich hier aber nicht im System.“ „Und was sollen wir jetzt machen?“ „Nun, buchen Sie doch nach, das kostet Sie – warten Sie“, einige Tippgeräusche folgten, „600 Euro extra.“ Andreas traute seinen Ohren nicht. „600 Euro?“ „Ja“, klang es kurz und prägnant aus dem Hörer. „600 Euro, weil Sie

Spätbucher sind. Hätten Sie heute Morgen gebucht, dann wäre das anders gewesen." „Das kann doch wohl nicht wahr sein, ich bin doch kein Spätbucher, sondern Ihr Kollege hat mich zum Spätbucher gemacht!" Der gut geschulte Mann von der Hotline fing an sich zu wiederholen: „Das habe ich hier nicht im System." „Das interessiert mich nicht, was Sie im System haben." „Na, dann nehmen Sie Ihre Tochter doch auf den Schoß!" „Unsere Tochter soll bei einem Langstreckenflug auf dem Schoß sitzen? Sie machen wohl Witze!", entgegnete Andreas. „Sollen wir jetzt, weil Ihr Kollege heute Morgen Mist gebaut hat, 600 Euro zahlen?" „Das habe ich hier nicht im System." Entnervt beendete Andreas das Gespräch. „Ich gehe jetzt mal zum Chef hinter dem Schalter", sprach er sich mit Cornelia ab. „Wartet ihr hier." „Vergiss die Zeit nicht, sonst können wir nicht boarden", warnte ihn seine Frau. Er schritt am Check-In vorbei und deutete der Frau am Schalter an, zum Chef zu gehen. Sie nickte.

„Guten Tag, Herr Wamugunda", begrüßte er den Chef. Er hatte ihn bereits bei den Ausreiseformalitäten für den Hund getroffen. „Wir haben ein Problem. Vielleicht können Sie uns helfen." Er schilderte die Situation. Mr. Wamugunda nickte. „Ich werde zum Schalter gehen und mich informieren, wie viel die Nachbuchung kosten würde." Er verschwand für einige Minuten. Andreas schaute zu Cornelia herüber. Es stimmte, bis zur letzten Minute würden sie in Kenia unter Hochspannung sein, so hatte es Cornelia gesagt. Andreas blickte erneut auf die Uhr. Viel Zeit hatten sie nicht mehr, zu verhandeln. Wo blieb Mr. Wamugunda? Nach einer kleinen Ewigkeit kehrt Mr. Wamugunda zurück. „Das kostet Sie 1000 US-Dollar." Das war ja noch mehr als bei der Hotline. Andreas fing an zu pokern: „Das ist zu viel. Das können wir nicht zahlen." Er machte eine Pause: „Ja, was machen wir da nur?", und blickte Mr. Wamugunda ratlos an.

Dieser setzte sich an den Computer und schaute sich die Sitzbelegung an. „Also, werfen wir mal einen Blick auf die Buchung.“ Er tippte verschiedene Codes ein. „Schauen Sie, dort sind Sie jetzt gebucht“, zeigte er Andreas auf dem Bildschirm. Er deutete auf eine andere Stelle des Belegungsplanes. „Und hier sind noch nicht belegte Plätze.“ „Werden die noch alle belegt?“, fragte Andreas. Wenn Mr. Wamugunda jetzt nur den richtigen Einfall hätte. Der Chef schaute auf die Tickets, die die Eichhorns hatten. „Hm. Das Flugzeug ist nicht komplett ausgebucht.“ Andreas blickte über Mr. Wamugundas Rücken. „Kann man da nicht etwas machen mit der Sitzverteilung?“ Mr. Wamugunda tippte wieder verschiedene Codes in den Computer ein. Jedes Mal veränderte sich der Belegungsplan. „Ich setze Sie mal in diese Reihe hier“, erklärte er. „Und dann blockiere ich den Platz neben Ihnen. Dann bleibt der frei. Und freie Plätze kann man ja auch so belegen, da kann also ihre Tochter dann sitzen.“ Mr. Wamugunda wandte sich in seinem Drehstuhl mit Schwung zu Andreas hin. „Danke schön, Mr. Wamugunda. Sie werden mir in guter Erinnerung bleiben.“ Der Chef lächelte: „Einen angenehmen Flug wünsche ich Ihnen. Kommen Sie bald wieder.“

Andreas eilte schnellen Schrittes in die Schalterhalle. Er winkte seiner Frau, die mit Faith und ihrem Handgepäck beladen, zu ihm herüber kam. Er legte die veralteten Tickets auf den Schaltertisch und erhielt die neuen ausgehändigt. „Wie, sind es immer noch nur zwei Tickets?“, fragte ihn Cornelia. „Ja, aber Faith wird einen eigenen Platz bekommen. Den Rest erzähle ich dir später“, drängte Andreas. „Wir müssen zum Flug!“ Cornelia atmete auf: „Gut, dass wir hier so früh angekommen sind. Sonst hätten uns diese anderthalb Stunden den Flug gekostet. Jetzt kommt der letzte Akt.“ Sie gingen zur Passkontrolle. „Sind wir jetzt Kenianer oder Deutsche? Ich meine wir könnten uns ja wegen Faith auch bei den Citizens anstellen“, sagte Andreas. „Noch ist sie ja Kenianerin.“ Die deutsche Staatsangehörigkeit würde Faith erst nach Anerkennung der kenianischen Adoptionspapiere durch das Familiengericht erhalten. Ein Routineverfahren, so hieß es. „Lass uns lieber den Non-Citizens-Schalter nehmen. Hoffentlich stellt der jetzt nicht noch blöde Fragen und hält uns auf. Sonst haben wir wirklich ein Problem“, sagte Andreas. „Immerhin haben wir den Gerichtsbeschluss des High Courts dabei“, meinte Cornelia. Andreas unterbrach sie: „Aber du weißt auch, dass, sobald er zweifelt, wir fest hängen und den Flug vergessen können.“ Mit angehaltenem Atem näherten sie sich dem Non-Citizens-Schalter. Der Mann am Schalter beäugte die drei Reisenden. Er schien kein Interesse daran zu haben, sie aufzuhalten. Er ließ sie kommentarlos passieren.

Als sie im Flugzeug ihre Sitzplätze einnahmen, atmeten sie tief durch: „So, Faith, jetzt haben wir es geschafft. Jetzt kommen wir nach Hause. Jetzt wird alles gut.“ Als das Flugzeug startete, fiel Faith endlich in einen ruhigen Schlaf. Cornelia lächelte: „Sie spürt, dass die Anspannung vorüber ist.“ Sie strich ihrer Tochter über die Wange. Sie hatten es wirklich geschafft. Endlich konnten sie ihre Herzenstochter, ihre Faith mit nach Hause nehmen. Jeder Tag der Hoffnung und des Kampfes, des Bangens und des Vertrauens hatte sich gelohnt. Cornelia nahm Andreas Hand, die auf ihrem Bauch lag. Sie blickten sich an. Und wussten, dass alles gerade erst angefangen hatte.

Epilog

*Nicht da, wo ich geboren wurde,
sondern wo es mir gut geht,
ist mein Zuhause. (Kanuri)*

1 Monat später

Andreas drückte die Türklinke. „So Faith, jetzt sind wir bei Mama." Die Tür tat sich auf. Faith rannte in den Raum hinein, gleich auf das Bett zu. „Mama", sagte sie und hielt die Arme hoch. Cornelia saß auf dem Bett und schloss sie glücklich in ihre Arme. „Schau mal, Faith, wen Oma da auf dem Arm hält: Das ist Leander. Dein kleiner Bruder." Faith schaute und zeigte mit dem Finger auf ihn: „Ei, Baby", und lächelte. Dann wackelte sie mit ihren Beinen. Sie wollte herunter. Auf dem Boden angekommen lief sie um das Bett herum. Dann rannte sie zu ihrem Vater. „Hand" sagte sie, und ließ sich von ihm durch den Raum führen.

1 Jahr später

Leander genoss die Aussicht in seinem Kinderwagen. Auf einem Bord, das an der Hinterachse des Kinderwagens ihres Bruders befestigt war, stand Faith. Sie schaute auf den Fluss und freute sich über die Schiffe, die schwer beladen den Fluss entlang fuhren. „Schade, dass keine Enten da sind. Die magst du doch so gerne", sagte Sonja, die den Kinderwagen schob. Faith schaute auf zu Leanders Patentante: „Enten arbeiten". „Nein, die arbeiten nicht. Sie schwimmen halt woanders. Sie sind weg." Faith schaute wieder auf das Wasser und dachte nach. Wenn Mama weg war, dann arbeitete sie. „Mama arbeitet", stellte sie fest. „Nein, heute arbeitet sie nicht. Sie spricht mit deinem Vater über euren kleinen Bruder." Einige

Meter Luftlinie entfernt saßen Cornelia und Andreas im Büro von Hope for Africa. Frau Mayer schloss die Mappe: „Ich gratuliere Ihnen. Nun sind Sie anerkannte Adoptionsbewerber für ihr nächstes Adoptivkind!“